は去り
2
古河《こが》絶水《たえみ》
イラスト／ごもさわ

かくて謀反の冬は去り 2

古河《こが》絶水《たえみ》

イラスト／ごもさわ

GAGAGA

登 場 人 物

奇智彦（くしひこ）
王弟。“足曲がりの王子”。

荒良女（あらめ）
帝国の献上品。美しき熊巫女。

栗府石麿（くりふの・いしまろ）
奇智彦に仕える護衛。明るいバカ。

栗府咲（くりふの・えみ）
奇智彦の側仕え。石麿の妹。

鐘宮陽火奈（かなみやの・かがな）
近衛隊の士官。蛇のような女。

打猿（うちざる）
スラム街の盗人。

幸月姫（さちひめ）
女王。奇智彦になつく。

兄王（あにおう）
故人。先代の大王。奇智彦の長兄。

和義彦（にぎひこ）
奇智彦の従兄弟。『海軍の貴公子』。

渡津公（わだつみこう）
和義彦の父。奇智彦の叔父。

稲良置（いらき）
老将軍。軍の最高責任者。

テオドラ
王国宰相。渡来人。

祢嶋太刀守（ねじまの・たちもり）
東国を治める豪族の長。

愛蚕姫（めごひめ）
太刀守の娘。『白い妖巫』。

コルネリア
王国陸軍中尉。『軍神コルネリア』。

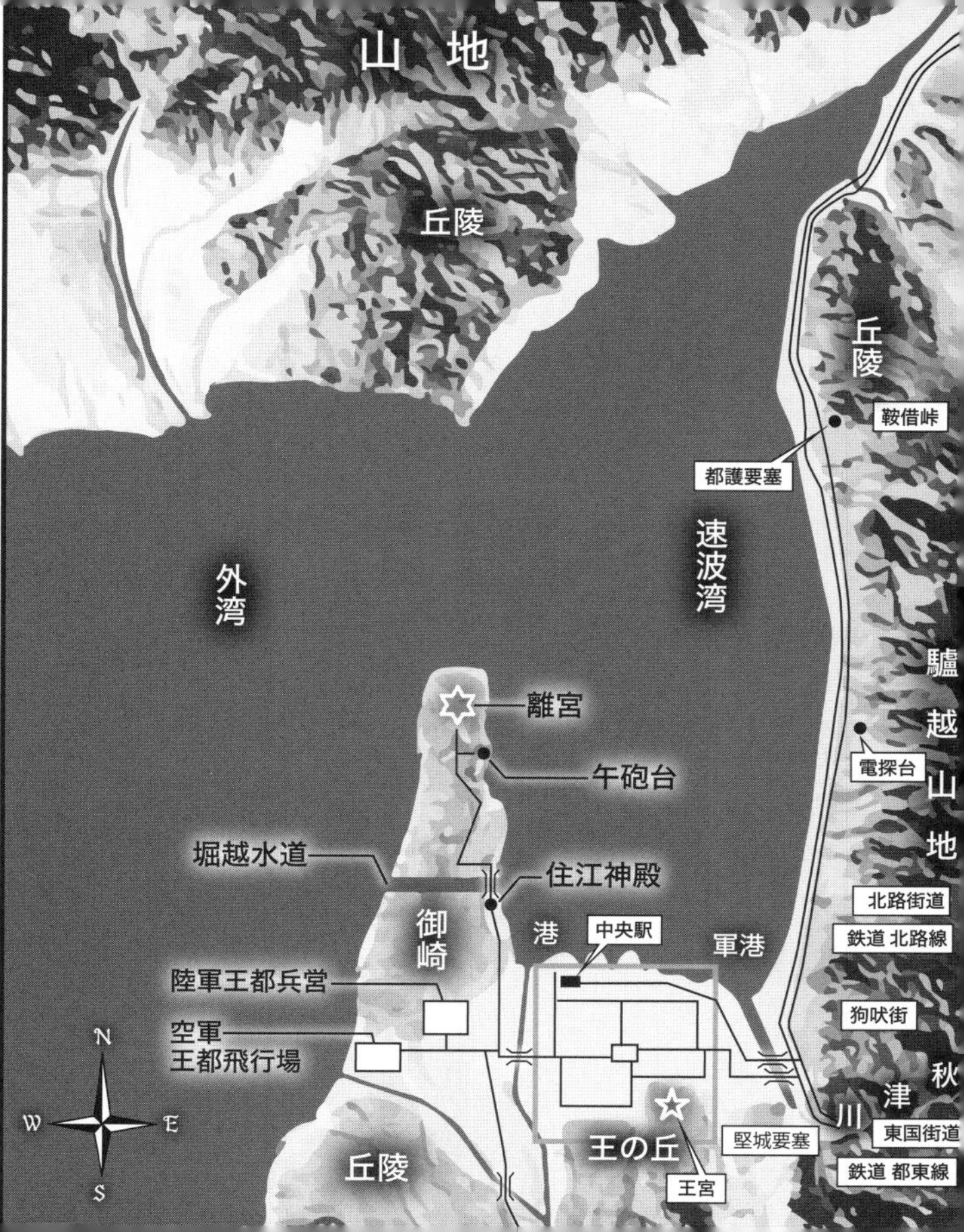

山地
丘陵
丘陵
鞍借峠
都護要塞
速波湾
外湾
驢越山地
離宮
電探台
午砲台
堀越水道
住江神殿
北路街道
鉄道 北路線
港
中央駅
軍港
御崎
陸軍王都兵営
狗吠街
空軍
王都飛行場
秋津川
東国街道
堅城要塞
王の丘
鉄道 都東線
丘陵
王宮
N
W
E
S

序幕　門のまえの敵。Hannibal erat ad portas.

奇智彦《くしひこ》は屋敷で寝ているところを、夜明け前にゆすぶり起された。

自動車で王宮に乗り付ける。夜明けどきで空は薄明るい。無骨な昇降機《エレベーター》で、地階に降りる。

王宮には大王《だいおう》専用の地下司令部があり、国軍や近衛隊《このえたい》、警察、消防署と直《じか》に連絡できる。

そう知ってはいたが、実際に来るのは二回目だ。決定を下すべき立場としては初めてだった。

奇智彦が入室すると、褐色の軍服を着た近衛兵《このえへい》が、来訪者の名を告げる。

「摂政《せっしょう》、奇智彦殿下、ご入室です！」

忙しく立ち働いていた者たちが、奇智彦に敬意を表して一斉に立ち上がる。

「みな、そのまま、そのまま！」

奇智彦が言うと、全員が即座に仕事に戻った。

うす暗い電灯の下で、王宮職員や軍将校がせわしなく立ち働き、狭い通路ですれ違う。

奇智彦は、慎重に歩く。気《せ》は急いているが、急ぐと危ない。この不自由な身体では。

左腕は腹より上にあがらない。左脚は軽銀《アルミニウム》の歩行補助具に、左手は黒手袋《ミトン》に覆われている。

その左手には近衛隊の指揮杖《しきじょう》を持たせてある。黒く光沢のある杖《つえ》で、握りは白い銀細工だ。

黒い布地に金糸の宮廷服は、装飾優先で引っかかる場所が多いため、余計に気を使う。

新米の摂政・奇智彦はなるべく泰然自若《たいぜんじじゃく》に振る舞いながら、目で馴染《なじ》みの顔を探す。

奥の部屋から、ちょうど現れた。暗めの電灯の下で白く目立つ、おでこと金縁眼鏡。

「鐘宮《かなみや》――、少佐」

近衛隊少佐・鐘宮陽火奈《かなみやのかがな》は奇妙に無表情に見えた。目つきは疲労と緊張にすさんでいる。

褐色の軍服と、青い制帽。後ろで結わえた長い黒髪が、蛇の尻尾《しっぽ》に見えた。

普段、四丁も身に着けている拳銃は、すべて入り口で預けてあるらしかった。

「殿下、こちらへ」

鐘宮は言葉数少なく、奇智彦を部屋に招き入れる。その声は切羽詰まっていた。

地下司令部の作戦室は殺風景だった。撞球台《ビリヤード》みたいな卓子《テーブル》。たくさんある電話機。

壁には王都近郊の地図と、引き伸ばされた写真が、何枚も留めてあった。

扉を閉めて二人きりになるや、奇智彦はもどかしく尋《たず》ねる。

「鐘宮、状況は？」

「東国の軍勢、約三〇〇〇兵。新女王・幸月姫《さちひめ》陛下にご挨拶《あいさつ》と称して、王都に進軍中です」

奇智彦は視界が、くらり、とゆらめくのを感じた。

兄王《あにおう》が死んだ。つい先日のことだ。奇智彦は色々あって、やや不透明な経緯で兄王の遺児・幸月姫を女王に擁立《ようりつ》した。奇智彦はいま摂政として王国の実権を握っている。

その生まれて間もないひ弱な新体制を、突き崩せる。これだけの軍勢なら十分に。

奇智彦《くしひこ》は必死に、思考を実際的な方に向ける。

「東国の軍勢は……、もう、近くまで来ているのか？」

「すでに王都から列車で二時間の街におります。鉄道沿線の要所も、ほぼ占拠《せんきょ》されました」

「強力なのか？」

「東部軍の精鋭たちです。機関銃や大砲、装甲車両も持って来ております」

「軍勢を率いるのは、誰だ？」

「祢嶋太刀守《ねじまのたちもり》――先の王妃さまの、お父親です」

鐘宮《かなみや》の報告に、奇智彦は歯嚙《はが》みする思いで呟《つぶや》いた。

「女王・幸月姫《さちひめ》さまの、祖父」

第一幕　交換条件。《Quid pro quo.》

太陽はすでに、天高く昇っていた。

王都の東の境界線、秋津川《あきつがわ》は、まるで合戦《かっせん》前のごとき有様だった。

川の王都側《こちら》には、王室の紋章付きの白い陣幕が、目隠しに張り巡らされている。

対岸には、東部軍が整列していた。同じ軍服を着た味方同士が、川を挟んで睨《にら》み合う。

奇智彦は、白い天幕《テント》の中で、帆布の折りたたみ椅子に腰かけていた。

黒地に金糸の宮廷服は、白い天幕のなかでは目立った。黒布が日光を吸収して暑い。

周囲は、さながら野戦司令部だ。地図机、無線機、塹壕《ざんごう》と機関銃。あわただしく働く人々。

背広姿《スーツ》の王宮職員に、黒外衣《フロックコート》を着た侍従たち。褐色の制服に青い筒型帽の近衛兵《このえへい》たち。

王都からわずか三キロの地点で、こんな事態に。なんという事だ、と奇智彦は思った。

奇智彦の従士《とねり》や庇護民《ひごみん》たちは、陣幕の中で忙しく働いていた。一人でいると何とも心細い。

視線でそっと、親しい近衛隊《このえたい》将校、鐘宮少佐を探した。

鐘宮は無線機で部下とやり取りをしていた。褐色の軍服を着て、青い筒型の制帽は机に放ってあった。この緊迫した状況に、よく溶《と》け込んでいる。そのとき、鐘宮が顔を上げた。

「殿下。東部軍は川向うで、完全に停止しました」

「東部軍の、太刀守《たちもり》の目的はまだ分からないのだな」

奇智彦《くしひこ》は声が震えないように、ぐっと腹に力を入れた。

「調査中です。しかし、殿下と会談したい旨《むね》、先方が申し入れてきました」

「首都まで進軍された状況で、何について話し合うのだ。王都の無血開城か？」

「調査中です」

『わかりません』を鐘宮《かなみや》は巧みに言い換えた。それから、少し間をおいて口を開く。

「しかし、交渉の目が少しでもあるならば、試みる価値はあるかと。何しろわが国はいま大陸で泥沼の戦争中です。さらに最近、大王《だいおう》が死亡し、王宮で謀反《クーデター》が発生したばかりで――」

「謀反《クーデター》など、わが王国では起きてない！『秩序維持のための必要な行動』だ！」

奇智彦はぴしゃりと言った。公式発表ではそうなっているのだ。

「謀反《むほん》でも弑逆《しいぎゃく》でも簒奪《さんだつ》でもないぞ。そういう怪しい風説を取り締まるのも近衛隊《このえたい》の仕事ではないか。鐘宮少佐が惑わされてどうするのだ」

「失礼いたしました」

「気をつけろよ。この奇智彦はそういうの気になる人だからな」

「現在、戦争にくわえ、新女王が即位されたばかりです。これ以上の混乱は避けるべきかと」

「それは……、そうなのだが」

奇智彦は、周囲の殺伐《さつばつ》たる光景をおずおずと見た。

もし摂政《せっしょう》・奇智彦がいま狙撃されたら、それこそ内戦が始まりかねないな、と思った。

「怖いわけじゃ、断じてないぞ。だが、この奇智彦はもう一人の身体《からだ》じゃないわけだし」

「なぜ、ご懐妊されたような言い方を」

「王族としての義務や勤《つと》めが色々あるってことだ、今までに増して」

「殿下、王族のつとめと言えば、その……、そちらの王宮職員の方《かた》は、さっきから何を？」

せっかく奇智彦が無視していたのに、鐘宮が水を向けてしまった。

「殿下、付《つ》けひげは凛々《りり》しい方にされますか？　それとも凛々しくない方ですか？」

宮廷美容師《スタイリスト》が、ひげの見本を示した。その笑顔は嘘《うそ》くさいほど口角が上がっていた。

そして一見、奇智彦が選ぶ体《てい》だが、ひげをつけること前提の二択だ。やむなく相手をする。

「付けひげなんて、本当に必要なのか？」

「豊かなひげは王者の象徴です。殿下、どちらに？」

「今まで生えてなかったのに、急にふさふさになったら変だろ！」

「でしたら！　ちょうど、こちらに控えめな印象のおひげが――」

「後にしてくれ、いま忙しいんだよ！」

奇智彦がきびすを返した時、天幕に勢いよく入って来る者があった。

「殿下、おにぎりを配っていました！　殿下の分も一緒にもらっておきましたから！」

栗府石麿《くりふのいしまろ》は、自分用の握り飯を頰張りながら、奇智彦に盆を差し出した。

褐色の肌、背が高く均整のとれた身体《からだ》つき。宝石色の瞳に、左目の下の古傷。歳は奇智彦《くしひこ》の二つ上で十九歳。赤地に白革帯《ベルト》の儀礼用軍服はすこし目立つので、汚した毛布を雨合羽《あまがっぱ》のようにかぶって覆い隠していた。おにぎりをむしゃむしゃ頰張っていても絵になる、得なやつだ。

「殿下、どうぞ!」

石麿《いしまろ》は握り飯の盆を差し出す。奇智彦は有難《ありがた》半分、邪魔半分で受け取り、地図机に置く。

「石麿、おまえの妹は、咲《えみ》はどこにいる?」

「殿下の分まで、汁物をもらってくると……、あ、来ました!」

天幕に、少女が入ってきた。やはり褐色の肌。利発そうな顔つき。宝石色の瞳はつり目気味で、どことなく猫に似ている。色鮮やかな侍女服は、戦陣では浮いていた。汁椀《しるわん》をのせた盆で両手がふさがっているので、入り口に立つ近衛兵《このえへい》がそっと天幕を差し上げて通した。

「殿下」

栗府《くりふの》咲は一礼して盆を置いた。兄《あに》の石麿と同じく、ほとんど無意識のうちに、奇智彦が右手で受けとりやすいように汁椀を差し出す。左手が不自由な奇智彦のために。

栗府《くりふ》兄妹《きようだい》は、奇智彦の乳母子《めのとご》だ。乳母《うば》の子供で、幼馴染《おさななじみ》で、ご学友で、側近の従士《とねり》。

咲は一見、落ち着き払っている。物腰はいつものようにそつがない。

しかし、長い付き合いの奇智彦は気づく。椀の汁に波がたっている。

咲の手は震えていた。十五歳の少女にとっては、初めての戦場なのだ。

「殿下、どうぞ」

咲は椀を置き、震えを恥じるように手を引っ込めた。

奇智彦はまったく食欲がなかった。しかし兵士たちは、奇智彦の態度をそっと見ている。

なるべく泰然と、形ばかり口を付けた。においだけで吐きそうだ。ぐっと飲みくだす。

初めての戦場は、おれも同じだ。奇智彦は思った。

神話の霧さめやらぬ王国では、勇猛さが貴《とうと》ばれる。だから王族も軍人として戦場に立つ。

ところが、生まれつき身体が不自由な奇智彦は、軍隊経験が全くないのだ。

◇　◇　◇

「咲ちょっといいか。おい、石麿、付いてくるならおにぎりを置け」

奇智彦は、事情通の咲と、護衛の石麿を、天幕のすぐ外につれ出す。

陣幕は丘の上に張られていた。床は地面そのままで、傾斜して凸凹があり歩きづらい。

奇智彦は、頼りない左脚で平らな場所を踏み、ひょいひょいと歩いた。

長くてかさばる杖《つえ》は、不自由な左手に持たせ、右手をつねに空にする。

陣幕のかげ、まだしも人目のない場所で、奇智彦は咲に尋《たず》ねる。

「祢嶋太刀守《ねじまのたちもり》について、知っていることを何でも教えてくれ」

「東国の有力豪族です。政治家。東部軍参謀長。大変な財産家。激しい性格。数々の武勲。零落していた一族を立て直した辣腕家《らつわんか》。先の王妃の父親であり、現女王・幸月姫《さちひめ》さまの祖父に当たる方です。それと、その……、いま軍勢を率いて川の対岸にいます」

「王国有数の実力者だ。そいつから会談を申し込まれている。咲《えみ》、お前ならどうする」

奇智彦《くしひこ》がそう訊《き》くと、咲はすばやく考えをめぐらせた。

「議題は。何についての会談ですか」

「分からない。兄王《あにおう》の急死の件だろう。この状況では、会わずに済ませるのは無理だ。しかし、なるべく穏便にことを運びたい。いまは外国と戦争中だし、内乱の芽はまずい」

咲は、両手を頬にそえた。いくつもの選択肢を検討して、慎重に言葉にする。

「でしたら、殿下。なるべく率直に、正直に話すほかないのでは」

「率直に話したとして、東国勢が信じるだろうか」

「それは……」

咲は言いよどんだ。そのあとを、石麿《いしまろ》が元気いっぱいに引き取る。

「正直に仰《おつしや》れば気持ちは伝わります！　兄王陛下が急死された。次兄殿下もいま行方不明。そこで兄王の幼い娘・幸月姫さまが女王におなり遊ばし、叔父《おじ》である奇智彦殿下が摂政《せつしよう》として政務をとっている。いずれ女王が成人されたら、王国の大権をお返しする、と！」

「うん」

奇智彦は神妙にうなずいた。

これを額面通りに信じるのは、他人《ひと》を疑《うたが》う能力が著しく低い人だけだな、と思った。

奇智彦は、いつもと変わらぬ石麿の、あっけらかんとした顔を眺めた。

「石麿、ちょっと相談があるんだ」

「殿下が俺にですか!?　何でも聞いてください！」

石麿の顔はバカ特有のやる気に満ちていた。

奇智彦は信頼と不安、半々の気持ちで打ち明ける。

「おれは実戦経験がない」

「殿下は、近衛隊《このえたい》の長官ではないですか」

「しょせんは王族の名誉職、腰かけだ。真の仲間とは認めてもらえないのだ。そこへ行くと石麿《おまえ》は戦場に立ち、名誉の負傷もした帰還兵だろ。何か、戦場で落ち着くコツとかはあるか？」

「そこらへんでウンチをしたら、クソ度胸が付きますよ」

こいつに聞いたのが間違いだった。

奇智彦はウンチをするなと命じてきびすを返した。

「咲、栗府《くりふ》一族の男たちはどうしている？」

「みな、お屋敷の警備をしています」

「栗府《くりふ》ノ里《さと》からの増援は？　いつ来る？」

「それが……、この騒ぎで船便が止まってしまい、王都までたどり着けないようです」

奇智彦《くしひこ》は、ううう、と息を吐いた。

生まれつき身体《からだ》が不自由な奇智彦は、王になれない。だから側仕《そばづか》えも弱小一族が選ばれた。

栗府《くりふ》氏はインドから渡来したばかり。身内には将軍も政治家もおらず、自前の軍勢もない。

玉座争いに介入できない零細氏族だから、扱《あつか》いの難しい『足曲がりの王子』を預けられた。

ところが不思議の成り行きで、奇智彦は王国の最高権力者になってしまった。

摂政《せっしょう》・奇智彦に、本来最も頼れるはずの『後ろ盾の氏族兵《しぞくへい》』が無いのは、そういう理由だ。

王国の王権には、後ろ盾となる豪族の武力、財力、政治力が不可欠だ。手足となる氏族兵、最後まで付き従ってくれる一蓮托生《いちれんたくしょう》の軍勢。その有無は大きい。致命的なほどに。

無論、悩んで湧いて出るものではないので、奇智彦は思考を実際的な方向に切り替えた。

奇智彦が天幕に戻りかけると、入り口で待っていた者が、さっと近寄ってきた。

「凛々《りり》しい方？　凛々しくない方？」

「そのひげ、ずっと持ってなくていいんだぞ」

奇智彦は宮廷美容師を押しのけて、天幕に入りかけ、ふと周囲をうかがった。

この川と丘の辺りは普段、風光明媚《ふうこうめいび》で知られていた。王都の各所が一望できる。

王都の市街地は、東西を流れる二本の川で、四角く区切られていた。川は二本とも北の速波《はやみ》湾《わん》に流れこんでいる。河口《かこう》の港に軍艦が停泊していて、阻塞《そさい》気球が何基も浮かんでいた。

その背景には鋼鉄製の鉄道橋と、驢越《ろばごえ》山地。斜面の貧民窟《ひんみんくつ》・狗吠街《いぬぼうがい》も遠目には綺麗だ。

王都の南西の丘、王宮の赤屋根と、有力者が住む屋敷街《やしきまち》も、ちらりと見える。

海に突き出す御崎《みさき》は、ここからだと島に見えた。岬《みさき》の先端には離宮《りきゅう》と灯台がある。

市民の日帰り旅行、一日の行楽《こうらく》にはもってこいの野原や河原だ。それが、今は。

西の川は大騒ぎだった。王都から逃げ出す市民を、警察が橋で押しとどめている。

奇智彦の目前、東の川では、軍勢が静かににらみ合っている。

東の川の王都側になだらかな丘があり、王室の陣幕が張り巡らされている。

陣幕の背後で、古ぼけた堅城《かたしろ》要塞がにらみを利かせていた。


「鐘み――」

「はい、殿下」

呼ぶつもりで振り返ると、鐘宮《かなみや》はすぐそばで控えていて、奇智彦は少し驚いた。

「鐘宮少佐、あのバカの姿が見えないが、近衛隊《このえたい》はちゃんと見張っているのだろうな？」

「あのバカ、と申しますと……」

鐘宮はちょっと迷いを含んだ顔で、奇智彦の肩越しにそっと、石麿《いしまろ》の方を見た。

石麿が気づいて手を振った。奇智彦も適当に振り返し、鐘宮にささやく。

「違う。あの熊のことだ」

「熊《くま》でしたら、とくに何も、報告は受けていません」

奇智彦《くしひこ》はじっと、鐘宮《かなみや》の顔を見た。額《おでこ》と金縁眼鏡に自然と目が吸い寄せられる。

鐘宮氏は有力な軍事氏族で、王室の古くからの親衛隊だ。その武勇と忠誠はゆるぎない。

顔立ちは端整だ。郵便局員か教師のごとき平静さ。一見、理詰めで温和な女性にみえる。

しかし本当にそれだけの者なら、泣く子も黙る近衛隊《このえたい》で出世はできない。

沈黙が、しばし、二人の間にかぶさる。

「鐘宮少佐、この奇智彦に何か隠してることはないよな?」

「そんな、殿下! この鐘宮は隠し事などいたしません!」

「鐘宮少佐、あの熊《くま》と仲良しの友達だもんね」

「熊を友人に持つなど愚か者のすることです!」

「いやあ。鐘宮少佐は機を見るに敏なところがあるからなあ」

「殿下には二度と嘘《うそ》をつきません! この命をかけます!」

「うん。ありがとう」

奇智彦は、とりあえず企みではないと判断した。鐘宮の笑顔が本気で焦っていたからだ。

鐘宮は身をかがめて、奇智彦の耳元でささやく。

「熊は近衛隊の監視網に組み込んであります。お気になさることはありません」

奇智彦は、うなずいて、それからぐっと顔を上げた。

「太刀守《たちもり》と会うぞ。東部軍に連絡してくれ」

◇　◇　◇

奇智彦は天幕を出て、会見準備のために歩き回りながら、鐘宮と話した。

「幸月姫《さちひめ》さまと王母さまには、危険はないのだな」

「お二人には『離宮《りきゅう》』にお移り願いました。ご存じの通り、速波湾《はやみわん》の海上に突き出した岬《みさき》の、突端にある古い要塞です。堅牢《けんろう》ですし、近衛隊が管理する施設なので警備しやすいのです」

鐘宮の受け答えは明瞭で、そつがなかった。奇智彦はちょっと考える。

「離宮の警護には、大勢まわしてくれたのかな、部下の近衛兵《このえへい》を」

「はい」

「ずいぶん大勢……、大半を離宮の方にまわしてくれたのかな?」

「……はい」

奇智彦と鐘宮の間で、無言の駆《か》け引きが生じた。奇智彦はそっと探るように口を開く。

「つまり、その……、陣幕にいる近衛兵の数が、そんなに多くないような気がして」

「それは殿下」

鐘宮は食い気味に口を開きかけ、それから気まずく黙った。

「鐘宮、敵は三〇〇〇も居るそうだが、その……、味方の近衛兵は何人ほど来てくれたのだ」

居心地の悪い沈黙。不出来な試験の採点を待つような時間。鐘宮《かなみや》はそっと口を開く。

「精兵《せいへい》、二〇〇ちかく」

「あぁっ……」

奇智彦《くしひこ》は万感の思いを、ため息に込めて吐き出した。

近衛隊《このえたい》は王室の親衛隊だ。国軍や警察とは別組織の、大王《だいおう》直属の軍事警察機関。

王国各地に戦闘部隊を備え、独自の捜査網と通信網を張り巡らせている。

王都は中でも最重要地域だから、近衛兵《このえへい》の配置密度は高い。近郊だけで三〇〇〇人はいる。

なのに、そのほとんどが奇智彦に協力してくれない。思い当たる理由は、ただひとつ。

「この奇智彦は摂政《せっしょう》で、いちおう近衛隊長官なんだが――、そんなに怪しいかな」

「いえ殿下そのような」

鐘宮は食い気味に反応した。たぶん、奇智彦の呟《つぶや》きを予期していて。奇智彦はうつむく。

「この奇智彦は確かに、敬愛する兄王《あにおう》が急死を遂げた後、やや疑惑の残る方法で摂政になった。怪しむ者も多少いるだろう、と覚悟はしてたんだよ」

奇智彦は一息で言って、それから息をついた。

「でも二〇〇人って」

「殿下、殿下。落ち込まないでください」

「近衛兵だけじゃない！　ほかの味方は何をしてるんだ」

奇智彦が周囲《まわり》をぐるりと見回す。素人目《しろうとめ》にみても明らかに少ない、味方の軍勢を。

「軍は？　わが王国陸軍はどこにいるんだ！」

「大将軍の厳命で、後方を固めてくれています」

「後方ってどこだ!?　この川のすぐ背後はもう王都だぞ！　歩いて行ける距離だ！」

奇智彦は王都の方を右手で指し、それから声を低めて尋《たず》ねる。

「稲良置《いらき》大将軍は？　あのじいさんはどこにいるんだ？」

稲良置は国軍の最高責任者で、つい先日、摂政奇智彦に忠誠を誓ったばかりだ。

「国軍司令部におられます。いま手が離せないと」

「では、宰相テオドラは？　行政府の責任者だろ」

「警察の指揮を執《と》っております。王都の秩序維持で手いっぱいだと」

「豪族たちは？　王室と王都の危機だぞ。大王に仕える氏族たちはどこにいる？」

「何度、電話しても連絡が取れず」

「帝国の反応は？　わが王国の重要な同盟国で、協力して戦争中の、世界大国は何と？」

「この件に関しては様子見しています。どちらにも協力しない姿勢で」

「和義彦《にぎひこ》は？　わが従兄弟《いとこ》はどこにいる。この間、宮廷《きゅうてい》付き武官《ぶかん》にしてやったばかりだろ」

「今朝がた急な出張がはいって、海軍機で大陸に飛びました」

「逃げ出したのか卑怯者《ひきょうもの》め！　そうかそうか前から分かってたんだ、そんなやつだと」

「殿下……」

「もういい、王都兵営に電話しろ！　おれが直接話す！　虎の子の戦車部隊をここに呼ぶ」

「すでに連絡しました。全車両がたまたま分解整備《オーバーホール》中で、いま一両も動けない、と」

奇智彦《くしひこ》はことばを失った。そのまま数秒たって、ふと思い至る。

「東国勢が王都に来るまでに、砦《とりで》がいくつもあったはずだ。守備隊は何をしていた。東部軍の列車を通した鉄道員は唯々諾々《いいだくだく》と従ったのか？　鉄道沿線の近衛兵《このえへい》は阻止しなかったのか」

「それは……、殿下。祖父が供を連れて、お孫さんに会いに行くのを咎《とが》めるわけには」

「日和見《サボタージュ》か？」

「それはっ！　いささか言葉が強いですが……」

「俺が謀反《クーデター》で就任した怪しい摂政《せっしょう》だから、有力な東国勢と天秤《てんびん》にかけて日和《ひよ》ったんだな？」

沈黙のとばりがおりた。鐘宮《かなみや》はじっと言葉を選び、それから口を開いた。

「鐘宮個人としては、『秩序維持のための必要な行動』だったと信じていますが……」

奇智彦は力なく天幕の支柱にすがった。

自分の不人気さが予想をはるかに超えていて、ひたすらに情けなかった。

「それで、誰なら来たんだ」

そのとき奇智彦の背後から、声が追ってきた。

「凜々《りり》しい方？　凜々しくない方？」

「どっちでもいいよ！　何だ、そのひげ！」

「王国陸軍中尉コルネリア・C・コルネリアス！　参上仕《つかまつ》りました！」

奇智彦がカッとなって怒鳴ったのと、突然の凛々しい声とが、ほぼ同時だった。

軍服姿の女性だった。短くした金髪に青い瞳で、帝国に起源《ルーツ》をもつ人とわかる。

緑色の野戦服に、赤いベレー帽。陸軍精鋭《エリート》の証《あかし》、空挺徽章《くうていバッジ》が誇らしげに留めてある。

胸元に手榴弾《しゅりゅうだん》と止血帯。腰に拳銃。黒い手袋。見るからに勇気凛凛《ゆうきりんりん》、溌溂《はつらつ》としている。

「そなたは？」

奇智彦の問いに、わきに立った鐘宮が、頼もしく笑って答える。

「コルネリア中尉は、鐘宮《じぶん》の士官学校の同期です。手勢《てぜい》を率いて参じてくれました」

「これは心強い！　——あ、君、あとで一番凛々しいひげを頼むよ！　王者にふさわしくな」

奇智彦は素早く余裕を見せて、同時に宮廷美容師《スタイリスト》をいったん追い払った。

麗々しい姿に、急に勇気が湧いていた。コルネリアと、右手で固く握手を交《か》わす。

「それで、手勢はいかほど」

「軍学校より志願した有志、若干名！」

奇智彦は、その意味をちょっと考えた。鐘宮がひかえめに口を開いた。

「コルネリア中尉はいま、陸軍通信学校の教官です。王都の警備を任せます」

「殿下、お任せくださいッ！　突撃精神で頑張り抜きます！　物質力の差、何するものぞ！」

「うん……」

鐘宮《かなみや》がコルネリアの腕をとって、地図机の方に引いていった。

奇智彦《くしひこ》は、今度こそ落ち込んでいた。だれひとり味方してくれない。

来るのは、すでに一蓮托生《いちれんたくしょう》の連中か、怪しいやつか、頭の軽いバカだけだ。

上空を空軍機が飛んでいた。少なくともあれは味方だ。今の所は。

奇智彦は右手で顔をおおい、歯の間から息を吐き出す。

最高権力者になったのに、何一つ思い通りにならない。

「待たせたなッ！」

威勢のいい声がしたのは、そんな時だった。

急にあふれだす賑《にぎ》やかな音楽。笛と太鼓の音。鈴や鳴り物、ほら貝の音。

天幕が、風にあおられたごとく豪快にまくしあげられ、一団が入場してきた。

先ぶれを務《つと》めるのは小柄な少女だ。敏捷《びんしょう》な身のこなし。勾玉《まがたま》の耳飾り。尼削《おかっぱ》ぎにした髪。

大きな男物の短衣《チュニック》を着て、腰の所をひもで結んでいた。はだしに足首飾《アンクレット》りと指輪をしている。

自称・元盗賊の打猿《うちざる》は、誇らしげな態度で、飾り斧《ファスケス》を肩に担いでいた。

後から、屈強な山伏《やまぶし》の一団がつき従っていた。深山幽谷で修行する山の神官《ひじり》たち、荒々しく

人相の悪い男たちが、鈴を鳴らし、鉦《かね》を叩《たた》いて笛を吹く。一体誰だこいつら?

その騒動の中心に、女はいた。

熊《くま》の毛皮を頭からすっぽりかぶっていた。巫女《みこ》のような白い短衣《チユニック》を着ていた。

豊かな胸、よく鍛えられた四肢、栗色の長い髪、緋色《ひいろ》の瞳は闘志を満杯にたたえていた。

荒良女《あらめ》。自称、熊《くま》。外国で民族紛争を起こし、王国に追放されてきた女。

強く賢い女。油断ならない女。元奴隷、いまは奇智彦《くしひこ》の庇護民《ひごみん》。

そしていつの間にか怪しい手勢《てぜい》をこしらえ、奇智彦の天幕にぞろぞろ押しかけてくる女。

音楽が止み、荒良女は猛《たけ》った熊のように両腕を振り上げた。打猿《うちざる》が甲高い声を張り上げる。

「異国より渡来したァ、熊の伝道師! 摂政《せつしよう》さまの庇護民! 熊のォ、荒良女ェ!」

「我《わえ》、入場!」

荒良女の帝国語には独特の訛《なま》りがあった。何やら、やりきった顔だ。

奇智彦は追加の説明を待ったが、無かった。

「荒良女、お前……、何やってんだ」

奇智彦は帝国語で聞いた。荒良女は最近王国《こちら》に来たばかりで、王国語がわからない。

観衆の困惑を全く意に介さず、荒良女は不敵に笑って、歴戦の力士《レスラー》の風格で腕を組む。

「相撲《レスリング》の入場だ。観るの初めてか?」

「相撲は知っているが、お前は……それは……、何それ?」

「ウチザルよ、説明してさしあげろ」

「うっす！　われらは『熊相撲勧進会《くまずもうかんじんかい》』の代表団でっす！」

打猿が気合の入った声で答えた。やはり、何の説明にもなっていなかった。

この少女は王都の元掏摸《すり》で、色々あって奇智彦が屋敷にひきとった。その後、帝国語が話せたので荒良女の子分、兼、通訳におさまった。そして今では怪しい団体の構成員らしい。

供の山伏《やまぶし》たちは全員無言で、感情の読めない目で奇智彦を凝視《ぎょうし》していた。

「鐘宮《かなみや》くん、ちょっと」

奇智彦は鐘宮の腕を右手でとって天幕の隅に引いていき、声を潜めて怒った。

「近衛隊《このえたい》が熊を見張っている、と自信満々に請け合ったのは誰だ！」

「すみません、殿下！　何か手違いがあったようで」

「とんでもない手違いだ！　謎の団体まで立ち上げてるじゃないか！」

「いま責任者がいないので回答できないのですが必ず」

「『熊相撲』ってどういう意味だ⁉」

「調べておきます！　明日、あしたまでに！」

そのとき打猿がすっと進み出て両手を出し、奇智彦に何かをささげた。

貝がらで出来た、白い、小さな笛だった。奇智彦は警戒して、それをじっと見た。

「荒良女、これは？」

「汝《なれ》の交渉がこじれたら吹け。熊《くま》が相撲《レスリング》で助けてやる。ただし三度までだぞ」

荒良女《あらめ》は堂々と、誇らしげな態度で宣言した。

熊の言動は何時《いつ》でも、常識も人理も、平然と超えてくる。

奇智彦《くしひこ》は迷い、周囲を見回して、何かそれらしい返事を考えた。

「その山伏《やまぶし》、の人たちは、荒良女の友達か？」

荒良女は腕を組み、無言でほほ笑んでいた。打猿《うちざる》も何も言わない。

山伏たちは無言のまま奇智彦をじっと見ていた。こいつらは何なんだ。

荒良女がぐいぐいと笛を押し付けてきたので、奇智彦は仕方なく受け取った。

◇◇◇

奇智彦は、張り切る荒良女と打猿、心配そうな咲《えみ》を、天幕に留《と》めた。

黒地に金糸の宮廷服で身を固めている。黒塗りに銀細工の杖《つえ》を、不自由な左手に持たせた。

近衛隊《このえたい》を支配するちから、の象徴、指揮杖《しきじょう》だ。さらに、豊かな付け髭《ひげ》。

鐘宮《かなみや》は近衛隊の褐色の制服に、青い筒型帽で、後ろ腰には儀礼刀を差していた。

石麿《いしまろ》は時代がかった儀礼用軍服だ。赤い上衣に紺胡袴《こんズボン》、たすき掛けした白革帯《ベルト》。

見た目だけは立派で、仰々《ぎょうぎょう》しい。

鐘宮と石磨を連れて、陣幕から出る。さっと視界が開ける。光が眩《まぶ》しい。

会談の席は、両軍がにらみ合う川の王都側に設《もう》けられていた。

王室の白い陣幕が、目隠しに張られている。優雅な卓子《テーブル》と、椅子が六脚。場違いに牧歌的だ。

川の向こうから、渡し船が二艘《そう》、こぎだした。

先行する船には、背広や軍服を着た男たちが三人乗っていた。もう一艘には――。

「あれは、布を垂らした輿《こし》か？」

奇智彦はつぶやく。見事《みごと》な輿だった。立派な彫刻、金箔《きんぱく》張り、高価な刺繍《ししゆう》布《ぬの》を惜しげもなく日よけに使っている。担ぎ手たちのお仕着せも華美だ。

奇智彦、鐘宮、それに石磨の三人が、会談場所に歩き出す。川岸の草の臭いがする。

相手方の三人も、船から川岸に上陸し、卓子《テーブル》に向かって歩く。輿《こし》は船にとどまった。

太刀守《たちもり》は、想像よりずっと現代的な風貌だった。歳は五〇代のはずだが、ずっと若く見えた。

仕立ての良い三つ揃《み ぞろ》いの背広を粋に着こなしていた。有力者の覇気が五体に満ちていた。

お供は、強面《こわもて》でゴリラの様な体軀《たいく》の大佐と、頬にかぎ状の壮絶な傷跡がある中佐だった。

三人の背後には、東部軍がずらりと並び、機関銃や大砲をこちらに向けて威嚇《いかく》していた。

こうなると、常識的な風貌の方が、かえって恐ろしいものだと奇智彦は知った。

会談の席に、六人は座る。全員が、しばし無言だった。

奇智彦《くしひこ》はすこぶる居心地が悪く、付《つ》け髭《ひげ》が猛烈にちくちくした。

が、摂政《せっしょう》という立場上、奇智彦が最初に口を開くしかない。

「これは、王祖父殿。ご壮健そうで何より」

それを受けて、太刀守《たちもり》は豪快に笑った。

「いやあ、なあに！　風のうわさに聞いたもので。おれの婿《むこ》殿に謀反《むほん》を起こして、おれの娘を捕らえて、おれのかわいい孫を好き勝手してる、ナメくさったガキがいるって」

「はっはっはっは！　ところで――」

奇智彦は笑ってごまかそうとしたが、そこで太刀守が容赦なくさえぎった。

「大佐、そんな豚みてえな畜生《ちくしょう》が、もし目の前にいたらよ、お前《めえ》どうする？」

「そうだなあ。俺なら馬の尻からからげて、三里ばかりも走らせましょうか」

「そうか。中佐、お前ならどうする」

「俺なら船に乗せて沖へ漕ぎ出し、塩っからい水の五石《せき》も飲ませましょうか」

返答を聞いて、太刀守は満足げに膝《ひざ》を打った。

「おれは、お前らのそういうところが好きだな。東国武辺者《ぶへんもの》にして、いたって優しい」

それから、重く息苦しい沈黙が訪《おとず》れた。

王族に対し、ひどい無礼だ。奇智彦は義務として、叱り飛ばさねばならない。

しかし、太刀守の背後には三〇〇〇人がいる。奇智彦の背後には二〇〇人しかいない。

この差は、王国では大きいのだ。致命的なほどに。

大王《だいおう》は、王国の各氏族をまとめる第一人者だ。豪族世論を無視したら、文字通り首が飛ぶ。

太刀守《たちもり》には軍勢がある。豪族からの支持もある。武装して王都まで来て、沿道の豪族たちが誰も妨害しなかったのだから、摂政《せつしよう》奇智彦《くしひこ》に対する水面下の反感はかなり大きい。

ここで高圧的に出ると内戦になりかねない。だが、下手《したて》に出ると、奇智彦の面目《めんぼく》が立たない。

では、どうする。奇智彦はさっきから、太刀守たちの値踏みするような視線を感じていた。

だが、何をどうすれば合格なのか、見当がつかない。

ふと思いつき、付け髭《ひげ》を撫《な》でてみた。仙人のごとくゆったり、落ち着いた風に。

日差しで汗をかき、糊《のり》が緩んでいたのだろう、髭は根元からとれた。

全員が無反応だった。

奇智彦としては、笑われるよりもむしろつらかった。

石麿《いしまろ》は一生懸命、沈黙に耐えていた。鐘宮《かなみや》は研ぎ澄《す》ました顔で、姿勢を正していた。

太刀守はじっと、鐘宮を見ていた。それから奇智彦に視線を移し、静かに口を開いた。

「殿下、おれは何もモメに来たんじゃないんですよ」

どの口《もん》が、と奇智彦は思ったが、笑顔をそつなく維持した。

「俺たちは東国の者だ。王都の争いに首突っ込む気はない。先の兄王《あにおう》様には忠誠を誓ったが、代替わり後までは約束していないしね。それで俺としては、殿下の御器量《きりよう》を知りたいわけだ」

太刀守は訊《き》いている。

奇智彦は、幼い女王を守《も》り立て、王室を運営できるか。その覚悟と地盤はあるか、と。

「殿下についてくる氏族、ぶっちゃけて、いくら居ます？」

「鐘宮と栗府《くりふ》と、あと五つ、六つばかりは確実に付いてくる」

そう、奇智彦はいった。しかし、太刀守の反応は薄い。それはそうだ。

奇智彦を支持する氏族の少なさは、いまの天幕の寡兵ぶりから一目瞭然《いちもくりょうぜん》だろう。

太刀守は、静かな声で言う。

「おれはね、腹を割って殿下の考えを知りたいと、そう思って王都くんだりまで来たんだよ。いったい、どんな事情があって、将来どうするつもりなのか、そこん所を聞きたいんだな」

太刀守はそういって、物慣れた目で奇智彦を見た。全員が、奇智彦を見ていた。

事情、事情か。奇智彦は、なるべく聞こえの良い表現を探る。

「兄王が事故で急死したんです……、酔って転んで卓子《テーブル》に頭をぶつけて。それで次王を決める会議を開いて、お孫さんの幸月姫《さちひめ》さまが女王に決まって……。この奇智彦が、摂政になれと、みんなから頼まれたんです。それで今、仮に政務をとっていますが、もちろん女王を守り立てますし、姫の成人後には王国の大権をお返しします。決して謀反《むほん》ではないです」

奇智彦は結局、正直に言うしかなかった。

泥のように重たい沈黙が場に下りた。太刀守が口を開く。

「殿下は三男でしたね。兄王《あにおう》の他にもう一人、年上の兄君がおられたでしょう。今どこに?」

「行方不明です……、この奇智彦《くしひこ》もどこに居るか知らなくて」

「近衛兵《このえへい》に逮捕されたそうじゃないですか」

「ええっと……、そうなのかな。近衛隊《このえたい》からは報告が来てないけど」

「わが孫、幸月姫《さちひめ》さまは、まだ八歳ですよ。女王になっても統治ができんでしょうが」

「八年後に、姫が十六歳で成人されるまで、誠実な代役をこの奇智彦が」

太刀守《たちもり》が、聞こえよがしに舌打ちして、失望の声をあげた。

「もうちょっと、考えといて欲しいんだよなあ、信じたくなるような方便を」

まったくその通りなので、奇智彦は何も言えずに目を伏せた。

面目《めんぼく》ない沈黙の中、奇智彦は切れる手札を探した。

日和見《ひよりみ》の豪族に、来ない大臣に、参じない軍隊。ロクな手札がなく、奇智彦は肩を落とす。

その拍子《ひょうし》に、胡袴《ズボン》の物入れにふと固い手触《てざわ》りを見つける。

奇智彦は迷った。目をつぶる。常識をはじめとした色々なものが内心で葛藤している。

必死に考える。他に何か一つでも、常識的な、頼りになる物があれば。

無かったので、奇智彦は開き直った。

「太刀守殿、この奇智彦の頼れる手下を、ちょっとお目にかけましょう」

奇智彦は思いっきり息を吸い込んで、笛を吹いた。

笛の音は、あまりに高すぎるのか、人の耳には聞こえなかった。

奇智彦の背後で破壊音がした。陣幕が突如、踏み壊された音だ。

「なんだ、あれ⁉」

大佐が、まことにもっともな困惑の声を上げた。

熊《くま》一匹・荒良女《あらめ》の土俵入りが、いま始まった。

◇　◇　◇

熊相撲《くまずもう》は、東国勢に好評だった。苦し紛れのつもりだった奇智彦は、むしろ驚いた。

「いやあ、荒良女と言ったか。気に入った。王都で何かあったら東国《うち》来いよ」

そういって太刀守は髪を整え、上着を羽織った。

「まだ終わってねえよ！」

「兄弟、無茶すんなよ」

何度投げ飛ばされてもなお戦意ある大佐を、肩を貸している中佐がなだめる。

「うう、まだふらふらする」

途中から参加させられた石麿《いしまろ》は、熊に何度も投げられて、立ちながら揺《ゆ》れていた。

荒良女は、からからと笑って、石麿に肩を貸す。

「熊《くま》は満足だ。久しぶりにいい相撲ができた。王都は体がなまっていかん」

荒良女《あらめ》は如才なく、東国人の自尊心をくすぐった。

太刀守《たちもり》はその様子を、快《こころよ》げに見ている。

奇智彦《くしひこ》は鐘宮《かなみや》に付き添われ、その一団を背後から所在なく見守っていた。

相撲とは、かくも人と人とを結びつけるのだろうか。

奇智彦には分からない。たぶん一生の謎だろう。

奇智彦は貴《とうと》い生まれで、しかも生まれつき身体《からだ》が不自由な『足曲がりの王子』だ。

互角の相撲などしたことがない。手もなく投げられるか、相手から負けてくれるか二つに一つだった。摂政《せっしょう》になってしまった以上は、たぶんこれからもずっと。

奇智彦は一団を眺め、風に乗って伝わる言葉をせめて聞いていた。

太刀守が、大佐の肩を叩《たた》き、何か耳打ちしていた。奇智彦の耳にもかすかに届く。

こちらを振り向いた太刀守と、奇智彦は目が合った。

「殿下、いい従士《とねり》をお持ちじゃないですか」

「はあ、まったくです。ありがたいことに」

奇智彦は、太刀守の言葉が皮肉なのか本心なのか、探り取ろうとした。

「大事にしなよ。主君の料簡《りょうけん》は、たばねる臣下で決まるんだ。これなら安心して任せられる」

「これは、ありがたい信頼のお言葉」

どうも順風のように思われたので、奇智彦は意味も分からず話を合わせた。

「やっぱり腹の探り合いは性に合わん。ざっくばらんに行きますか」

太刀守は、倒れていた椅子を立て、拭いてから座った。

奇智彦も、椅子を立てる。杖《つえ》を地面にさして両手を空にし、右手で椅子をつかんで持ち上げる。腹までしか上がらない左手で、椅子の背をつかんで保持し、右手でぐっと立てる。

王国の二大権力者は、軍勢ふたつが見守るしずかな河畔《かはん》で相対した。

太刀守が口火を切る。

「東国《うち》の出す条件はこうです。太刀守《おれ》の娘、元王妃と、まだ赤子の第二王女は東国で引き取る。もちろん幸月姫《さちひめ》さまを女王と認めるし、力にもなる。かわいい孫娘のためにね。殿下がウンと言ってくれれば、対岸にいる東部軍はあんたの味方だ」

奇智彦は、うなずきつつ聞く。ここまでは思いのほか好条件だ。

「それから摂政奇智彦さまは、太刀守《おれ》の娘・愛蚕姫《めごひめ》を嫁にとること」

奇智彦は、うなずきかけて、理解し、耳を疑う。

太刀守は片手を挙げて、輿《こし》を乗せた小舟に合図した。

船は着岸し、男たちが輿を担ぎ降ろした。白い日よけ布が風に揺《ゆ》れる。

あの輿に乗っているのは、まさか、太刀守の……？

「どうだい、殿下。悪い条件じゃあねえと思うんだけどね」

◇　◇　◇

「クシヒコ、王国の会談は何時《いつ》もあんな感じか。何だあれ、やくざの手打ちか」

「国家なんて突き詰めれば、みんなやくざだ」

「やくざなんだな……」

奇智彦《くしひこ》は陣幕に戻ると、宮廷美容師《スタイリスト》たちに指示した。荒良女《あらめ》を式典に出すから、相撲王者《チャンピオン》にふさわしく急いで飾り立ててくれ、と。

荒良女がもみくちゃにされている間に、奇智彦はとれた付《つ》けひげを、そっと返した。

石麿《いしまろ》は、咲《えみ》に手当されながら怒られている。鐘宮《かなみや》は低い声で部下と話している。

奇智彦は陣幕でぼんやりと椅子に座っていた。鐘宮の制服の腰には、くびれがあった。

あの後、奇智彦は太刀守《たちもり》と懸命に交渉した。

奇智彦は、身内の兄王《あにおう》が亡くなったばかりなので結婚は外聞が悪いと『婚約』に譲歩させた。その他は太刀守の提案を丸ごと呑む形で交渉は成った。たぶん婚約への譲歩も、太刀守にとっては最初から予定の落としどころだろう。奇智彦はなんとなくそう思っていた。

「太刀守は大した人だな」

奇智彦は、誰に聞かせるでもなくつぶやく。

太刀守が出した条件は、奇智彦にもうまみがある。

有力豪族の後ろ盾、軍事力に政治力。しかも太刀守の娘は、現女王・幸月姫《さちひめ》の叔母《おば》。結婚すれば、故・兄王の東国系の支持基盤をそっくり継承《けいしょう》できる。こんな好条件、断る手はない。

呑みたくなる話を持ち掛けるのは、交渉上手の証《あかし》。未熟な奇智彦では取り込まれかねない。

何より太刀守は、下手したら王室に弓引く戦《いくさ》に三〇〇〇人も集めてみせた。

一方、奇智彦は、王室のための戦なのに二〇〇人も集められなかった。

参じてくれる部隊が、豪族たちがあまりに少ない。奇智彦はその事実をかみしめる。

奇智彦《おれ》に忠実な軍勢が必要だ。でも、どうやって集めればいい？

さきほど、太刀守が手下に耳打ちしていた言葉が、思い出された。

『この相撲、おれが張った方の勝ちだ』

なるほど太刀守は、いまや玉座を左右する陰の実力者《キングメイカー》だ。

鐘宮が振り返り、奇智彦はそっと視線を外して、地図を見ていたふりをした。

◇　◇　◇

午後の日差しが柔らかい。つい先ほどまでは緊迫していた川辺は、いまや宴《うたげ》の場だった。

両軍の兵士が、互いに打ち解《と》け、奇智彦が大急ぎで用意させた酒と料理をぱくついている。

今日の相撲の王者・荒良女《あらめ》が進み出る。熊《くま》は両手を振り上げた。兵士たちは歓声を上げて、熊の見事《みごと》な相撲ぶりをたたえる。軍楽隊の行進曲が鳴り響き、急遽《きゆうきよ》作った紙吹雪が舞う。

摂政《せつしよう》・奇智彦《くしひこ》は、それを台の上で眺めながら、愉快なふりをしていた。

奇智彦の左右には、栗府《くりふ》兄妹《きようだい》や鐘宮《かなみや》たちと、東国の頭目格たちがいた。

例の白い輿《こし》は、少し離れた小高い場所に移されていた。婚約者本人が出てくる様子はない。

荒良女が、奇智彦のもとにやってくる。奇智彦は息を吸い、声を張った。

「異国の熊よ。見事な相撲をたたえて、摂政より名誉を取らすぞ」

咲《えみ》が、銀の盆にのせて、枝で編んだ月桂冠《げつけいかん》を差し出した。奇智彦はそれを右手でとる。

荒良女が頭を下げる。奇智彦は、栗色の髪に、枝で編んだ輪をかぶせた。

熊は立ち上がると、もう一度、両岸の兵士たちに己《おのれ》を見せた。歓声とどよめき。

「荒良女よ、他にも何か褒美をやろう。なんでも言うがいい」

「ありがたき仕合《しあわ》せ」

神妙なときの荒良女は、顔の造作の良さと相まって、何か神々《こうごう》しい雰囲気があった。

「なれど殿下、これだけでも身に余る光栄」

「そういうな。この奇智彦に、気前の良いところを披露《ひろう》させておくれ」

左右に控えた人々が、好意的に笑った。荒良女も笑って『でしたら』と言う。

「熊といえば相撲が大好き。ゆえに王宮で、いつ何時《なんどき》でも相撲を取る権利を賜《たまわ》りたい」

荒良女の茶目っ気に、観衆はどっと沸いた。奇智彦は苦笑する。

「いや、王宮は勘弁しておくれ。王宮の外でなら何時でも相撲をとるがよい」

そのとき、奇智彦は気づいた。

白い輿の日よけ布が、左右に割れていた。

熊を見ようと、中にいる者が、輿の布を左右に押し分けている。あれが愛蚕姫《めごひめ》だろうか。

そのとき、一陣の風が吹いた。奇智彦は、目撃した。

白い女だった。妖《あや》しい女だった。

白く長い髪。肌も、着物も白い。全身が絹でできているようだ。影まで白いのではないか。

この世の者ではない、化生《けしょう》の者だ、と言われても、きっと信じた。

白い女が、奇智彦《こちら》を見て、言った。

「あら」

第二幕　髭は哲学者をつくらない。Barba non facit philosophum.

奇智彦《くしひこ》の屋敷は、王宮が建つ丘の中腹にある。十六歳の時、成人の祝いに兄王《あにおう》より賜《たまわ》った。

赤屋根に白煉瓦《しろれんが》の二階建て。帝国式柱廊《ちゆうろう》、大会堂《ホール》には赤絨毯《あかじゆうたん》、王室の始祖神の彫像もある。

全室電化、中央暖房《セントラルヒーティング》完備、電話も電信も加入済みの立派な屋敷だ。近衛《このえ》隊《たい》長官や専売公社理事などの公職、荘園経営の仕事も屋敷で行うため、豪華で機能的な執務室も用意してある。

奇智彦はその執務室で、宰相テオドラと面会していた。

摂政《せつしよう》・奇智彦が決裁すべき書類がたまっていたのだ。

東国勢は取り決めの後、整然と帰っていったが、それでも王都は大混乱になった。

「王都警察の臨時雇いの日当？　こんな細かいところまで摂政の署名が要《い》るのですか!?」

「緊急時には何《なん》も彼《かん》も報告してくるものです。何が不要か、現場で判断出来へんのです」

宰相テオドラの王国語は流暢《りゆうちよう》だが、独特の帝国語なまりがあった。

彼女は帝国出身で、元官僚の解放奴隷だった。父王に見込まれて王国に渡来し、王国の法と制度を整え、王国語を学んで、いまや行政府の長をつとめる才媛だ。

濃褐色の瞳に宿る、意志と知性と物慣れた落ち着き。後頭部でまとめた癖《くせ》の強い髪。女性用黒外衣《フロックコート》がよく似合う。新聞の風刺画から切り抜いてきたような典型的「お役人」姿だった。

応接机の長椅子に向かい合って座り、慣れない手続きについて教えを乞《こ》うていると、摂政と言うより不出来な生徒になった気分だ。一息ついたところあいに、宰相は顔を上げた。

「ところで殿下、そろそろ王宮にお移りにならはったらいかがですか」

持参した書類をまとめつつ、宰相テオドラは奇智彦の表情をうかがう。

「王宮の、大王《だいおう》の居室が、いつまでも空のままやと言うのは」

「兄王が、あそこで亡くなったばかりですから。縁起が悪いでしょう」

「幸月姫《さちひめ》さまも寂しがっておられますよ。大きなお家《うち》に乳母《うば》とふたりきりで」

「女王・幸月姫が居られるのだから、摂政が王宮に住むわけには。世間体もあるし」

「それは……、いえ」

奇智彦は、聞きとめて顔を上げた。

「いまなにか口ごもりましたね」

「いえ、別に」

「いっそ言ってください。そういうのは余計気になる」

「私は別に」

「言ってください。怒ったりしませんから」

「世間の評判をお気になさるなら、宰相を私《わたし》がいちいち屋敷に呼びつける方がむしろ……」

宰相テオドラの意見は完全に正論だったので、奇智彦はとても腹が立った。

「それに殿下、実際問題として、お屋敷やと物理的な限界があります」

奇智彦《くしひこ》は、無言で手元の茶を飲む。これもまた正論だった。

奇智彦の屋敷は立派だったが、業務量の少なさを見越して、小ぶりに作られていた。

だから突然、奇智彦が最高権力者になると、屋敷の処理能力はたちまち限界を迎えた。

屋敷の電話はこの数日、鳴りっぱなしだ。

奇智彦の摂政《せっしょう》就任初日、電話機と回線の数が全然足りず、屋敷の電話は不通になった。

やむなく王都の電信電話局に車を走らせ、電話機と電話線と技師を急きょ借りてきた。

執務室の外の廊下に、配膳用の長い台車を持ち込んで、その上に型式も雑多な電話機をずらりと並べてある。咲《えみ》のイトコとハトコが付きっきりで、絶えず電話に応対していた。

廊下の奥は、仮の電話交換台になっていた。王宮から派遣してもらった交換手のお姉さんが、神業じみた速さで電話をさばく。窓の外をみると、庭では技師たちが回線増設工事をしていた。

電報室の加入電信《テレックス》は絶え間なく電文を吐き出している。扉は開《あ》け放《はな》ってあった。いちいち開け閉めしていられない。咲の異父弟《おとうと》が床に落ちた電報を拾い、順番に整理している。

大会堂《ホール》は陳情《ちんじょう》に来た高官や議員や将軍たちや、急に増えた『奇智彦の友達』でいっぱいだ。

整理係の石麿《いしまろ》たちが、話し声に負けないよう声を張り上げる。その騒音が聞こえてきた。

奇智彦の執務机は書類と覚え書きで埋まってしまい、今は応接机で書類仕事をしていた。

秘書机で仮眠中の咲は、このままだと遠からず倒れそうな塩梅《あんばい》だった。

奇智彦は、そっとつぶやいた。

「まるで倒産寸前の会社みたいだな」

「殿下は、先の兄王《あにおう》陛下の方針をそのまま継承してはるので、これでも面倒は少ない方です」

「じゃあ、仮にもし、路線変更をしようと思ったら……」

「する予定があらはるのですか？」

「ないです」

「よかった」

その後も、細かい指示と忠告を受けた。新しく覚えることが無数にあって脳がくたくただ。

宰相テオドラは去り際、手ずから書類をまとめた。

奇智彦は長椅子にぐったりともたれて、それを眺める。それから、おずおずと尋《たず》ねた。

「それで宰相どの、お願いしていた例の件ですが」

「信頼できる文官を推挙してほしい、という事でしたね」

「ええ。もう仕事が限界です。秘書や事務員を最低でも三人みつけないと過労で死んでしまう」

「栗府《くりふ》一族や鐘宮《かなみや》少佐には、もう頼みはったのですか？」

「うまくいかなかったのです。色々あって」

栗府氏は弱小すぎて、人材の母数が少なく、あまり引き抜くと一族の経営に支障をきたす。

鐘宮氏は有力すぎて、地盤が脆弱《ぜいじゃく》な奇智彦では、政権ごと乗っ取られる危険があった。

結局、実務に通じて氏族に属さない、渡来人《とらいじん》のテオドラくらいしか当てがなかったのだ。

「殿下、いま人員だけ増やしはっても、混乱をかえって増すだけです。屋敷《ハコ》が根本的に小さすぎるのです。増員した秘書や事務員に、屋敷のどこで仕事をさせはるのですか?」

「それは……、客間をつぶして、事務室と文書保管室にしようかと」

「そうしたら、屋敷でもてなせる人数が減ってしまうやないですか。殿下を訪ねてきた客人をいちいち旅館《ホテル》まで送るのですか。ただでさえ、これから大事な客は増える一方ですよ」

まったくの正論なので、奇智彦《くしひこ》はたいへんに腹が立った。

二人はしばし無言で座って、屋敷中から聞こえる喧騒を聞いていた。

執務室の壁には、今は亡き兄王《あにおう》の肖像写真がまだ飾られていた。額縁の中の兄王は、髪を結い上げ、美髯《ひげ》をたくわえ、白い伝統装束《しょうぞく》を着て、典雅な微笑《ほほえ》みで狂騒を見下《みお》ろしていた。

宰相テオドラがぽつりと、奇智彦に聞かせるでもなく、口を開く。

「殿下が、先の兄王陛下に遠慮されるのは、よく分かります。しかし、それで王室ごと潰れてしまっては本末転倒です。この際、王宮に移ったらいかがですか」

宰相テオドラは、『覚悟を決めろ』と言っている。王国の主《あるじ》として振る舞え、と。

奇智彦は、いま決めたくなくて、そっと別の話題を探した。

「宰相どのは、今は亡き父王の、侍従長でしたね」

「はい、殿下。長年、お仕えしました」

「なら、太刀守殿《たちもり》とも、昔からのお知り合いでしょう」

奇智彦は、ぐっと背を伸ばし、聴く姿勢をとった。

「太刀守殿について、奇智彦《わたし》はよく知りません。どういうお人柄か、ぜひお聞きしたい」

「そうですね……。個人的に親しくお付き合いしたことはありませんが」

宰相は、じっと考えた。いつもの無表情だが、頭が回転しているのは目つきでわかる。

慎重に言葉を選び、宰相テオドラは口を開く。

「太刀守殿は、東国の大豪族です。祖父王崩御後の内乱では、東国の氏族をまとめあげ、父王の元に参じました。その後も、東部の総督として忠実に仕えました。父王も、太刀守殿を信任なさっていたのでしょうね。王太子の奥方に、太刀守殿のご令嬢を迎えいれたのですから」

「王太子、後の兄王との関係は？　良好だったのだろうか」

「悪い噂《うわさ》は聞きません。兄王さまは王都に、太刀守殿は東国にいて、目下の政治問題は泥沼化した戦争ですから、不仲になるきっかけも無かったのでしょう。しかし、両者の内心については私にも判じかねます。殿下もご存じの通り、王が真の友を持つのは難しいことです」

奇智彦は、宰相の話す内容と話し方を、慎重に脳に刻み付けていった。

「宰相殿は、東国に行ったことはあるだろうか？」

「何回か行った程度です。通りいっぺんの事しか言えませんが、そう……、東国は早くに開発されて、古い豪族や神殿がいまも多数のこります。絹の産地で、繊維産業が盛ん。馬の産地。

王国でも平均所得が高い。昔から王都に対する自立心が旺盛《おうせい》な土地。そんなところですか」

奇智彦《くしひこ》は、じっと耳を傾けた。少しでも知っておきたくて。

「名産地といえば、太刀守《たちもり》殿の娘の、ええと、何といったか――」

「愛蚕姫《めごひめ》さまですか？　このたび、殿下の婚約者になられはった」

「そうそう。彼女にも贈り物をしなければな。何を贈ると喜ばれるだろうか」

「娘がいるとは知っていました。しかし詳細は、殿下の従士《とねり》、咲《えみ》にお聞きになったほうが」

宰相テオドラはそういって、目の前で仮眠中の、咲を見やった。

咲は秘書机で、ぐったりと仮眠中だった。

「この娘は、王国の要人の情報を、丸暗記しているはず。私よりよほど詳しい」

宰相テオドラは、書類鞄《かばん》を手に、長椅子から立ち上がった。

「ともかく、このお屋敷ではどのみち限界です。王宮に移るのがどうしてもお嫌《いや》なら、もうすこし大きい屋敷に引っ越されはったらいかがですか」

◇　◇　◇

「そんな金があったら苦労しないんだよ！」

奇智彦は、宰相テオドラが帰った後で、隣で仕事をする咲に軽くぼやいた。

執務室の窓から見える空は、すでにとっぷり暮れている。門の前で寝始めた陳情者《ちんじょうしゃ》たちを、警備の近衛兵《このえへい》が整理している。綱渡りのごとき一日が、今日もまた暮れつつあった。

執務室には奇智彦と咲と荒良女《あらめ》だけで、閑散としていた。冷めた珈琲《コーヒー》を飲み干す。

「クシヒコ、汝《なれ》はこの国の最高権力者なのだろ。引っ越す金もないのか？」

荒良女が向かいの長椅子で、帝国語の書類から顔を上げた。

統一国家としての歴史が浅い王国では、言語は地域ごとにバラバラだ。政府が定めた正書法もいまいち普及していない。だから役所の公文書には、やむなく帝国語を使用している。

荒良女は、帝国から追放されてきた凶悪犯だから、帝国語の読み書きができる。

人手不足の苦肉の策で、奇智彦はこの態《くま》に、摂政《せっしょう》の仕事を手伝わせていた。

奇智彦は首をちょっと傾けて、荒良女の方を向いた。

「摂政《おれ》が今から引っ越すとなれば、格式に応じた壮麗な邸宅を作らねばならない。従士だって追加で雇うことになる。そんな大金がどこにある。なあ、咲」

「殿下、まずは日常業務を処理する流れを作りましょう。ひとつひとつこなすしかありません」

咲は感情の擦《す》り切《き》れた目で打字器《タイプライター》の鍵を叩《たた》いていた。

荒良女は咲の様子をうかがってから、奇智彦にそっと尋《たず》ねる。

「しかし、何でここまで金がないのだ。摂政なんだろ」

「奇智彦《おれ》はついこの間まで弱小王族だったからな。摂政や領主といった『事業』をするには、元手が全然足りないのだ。手持ちの荘園は荒地だ。金になる官職は、専売公社の理事くらい。近衛隊長官《このえたい》は実質無給の名誉職だし。摂政職《せつしよう》も出費が多くて、いまは赤字だし」

「しかし、王室には金があるはずだ。摂政なら自由になるだろ」

「『王族・奇智彦《くしひこ》の金』と『王室の金』と『国家の金』は別会計なのだ。王室財産は女王の物で、管理者は王室の官僚組織だから、摂政《おれ》は手を触れにくい。国の金に手を付けたら違憲だし」

「過渡期だなあ……。公私が中途半端に未分離だ」

荒良女《あらめ》は、感心したようにうなる。奇智彦はぼやいた。

「摂政の権限を乱用して、臨時税を課したり、自分によい荘園を贈ったり、手っ取り早く金を工面する手もある。だが、今の不安定な状態でそれをしたら、豪族の反乱がこわい」

「信頼できない豪族がいるのか？」

「豪族どもなんか信頼してみろ、命がいくつあっても足りんぞ。王にすぐ嘘《うそ》をつくし、税を踏み倒すし、裏切るし、陰謀を目論《もくろ》むし、妃を寝取るし。王国語が通じないやつもいる」

「よく国としてまとまっているな」

「まとめ役の第一人者は、豪族にとっても必要なのだ。豪族同士の裁判や、帝国との交渉を、仕切れる権威がいないと紛争《トラブル》は何十年も続く。王室が仕切っていた範囲が、王国の領土だ」

「不安定な王権だなあ……」

荒良女は首をひねる。

「しかしこの間、どこからか大金を用意しただろう。『王族には秘密の金づるがいる』と言って。そういうところからは借りられないのか」

「あれは特例中の特例、緊急措置だ」

奇智彦は、詳細をぼかした。荒良女の訳《わけ》ありの金を、政治工作資金に無断流用したことを、まだ打ち明けていなかったのだ。奇智彦は、話題を変えるために口を開く。

「あちこちの縁者から、すでに金を借りているが、小口ばかりで焼け石に水だ。大口の出資者は有力だから、下手に借りを作ったら、奇智彦の脆弱《ぜいじゃく》な統治基盤を乗っ取られてしまう」

奇智彦の玉座交代劇には、正当性が何もない。

摂政奇智彦が王国を統治する根拠は、『王族』という唯《ただ》一点のみ。そのため『王室の伝統』は尊重しないといけない。奇智彦のとれる選択肢は最初から、かなり制限されているのだ。

荒良女は承知して、深くため息をついた。

「クシヒコに、他に足りないものは？」

「手勢《てぜい》だ。俺に忠実な軍勢が要る。今はみんな摂政より、太刀守《たちもり》の顔色ばかりうかがう」

「歴代の王様は、どこから手勢を得ていたのだ？」

「色々だ。王国の公的な武力組織のうち、比較的信頼の置ける部隊とか」

「比較的？」

いぶかし気《げ》な荒良女に、奇智彦は説明する。

「同じ国軍でも部隊ごとに信用度の差があるのだ。特に忠実なのは王都軍団、一部の精鋭部隊、自領で募《つの》った一蓮托生《いちれんたくしょう》の部隊だ。王によっては特別な縁で、警察や徴税官《ちょうぜいかん》を重用した者も」

「自分の軍隊くらい、ぜんぶ信じてやれよ。王様だろ」

「あと、後ろ盾の豪族の『氏族兵《しぞくへい》』は頼れる。母方や乳母《うば》の一族が、私物化している軍部隊だ」

「いるんだな、そんな部隊がたくさん……」

荒良女《あらめ》は、何か畏《おそ》れるような口ぶりでつぶやいた。それから考える。

「その状況で、とくに『信頼できない部隊』って、どんな奴らだ」

「後ろ盾以外の氏族兵」

「なんという原初的《プリミテイヴ》な生活をしている人々だ」

荒良女は呟《つぶや》いて、ぷふう、と息を吐く。

「クシヒコには、そのどれもアテがないんだな？」

「ない。俺の領地は人口疎《まば》らな荒地だし」

「栗府一族《うち》には氏族兵もいませんし」

咲《えみ》が、気にしていないそぶりで、それとなく口に出した。打字器《タイプライター》の鐘がチンと鳴る。

荒良女は首をかしげて、奇智彦《くしひこ》に尋《たず》ねる。

「この前、栗府《くりふ》ノ里《さと》から何人か来ただろう。あいつらは氏族兵とは違うのか？」

「武装した男が数名と、戦闘部隊の間には、越えがたい壁があるのだ」

「クシヒコは近衛隊《このえたい》の長官だろ。近衛兵《このえへい》に頼ればいいではないか」

「近衛隊は忠実だが、あくまで『王室』直属の部隊だ。女王を差し置き、摂政《おれ》が好きに使うと混乱を招く。戦争のせいで人手不足だしな。この間も、たった二〇〇人しか来なかったし」

「ずいぶん根に持つなあ……」

荒良女は上を向き、天井を眺めて首を鳴らす。

「確認するが、クシヒコの母親の実家は頼れないんだな？」

「おれの母上《ははうえ》の実家はすでに滅亡同然だ」

むうん、といって熊《くま》は腕を組む。

「いったい、先の大王《だいおう》、兄王《あにおう》はどうやっていたんだ？」

「軍も王室領も近衛隊も東国勢も、兄王にはちゃんと協力したのだ。盤石な大王だからな」

「なるほど。クシヒコはつまり、王権を固めるだけの金と権力がないのだな。服を買いに行く服がないような状態だ。世の中は厳しいなあ」

咲がいらだちを込めて、がちゃり、と大きな音を立てて打鍵した。

それから、荒良女に分からないよう、王国語で言う。

「殿下、軍勢を整えるだけのお金は、どのみちそう簡単には用意できません」

「くそう、どこかにうまい金づるが転がってないかなあ」

「やめてください殿下、そんなさもしいことを」

気分がすさんで口論になる、そんな折に、ちょうどよく扉が叩《たた》かれた。石磨《いしまろ》の声がする。

「殿下、ご婚約者の愛蚕姫《めごひめ》様が、お会いになりたいそうです！」

奇智彦《くしひこ》は、言葉の意味をはかりかねた。

「お会いに？　いま来ているのか、この屋敷に？」

「はい。玄関で待たせるのは何なので、大会堂《ホール》にお通ししました」

「じゃあ、伝えてくれ。いま支度するから、少しお待ちくださいと」

「承知しました」

石磨の遠ざかる足音がした。王国語のわからない荒良女《あらめ》が、不審そうに首をめぐらす。

「なんの知らせだ？」

「厄介な知らせだ」

奇智彦はそれだけ答えた。

◇　◇　◇

愛蚕姫は、一昨日の東国勢の騒ぎの後、王都に宿をとったらしい。

奇智彦は王族だ。その婚約となれば、正式な婚約式、お披露目《ひろめ》の宴《うたげ》を催さねばならない。

しかし屋敷はこのありさまで、金も手間もかかる式典など、当分は開催できない。

そのため愛蚕姫には、個人の資格で王都に逗留《とうりゅう》してもらっていたのだ。

その本人が屋敷《こちら》にやってきた。奇智彦は頭を右手で支え、重さをひじ掛けに預ける。

「咲《えみ》。東国の愛蚕姫について、何か知っているか？」

「太刀守《たちもり》の娘。十八歳。名門神殿一族の末裔《まつえい》。製糸業の大株主。有名な占い師。白い妖巫《ようふ》」

奇智彦は、最後の部分を聞きとがめた。

「白い……、何だ？」

「いえ、ただの噂《うわさ》です」

「聞いたとおりに教えてくれ」

「あくまで、そういう噂があるというだけで」

「気になるんだよ。教えてくれ」

「愛蚕姫さまは、太刀守とは血縁がありません。奥方の連れ子です。その奥方は名門神殿一族の出身で、姫も超自然的なわざをその身に受け継いでいる、と一部で信じられています。また姫さまが幼少の頃、母の一族が戦乱と疫病で滅亡したとき、強い恨みと呪いのために、姫さまの髪は一夜にして総白髪になったと、そういう伝説が」

「あるのか」

「はい。一時《いっとき》は週刊誌でもずいぶん騒がれたようです」

奇智彦は卓子《テーブル》に目を落とし、しばし考える。呪われた姫君。母の一族を滅ぼされた。

何で太刀守《たちもり》は、この奇智彦《くしひこ》の婚約者に、そんなすさまじい経歴の娘さんを選んだのだ。

王国語の会話が続き、荒良女《あらめ》は退屈にむくれて書類をつまみ上げた。

そんなとき、扉の向こうで興奮した足音がした。扉がまたも叩《たた》かれる。

「殿下！　殿下！　愛蚕姫《めごひめ》さまが大会堂《ホール》で！」

「どうしたのだ？　姫君がお怒りなのか。ならば、いま着替え中だと伝えてくれ――」

「お怒りなのではありません！　それよりすごいんですよ！」

石麿《いしまろ》の声は、興奮ではずんでいた。

「愛蚕姫さまは、魔法を使って未来を視《み》るんです！」


奇智彦の屋敷の大会堂は、有力者の王都屋敷としては、ごく一般的な内装だった。一、二階は吹き抜けで、天井は高い。床は赤絨毯《あかじゅうたん》。壁には王国神話の壁画。あちこちに長椅子《ソファ》や床几《ベンチ》や盤双六《バックギャモン》が置いてある。王弟・奇智彦にお目通りを願う人々は、ここで順番を待つのだ。

王室の始祖神をかたどった、極彩色《ごくさいしき》の彫像もある。王国の女神なのに、容貌《ようぼう》も服装も武具もペルシア風だった。帝国の有名工房に依頼したら、向こうの東洋観《オリエント》に引っ張られたのだ。

摂政《せっしょう》就任後に判明したが、この大会堂も摂政には狭すぎた。お目通りを願ってやって来る人々は激増し、人口過密で絶え間なくもめ事がおこる。今までは会食や冠婚葬祭、映画の上映会にも使っていたが、招待客は増えるだろうし、別の会場を探さねばならないだろう。

その大会堂に、いた。

電気灯が半分落とされ、がらんとした広間で、白い人影は浮き上がって見える。

愛蚕姫は、白い髪をまとめて、白い着物を着ていた。こちらに背を向けている。

長椅子に正座し、双六盤《すごろくばん》を前に、何やら神妙な態度でかまえている。

奇智彦の屋敷の従士《とねり》、咲《えみ》のイトコとハトコが、真剣な目で盤を見つめていた。

愛蚕姫が、動いた。その手から何かが飛び出し、双六盤の上を転がる。

青く四角い――サイコロが三つ。

三人は、まるで爆弾を解体するような真剣な表情で、サイコロを見下《みお》ろしている。

奇智彦は迷った。さあ、この婚約者に、どう声をかけたものか。

そのときイトコとハトコが、はっと顔を上げた。

先導する石磨と、奇智彦と咲の接近に気づいたのだ。二人は慌てて立ち上がった。

「あら」

愛蚕姫は、サイコロをつまみ上げて立ち上がり、丁寧にお辞儀をした。

奇智彦は、姫を見る。長い白髪《しろかみ》は老婆を思わせたが、はりと艶《つや》があり美しい。顔立ちは華があり、瞳が大きく生き生きと動くので、表情に魅力がある。物腰から、育ちの良さと利発さと神秘的《ミステリアス》さがにじみ出ている。金持ち相手の占い師としても、大いに武器になるのだろう。

顔かたちは、先の王妃や幸月姫《さちひめ》と、特に似ていない。血縁がないというのは本当らしい。

太刀守《たちもり》が東国に帰る前に、一応の顔合わせは済んでいた。しかし、いきなり屋敷に来るとはすごい度胸だ。ただでさえ奇智彦《くしひこ》は、謀反《むほん》を起こした危険人物だと思われているのに。

愛蚕姫《めごひめ》の供の、着飾った男女は、大会堂の敷物の上に少し離れて座り込んでいた。

奇智彦たちが型通りの言祝《ことほ》ぎあいをしている間に、咲《えみ》がイトコとハトコから事情聴取した。

愛蚕姫の護衛が警戒してぴりぴりしているので、奥に行かず、大会堂で話すことにする。

足曲がりの王子と、白い妖巫《ようふ》は、向かい合って長椅子に座った。

側《そば》にひかえる咲が、折を見て口を開く。

「従姉妹《いとこ》が、数日前、髪留めを失くしたのです。その在りかを占っていただいていたと」

「ほう」

奇智彦はイトコたちを見る。二人は無言で、申し訳なさげに、咲の方を盗《ぬす》み見ていた。

「愛蚕姫さまは、卜占《うらない》を能《よ》くされる方です。王都でも、その道では有名なのだとか」

「ほう。占いを」

「姫さまは、何でもご存じだそうです。髪留めの色が赤だとも、言い当てられました」

咲が、イトコが大事そうに持っていた本を受けとって、奇智彦に手渡す。

奇智彦は手に取って眺めた。

大きな判型の薄い本だ。表紙には何か意味ありげな紋様が印刷してある。

表紙の上部に、親しみやすい大きな文字で、題名が書いてある。

『森が動くとき――凶を吉に変える生き方』。

本を開く。一枚目に、愛蚕姫の大きな肖像写真があった。頼りがいのある微笑《ほほえ》みだ。

目次をざっとみてみる。

『ふしあわせだけど、しあわせ』。

『手を濡らさずに魚はとれない』。

『明けない夜はない』。

長年の修練の賜物《たまもの》で、奇智彦はこれほどのうさん臭《くさ》さに接しても、そつなく笑顔を保てた。

奇智彦は、無難な感想を述べるべく、言葉をさがす。

「貴女《あなた》はいま掌《たなごころ》を指すように、未来のことを予見できるのですか」

「人の身には過ぎたこと。ただ天の秘めたる自然の摂理をほんの少し読めるだけです」

「なるほど」

意味が分からないままに、奇智彦はうなずいた。それから質問を考える。

「いったい、どのような方法で？」

愛蚕姫が、袖《そで》から手を出す。白い指先には、三つのサイコロが握られていた。

青い宝玉を加工したものらしい。金箔《きんぱく》細工を見事《みごと》に施《ほどこ》した、立派な美術品だった。

「さあ、殿下もご覧あれ――」

愛蚕姫はいつの間にか、もう一方の手に振り筒を持っていた。

盤双六《バックギャモン》で使うような筒だ。やはり見事《みごと》な細工。

サイコロを振り入れる。コロコロ、と筒の中で鳴る。

一連の動きには無駄がない。何千回も繰り返した動作なのだ。白く長い指が自在に動くすがたは、糸をつむぐ女を思わせた。サイコロを振りながら、不思議な節をつけて唄《うた》う。

「吉兆即凶兆《よいはわるいで》　凶変即瑞祥《わるいはいいで》　禍福はもつれた生糸のごとし」

その微笑には、仕事に慣れた看護婦の頼もしさと、一抹《いちまつ》の妖艶《ようえん》さが同居していた。

白い袖《そで》をおさえて振り筒を扱《あつか》う。そのよどみない手つきを、奇智彦《くしひこ》はじっと見つめる。

「では、解《と》きほぐすのは？」

「いいも悪いも、天命次第《さいころ》」

愛蚕姫《めごひめ》は、双六盤《すごろくばん》に賽《さい》を投じた。

青く高価な立方体は転がって、三つの数字を提示する。

「数字の組み合わせは五十六通り。それぞれ十二柱の大神や、神話の英雄たちを象徴します。特別な数字もあります。目の組み合わせと順番で、吉凶を占うのです」

愛蚕姫は、盤上のサイコロを指さした。

「これは、豊穣《ほうじょう》の女神を表します。先に出た目も合わせると、この場合は『安らぎ』と解釈すべきかもしれませんね。探し物は案外近くにあるのかな？」

そういって、愛蚕姫はイトコに笑いかけた。

語り口はこなれていて、もてなしがよく、観光地巡りの案内人のようだった。

青いサイコロを、白い指がつまみあげる。指先は血が透けて桃色に染まっていた。

「サイコロで占うのですね」

「帝国人はその昔、貝がらを落として、その表裏で吉凶を占ったそうですよ」

愛蚕姫《めごひめ》はそう言って、三つの青いサイコロを放つ。

奇智彦《くしひこ》は手品《てじな》の種をさぐる者の、健全な好奇心で手つきを見守った。

コロコロ、とサイコロが転がりでる。愛蚕姫が集中する。

「むむむ……」

イトコとハトコが、ぐっと盤面をのぞきこんだ。咲《えみ》は醒《さ》めた瞳でそれを見た。

奇智彦は愛蚕姫を眺めつつ、視線はその向こう、姫の従者の動きを透かし見ていた。

愛蚕姫は、こめかみにそっと指をあてて、うなる。

「これは水を象徴する女神です。この近くで、安心できる場所。そして水に縁のある場所」

「あっ！」

イトコが思わず声を漏らし、視線で咲に許可を求める。

咲がうなずくと、イトコとハトコは屋敷の奥に引っ込んだ。

その背を見て薄《うす》く微笑《ほほえ》む愛蚕姫を、そっと奇智彦はうかがった。

それから、盤面の青いサイコロに目を転じる。

宝玉を磨いて作った物らしい。滑《なめ》らかで半透明で、陽光を透かして青く光る。数字を掘った溝は金箔《きんぱく》張りだ。何代にもわたって使い込まれた品の重み。青く暖かな光。確かどこかで見たことがある。奇智彦は記憶を探る。

「やわらかい青い光。これは、ひょっとして『宝珠』では」

「さすが殿下、お目が高い」

愛蚕姫は、柔らかな仕草でうなずいた。それから聴衆の方を向いた。石麿《いしまろ》や咲の他にも、いつの間にか、屋敷の従士《とねり》たちが集まってきていた。

「『宝珠』は青い宝玉。その美しさと神秘的なちからで、古来より珍重されてきました。言い伝えでは、海の底に住む年《とし》を経《へ》た大魚《たいぎょ》の、千年に一度だけ流す涙が固まって宝石《たま》になったとか。なかでもこの一組の賽《さい》は、わが一族に代々伝わる霊験《れいげん》あらたかな品なのです」

愛蚕姫は、宝玉をつまみ上げ、手のひらに載せて皆に見せた。誰かがため息をつく。

奇智彦は、貴重品をあつかう、その物慣れた無造作さに少し感銘を受けた。

皆が聞き入るなか、愛蚕姫は朗々と語り続けた。

「今となっては昔のことです。わが一族の開祖が、夢で神託《おつげ》を受けました。『裏の山で桑の木を切れ』と。翌朝、山に分け入ると、天まで届く桑の木があった。斧《おの》をあてると、犬の頭ほどもある大きな宝珠が転がり出たのです。開祖はお告げの通り、その地に神殿を建立《こんりゅう》して雷神を祀《まつ》り、宝珠から霊験《れいげん》あらたかな品をいくつも削り出しました。この賽もその一つ」

ほおおお、と屋敷の従士《とねり》たちがどよめいた。

奇智彦《くしひこ》は、伝承に水も魚も関係なくて、ちょっとびっくりした。

「殿下、伝承に水や魚が出てきましたっけ。聞き漏らしてしまって」

咲《えみ》が聞こえよがしに尋《たず》ねた。奇智彦は如才なく聞こえないふりをした。

愛蚕姫《めごひめ》は、ばっちり聞いていた。

「その御山は、周囲を海に囲まれた、島にあったのです」

「へえぇえ、そういう設定なんだ」

「咲……」

奇智彦が目で石麿《いしまろ》に合図し、石麿が咲の手をそっと握って止めた。

奇智彦は賽子《サイコロ》を見る。神託うんぬんはともかく、よほど由緒《ゆいしょ》ある品なのは本当だろう。

近頃では、こんな大きな良質の石はまず手に入らない。大豪族か大神殿の秘蔵の品、大きな美術館の目玉展示品、海外の大富豪の収集家あたりが持つような品だ。

その時、たったった、と軽やかな足音がした。誰かが大会堂に駆《か》け込んでくる。

イトコとハトコだ。ともに息を切らしている。目は驚きに見開かれている。

イトコが、手の中のものを、みんなに見せた。赤い飾りのついた、髪留めだった。

おおおお、と屋敷の従士たちみんなが喝采《かっさい》した。

愛蚕姫は立ちあがって、奇智彦と観衆に、ぴょこりとお辞儀をした。

耳飾りが揺《ゆ》れて、朱色の耳たぶから白いうなじにかけての、柔らかな線がよく見えた。

屋敷の従士たちが、少しでも霊験《れいげん》にあやかろうと姫を取り巻く。

やんややんやの大歓迎のなか、愛蚕姫はそれらしく解説した。

「水の精気が強いので使いこなすのは難しいですが、感度がよいので先占《さきうら》では抜群の——」

奇智彦は人の輪の少し外に立ち、愉快な顔でうなずきながら、愛蚕姫の講釈を聞き流した。

確信した。愛蚕姫の占いは、ペテンだ。

◇　◇　◇

「そうなのですか⁉」

石麿が、奇智彦の話を聞いて驚いた。

愛蚕姫は挨拶《あいさつ》だけして帰り、奇智彦たちは執務室に戻った。乱雑な部屋は、奇智彦と石麿、それに荒良女《あらめ》がいるだけで狭苦しい。執務机の椅子に座るために、奇智彦は電話帳をどけた。

「愛蚕姫の占いには仕掛けがある。ペテンだ。良く言えば技巧《テクニック》でかためた手品《てじな》だ」

「何故《なぜ》、お分かりになるのですか」

「愛蚕姫は、髪留めの在処《ありか》を神通力で探し当てたという。この近くで、安心できて、水のある場所だ、そう言っていた。石麿も聞いていただろう」

「聞いていました」

「この奇智彦《くしひこ》には神通力などないが、そのくらいの事はすぐに言える」

奇智彦は、柔らかい椅子に深く腰かけた。

「娘が髪留めを失くしたと言う。女子《おなご》が髪をほどいたなら、落ち着ける場所だ。髪をいじるのだから水場の公算が高い。従士《とねり》は屋敷に住み込みだから、失くし物もこの近くの可能性が高い。愛蚕姫《めごひめ》の予言は、当たり前のことしか言っていないのだ」

「あっ……、本当だ」

石麿《いしまろ》はそういってから黙った。頭の中を探って反論の糸口を探しているのだ。

「では、失くした髪留めが、赤色だと言い当てたのは」

「さっき聞きだしたのだ。『髪留めは明るい色では？』『はい赤色です』という具合に」

「な、なるほど」

「もしくは、手下に探らせたか。屋敷の待合所に陳情者《ちんじょうしゃ》のふりをして潜り込み、世間話を聞く。それだけでも、けっこう事情が分かるものだ。合戦《かっせん》前の偵察《ものみ》だよ。俺ならそうする」

奇智彦は、首をこきこきと鳴らした。

「ひとは見たいものを見る。イトコ達は占い好きだ、愛蚕姫の神通力を最初《はじめ》から信じている。多少、粗《あら》があっても好意的に解釈し、勝手に納得してくれる。自信満々に行けば、コロリだ」

「殿下、ペテン行為にお詳しいですね……」

石磨の声は、なにか畏《おそ》れるように響いた。

奇智彦はじっと、執務机の赤い電話機を見ていた。摂政《せっしょう》になってから設置した、近衛隊《このえたい》との直通電話だ。回線工事が完了して、もうすぐ確認の電話がかかってくるはずなのだ。

従士まかせでいい単純な仕事だが、奇智彦はこういう新しい装置に目がなかった。

電話を待ちながら、奇智彦はじっと考える。

賽子《サイコロ》は、ただの乱数発生器だ。あんなものに未来はわからない。

注意すべきは、出目を解釈する者だ。天命を読み解《と》く女。天意の代弁者。

愛蚕姫は天意の取次役なのだろうか。権力者の近くに、必ず取次役《とりつぎやく》がいるように。

そのとき、長椅子に寝そべっていた荒良女《あらめ》が、むくりと顔を上げた。

「ところでクシヒコ、なぜ熊《くま》は紹介にあずかれないのだ？」

「お前は帝国からの追放者、歴史にのこる大罪人だ。偉い人にそうそう紹介できるか。太刀守《たちもり》との相撲は緊急事態の例外だ。調子に乗るなよ、ちょっと機密文書を扱《あつか》わせているからって」

「殿下、やっぱり荒良女にあの書類を見せるのはまずいんじゃや……」

そのとき、赤い電話機の呼び鈴が鳴った。

奇智彦は右手で静かに受話器を取り、耳に当てる。

『こちら、近衛隊本部。きみは誰だ？』

電話機から鐘宮《かなみや》の声がする。疲れて、いくぶん横柄《おうへい》な口調。音質はすこし悪い。

奇智彦《くしひこ》の心に、そっと悪魔がしのびこんだ。

「あのぉ、近衛隊《このえたい》の方ですか?」

奇智彦がやや鼻にかかった声を出すと、鐘宮《かなみや》は従士《とねり》の誰かだと思い込んだ。

『そう、鐘宮少佐だ。そっちは、摂政《せつしよう》殿下の屋敷だろ?』

「はあ?」

『きみ、摂《せ》ッ政《しよう》ッ! 殿下の屋敷の人だろ!?』

「はい。ふふ、ちょっとこの間、屋敷の仕事を手伝ってくれって言われたんです」

石麿《いしまろ》が何事かと見やるのを、奇智彦はそっと身振りで制す。

鐘宮は受話器の向こうで続けた。

『この回線の確認を、この時間にやると伝えてあるはず。きみ何も知らないのか』

「はあ。石麿さんが何かおっしゃっていたようですが」

『あいつはバカだから当てにしちゃだめだよ。咲《えみ》からは聞いてないのか』

「咲さまは何《なん》も教えてくれないですよ。氏族《みうち》の人にしか教えてくれないです」

『出た、めんどくさい女』

鐘宮がペラペラしゃべるので、奇智彦はだんだん愉快になってくる。

鐘宮の方でも、同じ面白さを感じているに違いなかった。

『熊《くま》はどうしている』

「あの毛皮を着ている人、何者ですか。言葉が通じないんです」

『気を付けた方がいい。あいつは札付きの凶悪犯だから』

「何でお屋敷にそんな人が」

『殿下の趣味だよ。複雑なやつが好きなんだ。それで君《きみ》、えっと、誰だっけ』

奇智彦は、趣味で作っている架空の経歴の中から、適当な名前を答えた。

「ぼく調理場の助手ですけど、あの打猿《うちざる》って子が来ると、いつも銀食器が無くなって」

『間違いなくクロだ。盗人根性《ぬすっとこんじょう》はなかなか治らない。現場をおさえたら好きにしていいよ』

「はあ、がんばります」

『ところで、そこらへんに屋敷の偉い人はいないのか』

奇智彦は、自分が電話口にいない適当な理由を考えた。

「殿下の許嫁《いいなずけ》って人が、お屋敷に来たんですよ。それでみんな、そっちに」

『ええっ、本当⁉』

王族を護衛すべき鐘宮近衛少佐は、愛蚕姫《めごひめ》の訪問を把握していなかったらしい。

「本当ですよ。きれいな人でしたよ。……ふふ」

『どうした』

「殿下が姫と会うとき……、ふふ、内緒《ないしょ》ですよ……。あれ、こっそり背伸びしてますよね」

『言っちゃだめだよ！　バレてないと思ってるんだから』

鐘宮《かなみや》はそういって、受話器の向こうで快活《かいかつ》に笑った。

その時、咲《えみ》が怪訝《けげん》そうな顔で執務室をのぞいた。石麿《いしまろ》が身振りで、静かに、と伝える。

頃合いだ。奇智彦《くしひこ》は、石麿さんが来ました、と言って電話を代わった。

「はい、殿下はすぐに来ます。はい。電話の声は、すこし遠いようです」

石麿と鐘宮が話すのを眺めていると、何とも言えない幸福感がわいてくる。

咲に微笑《ほほえ》みかけた。幸せのおすそわけだ。だが咲は感情を消した、かたい微笑みだった。

荒良女《あらめ》が何か言いたそうな顔で、奇智彦のことを見ていた。

「クシヒコ、汝《なれ》、ずるいなあ……」

「用心深いのだ。ずるいのとは違うぞ。なんだ、王国語の電話の内容がわかるのか？」

「名前くらいは分かる。汝の腐った魂胆《こんたん》もな。何で嘘《うそ》をつくんだ、何の得もないのに」

「俺なりの処世術だ。人間関係は、こうやって築く」

「今すぐに直せ。ぶっ壊れるぞ、人間関係も人生も」

荒良女は、本気で心配するような顔で、奇智彦の顔をのぞきこむ。

「汝、何でそこまで疑り深いのだ。幼少期の心的外傷《トラウマ》か？」

「脚の悪い者は、用心深いのだ。背後から蹴られても走って追いかけられんからな」

そのとき石麿が、奇智彦の袖《そで》をそっと引いて合図した。

頃合いだ。奇智彦は、受話器を受け取った。

「もしもし？」

『殿下』

鐘宮の声は凛々《りり》しく、落ち着きはらっていた。

「待たせてすまなかった。先ほど、誰が来たと思う？」

『許嫁《いいなずけ》の愛蚕姫《めごひめ》さまですね』

「知っていたか。さすが近衛隊《このえたい》だな」

奇智彦は、声に笑いがにじまないように、全身全霊でおさえた。

「愛蚕姫の供の、東国の連中について、名前や素性などを調べておいてくれ」

『お任せください、抜かりはございません。報告が入ると同時に始めております』

鐘宮は嘘にならないスレスレの表現をした。奇智彦は素知らぬ顔でうなずく。

「ところで愛蚕姫さまに返礼をせねば。姫の宿はどこだったかな。把握しているか？」

『宿ではありません。王都の、ご自身のお屋敷に引っ越して来られました』

「つまり姫は、太刀守《たちもり》殿の王都屋敷に、いま住んでいるのか？」

『いいえ、愛蚕姫様が所有する屋敷です。太刀守殿から生前分与された、財産の一部です』

奇智彦は、思いがけず目の前にあらわれた大金の匂いを、数秒かけて検討した。

「愛蚕姫は富貴《ふうき》な方なのか？」

『はい。東国人は嫁入りする娘に、ひと財産持たせるのです。このたびの持参金として荘園や国営企業の株、美術品等《など》を譲り受けています。さらに占い師としても相当の収入があります。金持ちの常連客《おとくい》をつかんでいますよ。大変な財産家です』

「この奇智彦《くしひこ》よりも？」

『自由になるお手元金に限れば、殿下よりも多いかもしれません』

鐘宮《かなみや》は、奇智彦よりも金持ちだと遠回しに表現した。

奇智彦はさらに何秒か考えた。やがて結論が出る。

「鐘宮少佐。愛蚕姫《めごひめ》さまを内密に調査してくれ。東国での立場、敵の有無、金の使い道、趣味や道楽、好きな花。急いで調べて、この奇智彦に直接、報告してもらいたい。わかるか」

『お任せください』

「次の王宮のお茶会に愛蚕姫さまを招待する。それまでに報告を頼むぞ」

電話を切って、奇智彦は咲《えみ》の方を向いた。

「どうやら転がっているかもしれないぞ。うまい金づるが」

第三幕　周到な準備が勝利を招く。《Amat victoria curam.》

王宮の、大王《だいおう》一家の私的庭園《プライベート・ガーデン》では、昔から定期的にお茶会が開かれていた。

奇智彦は、周囲を見回す。緑の木々、英雄や神々の像、人工池《プール》。

青空の下に、椅子が引き出され、茶器とお菓子の卓子《テーブル》が並ぶ。

招待客は、王室と親しい者ばかりだ。主催者である女王・幸月姫《さちひめ》と、保護者役の乳母《うば》。

奇智彦、宰相テオドラ、稲良置《いらき》大将軍、王族の和義彦《にぎひこ》、その他の廷臣。警備役の鐘宮。

そして、奇智彦が特別に招待した白い少女。愛蚕姫はいま、女王幸月姫の御前《おんまえ》にいた。

愛蚕姫が、さっと、こめかみに手を当てて、幸月姫にたずねた。

「むむ、その陛下のラクダというのは、ひょっとして茶色くてごわごわの？」

「ええっ！　なんでおわかりになるの？　くしさまから聞いたのですか？」

「いま、ふっと思いうかんだのです」

奇智彦は確信する。愛蚕姫の占いは、やはり手品《てじな》だ。ラクダはだいたい茶色だし、毛深い。

しかし、暴《あば》いても良いことは無いので、奇智彦は適当に話を合わせた。

「いやあ、まったく大したものです。やっぱり本場は違いますね、陛下！」

「くしさま、本当に教えていないのですね。本当に？」

女王・幸月姫《さちひめ》陛下は、奇智彦《くしひこ》をしつこくうたがって、一座は朗《ほが》らかに笑った。

幸月姫は、健《すこ》やかに育った八歳女児だった。結い上げた黒髪に、彩り豊かな伝統装束《しょうぞく》。東国生まれの母親の血筋で、目が大きく、顔立ちは整い、眉毛《まゆげ》は太かった。潑剌《はつらつ》として、表情がころころと変わる。奇智彦の姪《めい》っ子で、どういうわけか大変、奇智彦になついていた。

そして、奇智彦の今は亡き長兄《あに》、先《さき》の大王《だいおう》の、長女だった。

つい何週間か前、兄王《あにおう》が死んだ。王国の重臣たちが会議を開き、幸月姫を新女王に選んだ。叔父《おじ》の奇智彦が摂政《せっしょう》になり、幼い姫の代役として、王国の最高権力者になったのだ。

幸月姫は、初めて会った叔母《おば》・愛蚕姫《めごひめ》をさっそくお気に召したらしい。熱心に説明する。

「名前は『らく太郎』というの。帝国からの贈り物よ。ごわごわで、すごく大きな声で鳴くの。いまは動物園に預けているのです。ヒトコブラクダという種類で」

愛蚕姫は興味深げな態度をたくみによそおって、他人《ひと》のラクダの話を聞いていた。

続柄上は叔母と姪だが、歳の差はさほど無いので、歳の離れた姉妹にも見える。

伝統服の幸月姫と、巫女《みこ》みたいな服装の愛蚕姫が一緒にいると、まるで神殿に迷い込んで、神事の合間の休み時間に、見習い巫女たちが戯《たわむ》れているのを眺めている気分だ。

そんなとき奇智彦は、背後から声をかけられた。

「お美しい婚約者ですね。うらやましい」

いやらしい響きがまるでなく、いたわりと友愛だけが込められた言葉だった。

奇智彦は、聞き覚えのある声に、ゆっくりと振りむいた。

海軍士官のしゃれた礼服を、見事《みごと》に着こなしている。鍛錬を積んだ身体《からだ》つきで、髪は清潔感があり、顔つきは知的で誠実だった。所作には育ちと性格の良さがにじみ出ている。

奇智彦には無い部品だけで組み立てられたような、颯爽《さっそう》たる好青年。

奇智彦が長年、心ひそかに妬《ねた》み嫉《そね》み憎んできた、海軍の貴公子《きこうし》。

太刀守《たちもり》たち東国勢が都に攻めのぼって来たとき、『偶然』の出張で不在だった男。

「わが従兄《いとこ》、宮廷《きゆうてい》付きの海軍武官《ぶかん》、和義彦《にぎひこ》殿ではないですか！　これは、これは！」

奇智彦は出来るかぎり愛想よく言ったが、自分でも分かる位、わざとらしくなった。

静かな警戒心が張りつめる。招集した者と、遅参《ちさん》した者の間に。

突然、和義彦が、すっと頭を下げた。

「奇智彦殿、この間の騒動では申し訳ありません。お力になれませんでした」

「いえ、それは」

あまりに素直に謝られて、奇智彦は怒るとっかかりを失った。

絶妙な呼吸で、和義彦のやや背後《うしろ》から、宰相テオドラが落ち着き払った態度で進み出た。

黒外衣《フロックコート》が宮廷に溶《と》けこんでいて一瞬、存在に気づかなかった。宰相は重々しく口を開く。

「摂政殿下が、和義彦殿をお許しになりはったら、その寛大さに皆《みな》が感服するでしょう」

宰相テオドラは、自身も参じなかったくせに、和義彦《ひと》の遅参を堂々とわびた。

奇智彦《くしひこ》はその面《つら》の皮の厚さに、怒るより先に、まじまじと観察してしまった。

「あなたという人は」

奇智彦は、宰相の進言の意味を読み取った。和義彦《にぎひこ》を許せば、奇智彦にも得がある。先の東国勢の王都進軍事件では、多くの軍人や王室関係者が中立を決め込んだ。そいつらに対する面倒な処分を棚上げできる。有名人の和義彦を王宮の茶会で許せば、話は知れ渡るから、他の連中も罰を恐れて変に気をもみ暴発することがないだろう。まっとうな提案だ。

そして宰相テオドラは、和義彦を矢面に立て、危険を冒さずに許される。進言自体は有益なだけに質《たち》が悪い。うまみのある提案に自分の利益を埋め込んで来るのだ。この野郎。

「和義彦どの、頭をお上げください！　わが従兄弟《いとこ》どの！」

だが、うまみがあるので、奇智彦は即座に乗っかった。

三人はその後、天気の事や、たがいの健康の事、雲の形の事などを、楽しく話した。

和義彦は、奇智彦の素晴らしい婚約者を、しきりに称《たた》えた。

「東国の名門神殿のご出身だけあって、お若いのに古い儀礼《しきたり》をよくご存じです。大変ためになります。奇智彦どのが、特別に茶会に招待されたとか」

「ええ。早く王都になじめるように、と」

「お許しがあれば、あらためて一席もうけて、お話をうかがいたいと思います」

その時、近衛兵《このえへい》が一人きて、奇智彦に耳打ちした。奇智彦はうなずき、周囲に告げる。

「皆様、ちょっと失礼いたします」

「あら、くしさま、何の悪だくみですか」

幸月姫《さちひめ》がうたぐると、一同はワッと笑う。奇智彦も愉快に笑って辞去した。

子供は、大人が思うより賢いのである。

◇　◇　◇

王宮は三つの部分にわかれる。

大王《だいおう》が執務する『母屋《おもや》』。王宮神殿や事務棟がある公的空間『南《みなみ》』。王室の私的空間『北《きた》』。

なかでも、王宮の北棟は、丸ごと大王一家の私邸になっている。

帝国風の、堅牢《けんろう》な一軒家だ。開放的な内庭《うちにわ》を、回廊と部屋が取り巻く。外壁は防壁を兼ねる。

王国の高温多湿な気候には合わないと完成後に気づき、窓や換気口が後から切ってあった。

玄関にあたる場所は、近衛兵が詰める検問所だ。奇智彦は検査なしで通された。

北棟の一階から出ると、母屋の二階の廊下に出る。

元は大王執務室だった部屋、奇智彦の『摂政《せっしょう》執務室』までは、歩いてすぐだった。

「やっぱり、他の方法はないだろうか」

「殿下！　なにをいまさら」

がらんとした摂政《せつしょう》執務室で、奇智彦《くしひこ》と咲《えみ》はひそかに話していた。

「愛蚕姫《めごひめ》をうまく懐柔《かいじゅう》し、持参金から多額の借金をする計画だなんて、とても世間様《せけんさま》に言えないよ。女のひとにこんな仕打ちを……、お金のために騙《だま》すみたいじゃないか」

奇智彦がそう言うと、咲は、すううっと、大きく息を吸って一拍おいた。

それから、嚙《か》んで含めるように口《むこう》をひらく。

「殿下は、お金が必要なんです。愛蚕姫は人脈が欲しいんです。相手も織り込み済みです」

咲はそういって机の上の、鐘宮《かなみや》の報告書を指さした。奇智彦もすでに内容を知っている。

『愛蚕姫は、母方一族の遺産相続の件で、太刀守《たちもり》とモメている』。

『母方一族の声望はいまだ東国で根強く、遺児・愛蚕姫は、太刀守から危険視されている』。

『愛蚕姫の婚約と王都行きは、東国世論を刺激しない形での、東国追放でもある』。

どうやら太刀守も、配下の豪族たちをまとめるのに、手練手管《てれんてくだ》をつくしているらしい。

そんな東国の大物・太刀守を相手に、相続裁判で闘うには、王都の偉いさんとの人脈《コネ》がいる。

奇智彦が人脈を紹介すれば、愛蚕姫はきっと金を出してくれる。

その理屈は、奇智彦にもわかる。しかし。

「しかし……、まるで乙女ごころをもてあそぶ様で」

「今更そんな！　発案したのは殿下ではないですか」

「だんだん気の毒さが勝ってきたのだ」

「殿下は優しすぎます。王たるもの、こういう事も必要なのです」

「摂政だ。王ではなく」

「いずれにせよ、手を汚さずには手に入らない物もあるのです。愛蚕姫だって人脈が欲しいと、その下種《げす》な下心《したごころ》から殿下に近づいているのです。言わばお互い様ではないですか」

奇智彦は、咲の言葉を聞いて、じっと気持ちを作った。

「咲の言う通りかもしれない。だんだん元気が出てきた」

「よかった」

「男の子だけを産むがいい。その気性からは男しか生まれまい」

「殿下ッ、このッ……、いえ」

咲は、喉元《のどもと》まで出てきた言葉をかみ殺した。

「よし、俺はそろそろ宴《うたげ》に戻ろう。みなが不審がる」

「あ、お待ちください。鐘宮さまから言伝《ことづて》があります。たってのお願いだ、と」

「お願い？」

「はい。摂政である奇智彦殿下にしか、頼めないことだと」

「内容は？」

「幸月姫《さちひめ》さまを、お諫《いさ》めして欲しいとの事です」

◇　◇　◇

奇智彦《くしひこ》が庭の茶会に戻ると、幸月姫《さちひめ》の巨大な肖像画と目が合って一瞬びっくりした。

「あら、くしさま、お帰りなさい」

幸月姫は、廷臣たちに得意満面で絵を披露《ひろう》していたのだが、奇智彦に気づいた。

招待客たち、愛蚕姫《めごひめ》や宰相テオドラや和義彦《にぎひこ》が、目線で奇智彦に助けを求めた。

「さちさま、これは」

「さっそく描かせました。女王としての格にふさわしくね。いかが？」

奇智彦はでかい絵の中のでかい幸月姫のでかい笑顔を眺めた。

顔の幅は実物の三倍ちかくある。

「くしさま、この絵、ちょっとこどもっぽくみえない？　紙幣《おさつ》の方は印刷に気を付けるように言っておかないと。朕《ちん》、そういうの気になるヒトだから」

幸月姫はそういって、小うるさい金主《パトロン》の目で絵を眺めた。

「それに戴冠式の準備もしないと。絹の外套《マント》に黄金《きん》の冠《かんむり》、孔雀《くじゃく》に白鳩《しろはと》、四頭の白馬にひかせた馬車に……。ああ忙しい、忙しい。この身がいくつあっても足りないわ」

奇智彦は思った。鐘宮《かなみや》たち近衛兵《このえへい》と、乳母《うば》たち側仕《そばづか》えの、嘆願の理由がよくわかる。

幸月姫は女王になって早くも、調子に乗っているのである。

「さあ、次はこちら」

幸月姫がポンポンと手を叩《たた》くと、浮かない顔の乳母や侍女たちが大きな布を広げる。

奇智彦は、絵図をじっと眺めた。巨大すぎて全貌が一目で把握できない。

「これは……」

幸月姫の巨大像の完成予想図だった。王都の御崎《みさき》の堀越《ほりごえ》水道を、巨大な姫がまたいでいる。

後光をいただいた頭頂部は、はるか高く雲の上に達していた。

「くしさま！　いかがかしら！」

さちさまの笑顔は、得意満面、褒《ほ》められる準備万端だった。

招待客たちの視線、無言の圧力を感じる。言い出す最初の一人を求めている。

奇智彦は万感《ばんかん》の思いを胸に、深く息を吸った。慎重にそっと、口を開く。

「素晴らしいお考えです！」

「そうお!?」

「この奇智彦が先に思いついて、陛下に献策すべきでした！」

奇智彦が悔しさを込めて右手で腿《もも》を叩くと、幸月姫は満足げに頬をほころばせる。

「陛下だなんて、そんな他人行儀な！　さちとくしさまの仲ではないですか！」

「さちさま！」

「くしさま！」

「さちさま！」

「くしさま！」

叔父《おじ》と姪《めい》はかたく抱擁《ほうよう》を交《か》わした。

◇　◇　◇

「ほんとに作るのか、あんな巨像？」

奇智彦《くしひこ》が言うと、鐘宮《かなみや》が驚きに目を見開いた。

「そっ！　それを殿下に聞いていただこうと……」

幸月姫《さちひめ》さまの衣装替えの隙《すき》に、庭の一角の寂しいすみで、関係者たちは密談した。

奇智彦や鐘宮、宰相テオドラや和義彦《にぎひこ》、乳母《うば》や宰相秘書官が、額を寄せて話し合う。

乳母は豊満な身体《からだ》つきの女で、一座の声を代表して奇智彦をさかんにせっついた。

「殿下、本当に作るのですか、銅像を。あんな大きな」

「秘書官どの、完成までに何年くらいかかるだろう？」

「用地買収と整地から始めて、そう三年か、四年か」

「殿下、それでは完成したころには、姫さまが成長されて姿が変わっているのでは」

乳母《うば》は、奇智彦《くしひこ》にしきりに話しかけて、幸月姫《さちひめ》を説得するように圧力をかけた。

奇智彦はまともに答えず、再び宰相の秘書官にたずねる。

「費用もかかるだろう」

「はい、たんまりと」

全員が、悩まし気に黙った。その静寂のなか、宰相テオドラが口を開く。

「そもそも、あの場所に、あんな巨像を建てるんは不可能でしょう。ねえ、和義彦《にぎひこ》どの」

「そうなのですか?」

乳母が説明を求めて、和義彦を見た。みんな黙っている。義理上、和義彦は口を開く。

「巨像建設予定地は、王都空港のすぐ近く、離着陸する飛行機の通り道です。大変危険です。しかも空港の滑走路は、王国空軍と帝国軍も使用しています。建設許可は下りないのでは」

全員が、重苦しく口を閉じる。この場の心は、一致していた。

幸月姫さまをお止めしたい。しかし自分が言い出して姫から恨まれるのは避けたい。

皆がそっと、摂政《せっしょう》の奇智彦をうかがう。

奇智彦は頃合いを見て、重々しく口を開いた。

「何とか我々でお止めしないとな」

鐘宮《かなみや》が、不服さをぐっと呑みこんだ顔で、奇智彦を見た。

「何か策がおありになるのですか」

「うん。秘書官くん、ちょっと」

奇智彦が呼ぶと、さっきから設計図を凝視《ぎょうし》していた秘書官が、顔を上げた。

「仕事には取り掛かってくれ。しかし完成はさせるな」

「と、おっしゃいますと?」

「進捗を聞かれたらのらりくらりとかわすのだ。いま材料を厳選しております、用地が軟弱で補強しています、と。幸月姫さまが飽《あ》きた頃合いを見て、この奇智彦から中止を進言する。姫さまがなかなか飽きなかったら、私を呼ぶのだ。何とか言いくるめ……説得するから」

鐘宮が、それでいいのか、と言いたげな顔で奇智彦を見た。

◇　◇　◇

奇智彦は、愛蚕姫《めごひめ》を茶会の特別席にさそって、そこで借金を申し込むつもりだった。

だがその前に、宰相テオドラから、緊急の相談があると呼び出された。

奇智彦は、愛蚕姫の案内を咲《えみ》に頼んで、その間に宰相と二人で王宮の庭を歩いた。

「亡き兄王《あにおう》さまの塚《つか》を築かなりません。大陸での戦争で、王室も行政府も資金不足です。しかし大王《だいおう》の葬儀はふさわしい格式でやらねば。今から墳墓を造って、副葬品も用意せんと」

奇智彦は思わず、頭を抱えそうになった。厄介ごとが次から次へと湧いてくる。

「宰相どの、兄王《あにおう》への殉死《じゅんし》は、固く禁じてありますね」

「はい、殿下。しかしそれでも、もう何名か出はったようですが」

二人は低い声で話しながら歩く。王宮の北棟を取り巻く、並木道をぐるりと。

大王《だいおう》一家の私邸と庭は、王宮の建物内にある。しかし、樹木の目隠しや、建物と彫像による視線誘導が巧みにめぐらせてあり、こうしていると広い公園を歩いているような気分になる。

奇智彦《くしひこ》は左手を胡袴《ズボン》の物入《ポケット》につっこみ、かさばる指揮杖《しきじょう》を左腕にぶらさげて歩いた。

宰相テオドラは、奇智彦の不自由な脚に、巧みに歩調を合わせた。やがて、ぽつりと言う。

「殿下がお顔を見せはると、幸月姫《さちひめ》さまもやはりお元気です。乳母《うば》殿がいっていました」

奇智彦は、宰相テオドラの無表情な鉄面皮《てつめんぴ》を、そっとうかがう。

そのとき宰相がふと、足を止めた。奇智彦も顔を上げて、気づく。終点だ。

そこは庭の一角のテラス席だった。王都の見事な遠景がうかがえる。そこに、いた。

こちらに背を向け、椅子にひとり座る、たおやかな白い影。愛蚕姫《めごひめ》だ。

愛蚕姫の向かいに座る咲《えみ》が、奇智彦に気づいて、そっと立ち上がり頭をたれた。

宰相テオドラは、奇智彦に一礼した。

「では、これで」

「宰相どの、一緒にいてくれないか」

「何故《なぜ》ですか」

「心細くなったら、手を握ってもらえないか」

「では、これで」

宰相は去った。奇智彦はテラス席に足を運ぶ。愛蚕姫が敬意を表して立ち上がった。

「これは、殿下」

「これは、どうぞお座りください」

「では」

二人は同時に座り、話は途切れた。自分の意志とは無関係に許嫁《いいなずけ》と決まった、ほとんど面識がない男女は、気まずいものだ。奇智彦は大変、気まずかった。愛蚕姫もそうらしい。

咲はさっさと暇乞《いとまご》いをして去ってしまった。奇智彦は会話の糸口を探る。

「愛蚕姫さま、王都にはもう慣れましたか」

「分からないことばかりです」

当たり障《さわ》りのない会話が、遠慮がちに始まった。愛蚕姫は、卓子《テーブル》の上で手を組む。その指先は細く長く形よく、爪はきれいに整えてある。色白で血の色が透けて見えるようだ。不思議な跡がある。賽子《さいころ》を扱《あつか》ってきた跡だ、と気づく。積み上げてきた研鑽《けんさん》に思わずはっとする。

愛蚕姫が手を、そっと卓子の下に隠した。奇智彦は、茶碗《ちゃわん》を見てごまかし、話題を探した。

「こうして二人きりでお話しするのは、そういえば初めてですね」

「ええ。しかし、お噂《うわさ》はかねがね」

「どんな噂《うわさ》を？」

「それは、もう」

愛蚕姫《めごひめ》は明言を避けた。どうやら奇智彦《くしひこ》の不評判は、東国でも有名らしい。

彼女は人を惹《ひ》きつける。神殿一族出身だけあって古い作法をよく知り、宮廷でもそつがない。話が面白い。字も縫物も達者で、楽器もあつかえるという。良家のすてきなお嬢さんだ。

そんなひとの弱みに付け込み、返す当てのない莫大な借金をしないといけない。

奇智彦は、そう思うと気が滅入った。

しかし、やることがはっきりするや、奇智彦の舌は回りだすのだ。

三十分ほど話すと、愛蚕姫の警戒心が緩んできた。奇智彦は大げさに相槌《あいづち》を打つ。

「なんと。では屋敷のお風呂は使えないのですか？」

「そうなのです。よほど急いで建てたらしくて、まだ工事が残っているのです」

奇智彦は、愛蚕姫の不運に、言葉を尽くして同情した。それから、言う。

「王宮に立派な公衆浴場がありますよ。何ならいかがですか」

「まあ、そんなお世話になるわけには」

「どうぞ。広い立派な運動場もあります。昔、そこでラクダを飼おうとした人までいました」

「まあ、そんな冗談ばっかり」

愛蚕姫が、口もとを押さえて笑った。

王子と姫は、いくぶん寛《くつろ》いだ雰囲気で、テラス席から見える王都の風景を眺めた。

「貴女《あなた》と話していると、母上《ははうえ》を思い出しますよ」

「お母様、どんな方でした？」

「とてもきれいだったな……、それにやさしかった」

愛蚕姫が、奇智彦の右手に、そっと手をかさねる。

「うれしい」

あれ、このひと良い人じゃないか？　奇智彦はそう思った。

◇　◇　◇

奇智彦は、戦車と装甲車の違いや、鉄道軌道《レール》の幅の違いについて熱心に語った。

話の合間に、愛蚕姫は周囲を見回す。立派な庭と建物と、城壁の向こうの絶景。

「殿下は、まだ王宮《こちら》にお移りにならないのですか」

「王宮は女王、幸月姫《さちひめ》さまのものですから」

「なるほど」

まったく本気にしていない口調で、愛蚕姫はうなずいた。

奇智彦は、話題を変える。

「姫さまも、王都で行ってみたいところはありますか」

「そうですね」

愛蚕姫《めごひめ》は、また風景を眺めて、少し考えていた。白い髪が風をはらんでふくらむ。

「どこでもよろしいですか?」

「ええ、どこでも」

愛蚕姫は、奇智彦《くしひこ》を見た。大きな瞳と目が合う。

「昔、亡き母から聞いた……、なじみのお店。思い出の料理店《レストラン》に、いちど行ってみたかった」

「覚えていますか。屋号《なまえ》や住所や」

「ええ、一字一句のこさず」

「ならば話は早い。すぐに調べさせましょう」

「殿下、私の過去も当然、調べてありますね」

とつぜん、愛蚕姫は、斬り込んだ。

奇智彦は即座に心を作り、卓子の向こうの相手に顔を向ける。互いの目が合う。

「ええ」

「私の亡き母が、古い神殿の血筋であることも。太刀守《たちもり》が、神殿の名声《めいせい》と財産を己《おの》がものとするために、母と夫婦《めおと》になったことも。——母方の一族が、太刀守に討《う》たれたことも」

「ええ」

「これのことも？」

例の、宝玉でつくった青い賽子《さいころ》が、たもとからコロリと取り出された。

「母上《ははうえ》の神殿に伝わる、ありがたい神具だとか」

「そう。でも、ただのサイコロです。宝石で出来ているけど」

愛蚕姫は、青く透けた立方体をつつく。その言葉は、どこまでも醒《さ》めていた。

「見込んだ通り、殿下は聡《さと》く、話が早い御方。私も謎めいたことは実は好みません。これから長い付き合いになりそうですし、色々と話しておきましょう。お聞きになりたいことは？」

奇智彦は、卓子の天板を見つめて、何秒か考えた。

「太刀守殿はどんな人です、貴女《あなた》から見て」

「乱世の梟雄《きょうゆう》。内乱で成り上がった男。奪い、与える。だから身内から人望がある」

「貴女をよこした目的は？」

「私だって知りたいことがあります」

「では質問は順番にしましょうか。どうぞ」

「幸月姫《さちひめ》さまを、どうするおつもりです」

奇智彦は考えた。なるべく真実に近く、愛蚕姫が納得する程度にはそれらしい話を。

「この奇智彦は、身体《からだ》が不自由なので大王《だいおう》になれません。他の有資格者は曲者《くせもの》ぞろいで、幸月姫さまの他には、適した候補がいない。だから当分、今のままです」

「和義彦《にぎひこ》さまは、立派な方に見えましたけど」

「そこが悪《ワル》なところです。お気をつけなさい」

奇智彦《くしひこ》は、次に聞きたいことを考えた。

「太刀守《たちもり》殿の真意が知りたい。なぜ王都に攻め上り、貴女《あなた》を置いて帰って行ったのか」

「それは、私にはお答えのしようがありません」

そう言って、愛蚕姫《めごひめ》は冷めた茶を匙《さじ》でかき混ぜた。

「太刀守は乱世の武人です。本心は語りません。一人で決め、周囲《まわり》は推測する。軍勢を集めたのは怒ったからでしょう。帰ったなら満足したのでしょう。私を王都に残したのは、殿下と婚約させるためでしょう。私は所詮《しょせん》、政略結婚の駒ですよ。何もかもは知らないのです」

愛蚕姫の口ぶりは冷静で客観的だった。奇智彦は少し考えて、質問する。

「太刀守に……、母の実家を滅ぼした男に、恨みはないのですか？」

「恨みはどこかで断ち切らねばなりません。それに羽虫が火に飛び込んでも自身を焼くだけ。火事になったらどこまで燃え広がるか分からない。そうなっては元も子もありません」

奇智彦は、厳しい天命にも揺《ゆ》るがない強靱《きょうじん》さに感心した。愛蚕姫は羽化を待つさなぎだ。地に足がつき、才気にあふれて大きな器量を秘めている。そして羽化する時を待つのだ。

テラス席に風が吹き抜ける。白い髪が、揺れている。

「殿下」

愛蚕姫の声は、ほんの少し、震えていた。

「殿下は、大王《だいおう》になるおつもりですか？」

「そんなつもりはない、と言っても誰も信じないようです」

奇智彦がつい軽口で返すと、愛蚕姫はそっぽを向いて無言で答えた。

奇智彦は、愉快に笑って、卓子に立てかけていた指揮杖《しきじょう》を手に取る。

「何しろ、悪名高き『足曲がりの王子』ですから……」

杖《つえ》を手に、足を引きずり、よたよたと立ち上がる、つもりだった。


一瞬、白い風がわきを通り抜けたと見えた。


愛蚕姫は、奇智彦の左の死角から、卓子を回って近づいた。

そして、奇智彦の左手のよわい握力から、なんなく指揮杖をもぎとった。

奇智彦は、おもわず固まる。とっさに中腰の姿勢で、愛蚕姫を見上げる。

愛蚕姫は、軽業師が棒を扱《あつか》うように、奇智彦の杖をくるくると回してみせた。

「この杖、ずいぶん軽いですね。材料は竹かな。それとも厚紙と漆《うるし》？　この杖に体重をかけてすがったら、簡単に折れてしまいますね」

愛蚕姫は、手のひらに指揮杖をのせて釣り合いをとり、重さを量る。

奇智彦《くしひこ》は、見破られた気まずさを、笑ってごまかした。

「ははは！　さすが、お目がはやい、ははは！」

「杖《つえ》は健康な方の手に持つものです。殿下はいつも不自由な左手で持っていますね」

「その鋭さ。やっぱりあなたは母上《ははうえ》に似ている」

「私の占いが、うさん臭《くさ》いとも思っていますね」

「えっ、いや、それとこれとは」

奇智彦はどきりとしてしまい、たぶん見破られた。

愛蚕姫《めごひめ》は、ふっと額に手を当て、むむむ、とうなった。

「むむむ。ひょっとして、殿下はお金に困っているのでは？」

「それは……、はい」

屋敷の有様を見たのだから当然わかる、という言葉を奇智彦は呑み込んだ。

「いま、ふっと思い浮かんだのです」

「さすがですね」

奇智彦は、話の方向性を探りさぐり言った。

「金運上昇に良い呪いはないですか？」

「あら、その秘密は、殿下がご存じでは？」

そういって、白い妖巫《ようふ》は、さいころを手の中で転がした。

◇　◇　◇

奇智彦と愛蚕姫との話が、ちょうど終わった頃合いに、騒がしい客がやって来た。

「ああ、忙しい、忙しい。この身がいくつあっても……おっと、摂政殿下《せっしょう》」

稲良置《いらき》大将軍は、そういってお辞儀をした。

王国陸軍の制服。たくさんの勲章。立派な白い口髭《くちひげ》が、顔の輪郭から飛び出している。

将軍は、王国軍の最高責任者だ。かつて、祖父王の元で戦った勇士である。

もう六〇歳をとうに超えた老人だが、筋骨たくましい戦士の名残《なごり》が、まだ残っていた。

そして軍の責任者なのに、東国勢が押し寄せてきたとき、奇智彦の元に参じなかった。

「これは大将軍どの。ずいぶんお忙しいようですね」

「殿下、お茶はいかがです?」

「お茶?」

嫌味《いやみ》の一つも言ってやろうと思っていた奇智彦は、茶碗《ちゃわん》をとつぜん差し出されて驚いた。

見ると、稲良置将軍はなぜか、茶碗がたくさん載ったお盆を持っていた。

その顔は、人のよい笑みであふれている。

「お茶です。いかがですか」

「奇智彦《わたし》にあいさつに来たのではないのですか」

「いえ、お茶をさしあげに」

「なんで?」

「お茶会ですから。お茶をどうぞ」

「いや、ちょっと話を……」

「砂糖もありますよ。お茶をどうぞ」

奇智彦《くしひこ》は、将軍のお茶攻勢に困惑して、怒りを保持するのに失敗した。

「将軍、奇智彦《わたし》になにか、申し開きがあって来たのではないのですか」

「いえ、お茶を飲んで欲しいと思って。婚約者の方もどうぞ。砂糖は二杯ですな?」

とつぜん話を振られて、愛蚕姫《めごひめ》は我慢できずに噴き出した。

奇智彦もあきらめて力なく笑った。もう怒れる空気ではない。笑わされたら、負けだ。

王国軍の責任者、稲良置《いらき》大将軍は、ひょうきんなじいさんなのだ。

将軍は茶碗《ちゃわん》を配り、自分も席に着いた。その時、奇智彦は、ふと、霊感を得る。

「愛蚕姫さまと将軍は、お知り合いなのですか」

将軍は何故《なぜ》か、愛蚕姫の砂糖の好みを知っていた。愛蚕姫はうなずく。

「稲良置さまは、わが父、太刀守《たちもり》とは古い友人です。昔はよく、東国の屋敷にも遊びに」

「行ったものです。歳をとると長旅がおっくうになっていかんな」

奇智彦は、ふたりの奇縁に驚いた。

「将軍は、太刀守殿と親しい関係なのですか」

「はい。若い頃、祖父王さまの元で共に戦いました。同じ鍋の粥《かゆ》をすすった仲ですよ」

それなら太刀守が王都に来たとき仲裁してくれよ、と奇智彦はびっくりした。

将軍は目をつむり、じっと回想する。

「若き日のわしらは、まさに弾を二つ込めた大砲さながら、人に倍する力で戦ったものです。二人共に戦えば、それぞれが二倍だから、さらにその二倍になって……」

将軍は宙をにらんで何秒か勘定《かんじょう》した。

「大変なものでしたな」

「なるほど」

王国軍の責任者、稲良置大将軍は、てきとうなじいさんなのだ。

「あの太刀守は、真の勇士ですよ。なにせ、ゆで卵を一時《いちどき》に五〇も食べるのです」

「たまご?」

急に牧歌的な話になって、奇智彦は思わず聞き返した。

「五〇も食えると言い張ったのです。祖父王がそれを聞いて興を覚えられ、鶏《にわとり》をもつ従士《とねり》は卵をとって王宮に来い、とお命じになった。あんな大量の卵を見たのは後にも先にも……」

「それで、食べたのですか……、五〇個も?」

奇智彦《くしひこ》は事の真偽が知りたくて、愛蚕姫《めごひめ》の顔をそっと見た。姫は困惑して首を振る。

「私は、初めて聞きましたが」

「卵を大きな鉄鍋でぐらぐらと茹《ゆ》でました。祖父王の御前《おんまえ》で実検が始まる。二〇、三〇とは入るが、四〇で苦しくなった。わしは介添えして卵を口に押し込みました。ご存じか、ゆで卵を食うにはコツがあります。水を飲んではいかん。胃にたまるのです。卵は口の中の水分を奪うが、それを蛇になったつもりで飲み込む。失敗して死ぬ者もいる、危険なわざです」

将軍の解説には熱が入る。奇智彦は、謎の詳しさに困惑する。

「それで、食べたのですか、五〇個も!?」

「あれは食べたと言っていいでしょう」

将軍の思い出話は、肝心なところであいまいになった。

愛蚕姫は、いろんな感情のこもった目で将軍を眺め、ぽつりとつぶやく。

「稲良置《いらき》さまは、昔とちっともお変わりない……」

王国軍の責任者、稲良置大将軍は、いくぶん若い頃からこんな感じだったらしい。

そのとき、どん、と午砲《ごほう》が鳴った。海辺の御崎《みさき》の海軍施設で、正午に空砲を撃つのだ。

愛蚕姫は午砲の場所を知らないらしい。音の出どころを探して、テラス席から王都を眺める。

鉄橋のかかった川と、古い砦《とりで》のある丘。そのあたりで市街地が切れている。

「あの川が、何日か前に、奇智彦殿下と太刀守《たちもり》殿とが会見されたところですね」

愛蚕姫が誰にたずねるでもなくつぶやくと、将軍がうなずいた。

「左様《さよう》です。わたくしどもは秋津川《あきつがわ》と、その手前を『堅城《かたしろ》の丘』と呼んでおります」

「カタシロの丘で、森が動く」

愛蚕姫の呟《つぶや》きはとても何気《なにげ》なくて、奇智彦はあやうく聞き落としかけた。

「森は……、見えないようですが」

奇智彦たちの席からは、王都近郊の景色がよく見えた。

王都の商店や公共施設。立てこんだ集合住宅。秋津川の河口《かこう》には、海軍の軍港がある。

川にそって道路と鉄道が延びる。鉄橋が川の両岸をつなぐ。

遠くには険しい驢越《ろばごえ》山地が見える。山肌にある貧民窟《ひんみんくつ》、狗吠街《いぬぼうがい》も遠目には彩り豊かだ。

しかし、樹木はほとんど生えていない。山にも川にも。街路樹がせいぜいだ。

将軍が、ひげをひねった。

「昔は、あの丘にも森があったそうです。王都ができる頃には伐《き》り尽くされたようですが」

「そうなのですか。でも今はないでしょう」

「昔はありましたよ」

「だから、今は」

奇智彦《くしひこ》はそう言いかけ、大人気《おとなげ》を発揮して、言葉をぐっと呑みこんだ。

「将軍、このお茶はおいしいですね。わが屋敷でも使いたいほどです」

「おお、それで思い出しました！　殿下の御身内のことで、お耳に入れたいことが」

奇智彦はそう聞いて、将軍がなにを言い出すか、おっかなびっくり見やった。

「私の身内がなにか？」

「殿下がお屋敷に住まわせている熊《くま》の、荒良女《あらめ》の事です」

川を見ていた愛蚕姫《めごひめ》が、驚きにぱっと顔を上げる。

「えっ？　殿下のお屋敷の……、くま？」

その口ぶりは怪訝《けげん》そうだった。奇智彦は一瞬、どう説明したものか迷った。

将軍はとくに気にせずに続けた。

「殿下の熊《くま》が、街をうろついて相撲をとるので、みんな困っているのです」

「殿下のクマが!?　え、放し飼いなのですか!?」

愛蚕姫は、たぶん今まででいちばんびっくりしていた。

奇智彦は、愛蚕姫には後で説明することにして、とりあえず将軍にうなずく。

「分かりました。帰ったら、よく言って聞かせますから」

「クマにですか!?」

愛蚕姫のおどろき目を見ひらく顔は、幸月姫《さちひめ》さまにどこか似ていた。

◇　◇　◇

すでに夜はとっぷり暮れていた。王宮の摂政《せっしょう》執務室は、人気《ひとけ》が無くて不気味にさみしい。

奇智彦は、咲《えみ》と石麿《いしまろ》に、今日あったことを話した。咲はうつむき、じっと考える。

「それでは殿下、愛蚕姫さまに話してしまったのですか。専売公社の件を」

「うん。ごめん」

「正確には、なんとおっしゃったのです？」

「俺はいま専売公社の理事だ。次の総裁に就任できれば、金が工面できて一息つける、と。愛蚕姫様の返事は、総裁になって確実に返す当てができたら金を貸そうと、と」

咲は真剣な顔で少しうつむき、考えていた。

「太刀守《たちもり》は目的の分からない危険な相手です。しかし、愛蚕姫も底が知れない方。あまり拙速に心を許しすぎない方が」

「うん、気を付ける」

「あの、殿下、専売公社の件って何ですか。俺もいま初めて知ったんですけど」

石麿が不安げに二人の顔を覗《のぞ》き込む。一人だけ話に混ぜてもらえないので寂しいのだ。

咲はひとつ、空咳《からせき》をして仕切りなおした。

「それと、殿下。また別の問題が」

咲《えみ》が目録をさしだした。奇智彦《くしひこ》は右手で受け取って、読む。

紙束には、豪族の氏名と、高価な品目が、どっさり書いてあった。

「咲、これは」

「贈り物の目録です。……殿下の摂政《せっしょう》就任を祝っての」

「え、こんなに？　こんなに来たのか？」

奇智彦は、不自由な左手で紙束を保持し、右手でつまんで、ぶ厚さを確かめた。

「『偉くなると友達と親戚が増える』って本当なのだな。石麿《いしまろ》、見ろみろ！」

「これ、ぜんぶ来たんですか!?　殿下、大金持ちじゃないですか！」

「摂政となるとやっぱ違うなあ。あ、見ろ、あの太刀守《たちもり》も贈ってきてるぞ！」

奇智彦は、品目をわざと読み飛ばし、石麿に目録を見せた。太刀守の贈り物がネコの死骸とかだったら嫌《いや》なので、代わりに読んでもらうのだ。石麿は名を探して、読み、驚嘆した。

「すげえ、自動車一台ポンとくれてますよ！」

「たしか今年の正月には、魚の塩漬けしか贈ってこなかったくせに！」

「いやあ、さすが摂政ですね！　来てますよ、風が！」

「ふっふっふ、褒《ほ》めても何も出ないぞ。気前の良さ以外にはな」

奇智彦が石麿と遊んでいると、咲がそっと口を開いた。

「それで、殿下。この贈り物の、返礼をしませんと」

奇智彦と石麿は、静かに黙って、目録を机に置いた。

贈り物がたくさん来たら、返礼をたくさん贈らなければならない。それが礼儀だ。

それにはまとまった金が要る。しかし、奇智彦の手元には金がない。

重い沈黙が、室内に立ち込めた。咲と石麿は、奇智彦をそっと見ていた。

奇智彦は目をつぶって、迷った。常識をはじめとした色々なものが内心で葛藤している。

必死に考える。他に何か一つでも、常識的な、頼りになる物があれば。

無かったので、奇智彦は開き直った。

「うちに来た贈り物を、別の方への返礼として贈ろう」

「殿下！　そんな！」

石麿が驚き、咲の顔を見やった。咲はじっと机を見下《みお》ろし、迷っていた。

「他に方法は……。しかし、いくら何でも……、もし見破られたら面目《めんぼく》は丸つぶれに」

「ばれやしない！　自信満々に行ったら、案外気づかないって」

「そんな、いくら何でも」

「咲、今まで贈り物がきて『あれ、これ使い回しじゃない？』と疑った事があるか」

「疑わないのは、そんなことする人はめったにいないからで」

その時、執務机の上の電話が鳴って会話が途切れた。奇智彦はありがたく受話器をとる。

侍従のひとり、年輩の男の声がした。

『愛蚕姫《めごひめ》さまが、王宮大浴場にお見えです。殿下の許可があると』

「ああ、お通ししてくれ」

奇智彦《くしひこ》はそれだけ言って、電話を切った。咲《えみ》は目ざとく聞きとがめる。

「愛蚕姫さまの件ですか？」

「王宮の大浴場をご利用になる。許可を出した」

「なるほど」

咲はそれだけ言った。かすかな含みを、奇智彦は聞きとがめる。

「咲、乱暴なことは……」

また電話が鳴った。奇智彦は、ふたたび受話器をつかむ。電話交換手の声がする。

『殿下にお電話です。外線です。市内の——』

読み上げられた電話番号には、覚えがあった。

「構わない、繋《つな》いでくれ」

電話が通じるまで少し間があく。咲が、電話の相手を目配せでたずねる。

奇智彦は、右肩に受話器を押しつけて、交換手に会話が聞こえないようふさいだ。

「相手は、街の工場主だ。摂政《せっしょう》就任後、伝手《つて》を総動員して当座の金を借りたろ。その一人だ」

「突然、王宮に電話してくるなんて、よっぽどのことです。何があったのでしょう」

「分からない。しかし邪険にはできないよ。金を貸してくれる、数少ない支持者だからな」

『殿下っ！』

急に電話口で大声がして、奇智彦は驚き、受話器を耳に当てた。

『殿下！　お助けを！』

「何ごとだ？　どうしたのだ」

『殿、殿下の熊が来ました。まだ窓の外に居ます……、ああ、型《かた》を！　熊《くま》が型を披露《ひろう》している！』

「何ごとだ!?　落ち着いて、最初から話してくれ！」

◇　◇　◇

工場主の説明と、状況証拠を総合すると、こういうことになる。

近頃、労働者の賃上げ交渉代表団が、工場主の自宅にまで押しかけるようになった。

工場主が毅然として断ると、代表団は黙り込み、帰って行った。

入れ替わりに、ぬっと、二、二足歩行の熊が入って来た。

荒良女《あらめ》と、尊大な態度の打猿《うちざる》、人相悪い山伏《やまぶし》たちが家にぞろぞろと押し入ってくる。

呆然《ぼうぜん》とする工場主に、打猿が横柄《おうへい》な口調で言った。

「あたしらは『熊相撲勧進会《くまずもうかんじんかい》』の者《モン》だ。これより天下御免の熊相撲《くまずもう》を執《と》り行う」

その声を合図に、荒良女《あらめ》は居間の真ん中でかまえる。工場主は悲鳴を上げた。

「やめてくれ！　何する気だ、ひとん家《ち》で!?　警察を呼ぶぞ！」

すると打猿《うちざる》が、ゲッヘッヘ、と下卑《げび》た笑い声をあげて、荒良女の頭を指さした。

熊《くま》の額に光っているのは、金箔《きんぱく》張りの月桂冠《げっけいかん》。そこにはまぎれもない、王室の紋章！

「摂政《せっしょう》さまのお許しで、熊は王宮以外のどこでも相撲をとれるんだ。手前《テメエ》のお家《うち》が今回の土俵《リング》って寸法だぜ。どうでい、王室から賜《たまわ》った冠《かんむり》に、手を出せる警官がいるなら連れて来《き》ねえ！」

打猿が啖呵《たんか》を切り終わるや、荒良女が自分の腹をピシャリと叩《たた》いた。

「さあ、強い熊をめざしてぶつかり稽古だ！　ウチザル、来《こ》うい！」

「うっす！　おなっしゃっす！」

取組《とりくみ》はかくて始まった。二〇分後、無残に破壊された居間で、工場主は呆然《ほうぜん》としていた。

荒良女たちは満足げに、ぞろぞろと帰っていく。去り際に、荒良女が振り返って言った。

「またな！」

工場主の話はそれで終わった。

奇智彦《くしひこ》の背中には、嫌《いや》な汗が噴き出していた。受話器を押さえ、低い声で咲《えみ》に尋《たず》ねる。

「咲、東部軍が王都に来たとき、荒良女が相撲を取ったよな」

「はい、殿下」

「おれは……、あの時、荒良女に何と言っただろうか。褒美に月桂冠《げっけいかん》を渡して」

「荒良女が、王宮で相撲を取りたいと願い出ました」

「おれは……、咲、確かちゃんと却下したよな」

奇智彦ののどから、すがるような声が出た。

咲は宙を見つめて記憶を探った。秀《ひい》でた記憶力で過去を呼び覚ます。

「『王宮でいつ何時《なんどき》でも相撲を取る権利が欲しい』と荒良女が言い、殿下は断られました」

「ほら！」

「『王宮の外でなら何時《いつ》でも相撲をとるがよい』と、その後におっしゃいました」

「ああ……」

奇智彦は、自分が立ちながら、周囲の景色が揺《ゆ》れているように感じた。

『王宮の外でなら相撲を取っていい』と、確かにそう言った。言ってしまった。

多数の証人の面前で。同盟者の軍勢の前で。

摂政は、大王《だいおう》の代理人。王の言葉は汗と同じで、一度出したら引っ込みは付かない。

今や、何かとんでもない事が進行中なのだ。奇智彦がうっかり口を滑らせたせいで。

◇　◇　◇

「あの熊女、ちょっと頼ったら無限につけあがりやがって！」

奇智彦《くしひこ》は、咲《えみ》や石麿《いしまろ》と一緒に、屋敷の執務室に集まって作戦会議をひらいていた。

すでに日は落ち、窓の外は暗い。屋敷の車庫は夜空を背景に、黒々とそびえている。

荒良女《あらめ》と打猿《うちざる》は、奇智彦の屋敷の、車庫の二階にいつの間にか住みついていた。

車庫は独立した建物で、屋敷とは渡り廊下でつながる。一階部分に車や工具が置いてある。

二階は運転手用の住居だ。奇智彦は専属運転手を持たないため、ずっと空き家だった。

そこに熊《くま》が入り込み、居心地よく暮らしているのだ。奇智彦は、咲に尋《たず》ねる。

「咲、やはり?」

「はい、すでにあちこちで……、相撲を」

奇智彦が急いで調べたところ、事情が段々わかってきた。

荒良女たちは街で徒党を組み、相撲をとっては強請《ゆす》りたかりを行っていたのだ。

奇智彦は、息を吐き出して、身体《からだ》をくの字に折った。

「飼い熊に手をかまれた……」

「殿下、落ち込まないでください」

咲がそっと、奇智彦の手を引っ張って、応接用の長椅子に誘導した。

「何故《なぜ》、被害がこの俺の耳に入らないのだ?」

「殿下は摂政《せっしょう》で、荒良女はその庇護民《ひごみん》です。遠慮して訴えられなかったのでは」

「俺が熊に命じて相撲を取らせていると、そう思われたのか!?」

「殿下の真意はともかく、外部の視点からはそう見えなくも……」

「近衛隊《このえたい》は何をしていたんだ！　熊を見張っていると言ったのに！」

「それは……、鐘宮《かなみや》さまに直接、お尋ねになっては」

その時、扉に張り付《つ》いて気配をうかがっていた石磨が、さっと顔を上げた。

「来ました、荒良女が！　いま廊下で待ってます」

咲が、ちから強い目で、奇智彦と正面から向き合う。

「荒良女の相撲を止められるのは、殿下だけです」

「ええ……」

「ええ、ではありません」

咲はピシャリと言った。しかし、奇智彦は、もじもじとためらう。

「知っているだろ。あの熊女、無茶苦茶するんだぞ」

「だからこそ街のものはおびえているのです。殿下は保護者として、荒良女に対して強い立場にあることを忘れないでください。気持ちで負けてはいけません。いざとなれば屋敷からつまみ出すと、叱りつけるように行くのです」

「だんだん勇気が出てきた。咲よ、男の子だけ産むが——」

「殿下」

「ごめん」

そのとき石麿《いしまろ》が目で合図をした。咲《えみ》がうなずく。扉が開いた。

荒良女《あらめ》は堂々と入ってきた。熊《くま》の毛皮に、白い巫女服《みこふく》に、革鞋《サンダル》。確かな足取りからは、相撲《レスリング》の達人の風格が漂っている。少なくとも、これから叱られる人には見えなかった。

奇智彦《くしひこ》と荒良女は、しばし正面から見つめ合う。緊張感のある沈黙が、執務室を満たす。

静かに、奇智彦は口を開いた。

「咲、石麿、外してくれ。荒良女と二人きりにしてくれ」

◇　◇　◇

奇智彦と荒良女は、屋敷の執務室で二人きりになった。

奇智彦は座っていて、荒良女はぬっと立っている。奇智彦はなるべく穏やかに尋《たず》ねる。

「何で呼ばれたのか、わかるか」

「意外な気持ちだ。もっと早く呼ばれると思っていた」

荒良女の言葉は、不遜《ふそん》に落ち着いていた。奇智彦はそっと切り出す。

「相撲権を乱用して、工場の労働争議に助太刀したな」

「した」

荒良女の返答は、端的だった。奇智彦はため息を吐《つ》いてうなる。

「で、熊の事業計画は？」

「目的を訊《き》かないんだな」

「王国で立場を築きたいのだろう。宮廷のお道化者《どけもの》は、飽《あ》きられたらそれきりだ。王都の民衆に頼られる立場、恒常的に金《かね》の集まる熊になりたい。そのための団体が、熊相撲《くまずもう》だな」

荒良女は、感心気《げ》に鼻を鳴らした。

「当たらずしも遠からずだ。さすがクシヒコ殿下、黒いカネの流れにお詳しい」

「荒良女、おまえは無茶苦茶だが、無謀ではない。今度の件でも目の付け所はいい。例の工場主は確かに吝嗇《けち》だ。奇智彦《おれ》の名前を使うくせに、金はさんざん貸し渋る。民衆に嫌われている。おまけに警察頼みの腰抜けだ。荒良女が労働者側に立って暴《あば》れたら、熊相撲の評判は高まる」

「摂政《せっしょう》の目にかなったようでうれしい」

「しかし、あの工場主の背後に居るのは、この奇智彦《おれ》だ。荒良女《おまえ》の保護者である俺なのだ」

そっとひそやかに。

二人の間に流れる空気が、変わった。

「荒良女、一体どんな目算があって、摂政の名で相撲を取るのだ。俺と縁がある工場を襲い、俺の面目《めんぼく》を潰すのだ。荒良女、お前の行動で分からないのはそこだ。それは、無謀だぞ」

荒良女は、奇智彦の問いを真摯《しんし》に聞いた。

腕を組み、じっと目をつぶって考えている。

「その問いには、問いで返すことになるだろう」

「ほう」

荒良女《あらめ》は長椅子の、奇智彦《くしひこ》の隣に座った。

「まずこれだけは言っておこう。熊《くま》には許せぬ物が三つある。そもそも熊の起源《おこり》とは――」

「手短に頼む」

「熊は、人の世の生き血を啜《すす》る者が許せない。また不埒《ふらち》な悪行三昧《ざんまい》も許せない。これは生まれついての性分で、熊には政治が分からぬが、正義感と行動力だけは人並み外れて大きいのだ」

なんて迷惑なやつだ。

「それで、三つ目は?」

「ここが肝心だ。熊に許せぬ三つ目のもの――」

そこで、荒良女の声が急に小さくなった。

「え、なに? なんだって?」

奇智彦は身をかがめ、耳をそばだてる。

荒良女は、すっと、奇智彦の肩に手を回した。

「熊の金《カネ》に手をつけるやつだ」

濃密な情報量を持った、味わい深い沈黙が、二人の間で流れた。

「ほう……」

奇智彦は、声が震えないように気を付けた。

荒良女はじっと奇智彦の目を見る。においすら嗅《か》げる距離で。

「クシヒコに預けていた大金、金貨で一〇〇タレントあったな。あれ、いまどこにある？」

「いやいやいや」

奇智彦はそっと離れようとしたが、荒良女の保持する力は強かった。

「横領したか？」

「いやまさかそんな」

「横領したんだな？」

「バカなこと言うな！　すぐに証明してやる。いま――」

「座ってろ、そのまま」

荒良女のすごい迫力に、奇智彦は立つのをあきらめた。

「クシヒコぉ、そういえば言ってたな。我《わえ》が、この大金はどうやって集めたのか、と聞いたら『王室には秘密の金づるがあるのだ』と。あのときは愉快に笑ったもんだなぁ」

荒良女は、じりじりと圧をかける。肩に回された腕の、圧迫感がすごい。

「金づるって、我のことか？」

奇智彦は何も言わなかった。寝室には沈黙の帳《とばり》が下りた。

「どうした、面白いんだろ。笑えよ」

「いや、別に」

「熊《くま》横領を企むやからに、どんな悲しい運命が襲いかかったか、きっと知らんのだろうなあ。聞くも涙、語るも涙の、残酷物語の数々を。知っていたらするはずがない」

「へえ……」

沈黙。奇智彦《くしひこ》の肩に回した荒良女《あらめ》の腕に、じりじりと力が込められてくるのを感じる。

「盗《と》ったな？」

「ち、違う！　倍にして返すから盗ったうちに入らない！」

「盗ったんだなっ⁉」

「国家ぐるみなら犯罪にはならない！」

「貴様ァ！　泥棒かヤクザでも、今時もっとマシな理論武装してるぞ！」

「電話を……、電話かけさせてくれ。証明する。すぐ誤解だとわかるから」

「言っておくが、カナミヤを呼んでも無駄だぞ。金《かね》を請求する権利は、神殿や外国銀行を通《つう》じてあっちこっちに分散させた。摂政《せっしょう》サマの権力で揉《も》みつぶされてはかなわんからな」

奇智彦は、肩を落とし、息を吐いて背を丸めた。

翌日の朝、工場の代表団が、奇智彦の屋敷の門まで、お礼にきた。

結局、奇智彦は弱みがあって荒良女を止められず、工場主は折れたのだ。

荒良女は見るからにご満悦で、代表団の子供を抱っこして報道写真機《カメラ》の閃光《フラッシュ》を浴びた。

「これこれ、そう拝むでない」

「観な、これが熊のありがたさよ」

サクラの打猿《うちざる》が、人ごみに混ざって、そう言いふらしていた。

熊がだんだん民衆英雄になっていくのを、奇智彦は自宅の窓から指をくわえて眺めていた。

荒良女と目が合う。熊は片目をつぶった。

奇智彦は窓掛《カーテン》をしめて外界を遮断した。

◇　◇　◇

その日の午後、奇智彦は執務室で、荒良女と二人、借金返済のために弁明していた。

荒良女は尊大な態度で長椅子に腰かけ、書類を片手に、ぶどう酒をあおった。

「で、この国の主な輸出品は？」

「地下資源だ。有力な銀山《ぎんざん》がある」

「他には？」

「絹、茶、米、海産物……」

「なにそれ儲《もう》かんの？　誰が買うの」

熊《くま》の追及は厳しい。

「絹と茶は、帝国へ売る。食料品は加工して、近隣諸国に売る。あんまり儲かってない」

「工業化とかはしてないの？」

「頑張ってはいるが、輸出の余地がほとんどない。帝国製品と競合したら勝ち目がなくて」

荒良女《あらめ》はしばし黙り込み、いつになく真剣な顔で、書類をぺらぺらとめくった。

「これ……、政府の主な財源は何だ？」

「地下資源」

「軍事費は政府予算の何パーセント？」

「今年はたぶん、三割を超えるだろう」

「この国の市民総生産は全部でいくらなのだ？」

「帝国の国際経済研究所の推計だと、六年前の時点で……」

「自分とこの経済くらい把握しとけ！」

荒良女は怒って、書類を床にたたきつけた。

「どの面下《つらさ》げて『返せます』とか言うんだ！　国ごと破産寸前ではないか！」

「元手があれば、奇智彦《おれ》個人についてては何とかなるんだ！」

奇智彦《くしひこ》は、必死に説明した。

「俺は酒・塩・砂糖専売公社の理事だろ。いまの総裁がもうすぐ引退するから、金《カネ》をどしどし使って関係各所に運動したら、次の総裁になれる。そうしたら俺の権限で大金が動かせるから『よっしゃよっしゃ』という具合に金が工面できるという、そういう計画で……」

「返済計画があいまいなうえに邪悪な香りがするぞ！」

「三倍にして返すから！」

「面の皮が厚すぎるだろ！　ちょっと削って売ってこい」

荒良女は、ぶどう酒の杯をあおって、卓子《テーブル》にたたきつけるように置いた。

「資源輸出が頼みの単一産品経済《モノカルチャー》。徴税機構《システム》が貧弱すぎて、財政は鉱山配当金と専売が頼り。軍事費がかさんで身動きが取れない。何だ、この歪《いびつ》な経済は。熊が奪うにも値《あたい》せんわ！」

「そう言われてても。せめて早く戦争が終わってくれないかなあ」

「汝《なれ》が他人《ひと》頼みでどうするんだ!?　この国の最高権力者だろうが!!」

荒良女は両腕を上げて、熊のように威嚇《いかく》をした。

◇　◇　◇

翌日も、奇智彦は、屋敷の執務室で電話をしていた。

「金が入って来る見込みはあるので、来月、来月には……。あ、例の件はお任せを！」

奇智彦が電話で、専売公社の幹部にぺこぺこしていると、悲しげな顔の石麿《いしまろ》が入って来た。

電話を切ると、石麿《いしまろ》が口を開く。

「鐘宮様《かなみや》が、殿下とお話《はなし》したいそうです。近衛隊《このえたい》の燃料《ガソリン》を、専売公社に払い下げる件で」

「後で電話する」

「あの、本当によろしいのですか」

「何がだ」

「燃料は戦時統制品で、最近は手に入りにくい物です。殿下の命令とはいえ、近衛隊に割り当てられた軍用燃料を、戦争とあまり関係ない専売公社に渡すというのは、ちょっと……」

「公社の方で燃料が足りないのだから、次期総裁として世話するのは当然のことだ。それに、戦況ひっ迫で戦費の足りない折、専売公社は貴重な税収源だぞ」

「それは……、でもこんなことして、近衛隊から嫌われたりしませんか?」

「俺は近衛隊長官で、しかも摂政《せっしょう》だ。いわば二重に近衛隊の指揮官だ。文句は言わせん」

「はあ。それと、あの……、あれは?」

石麿の視線の先をたどると、執務室の扉の外には、見慣れた小柄な影。打猿《うちざる》だ。

『熊《くま》の借金取り』打猿は黒眼鏡をかけ、威圧的に壁にもたれて、奇智彦《くしひこ》を監視していた。

「失《う》せろ!　恩知らず!」

奇智彦が声を張り上げると、打猿は素早く逃げ去った。

◇　◇　◇

不毛な仕事は、精神を削り取る。

奇智彦が一息つき、長椅子に寝そべって独《ひと》りへこんでいると、扉がそっと開いた。

咲《えみ》が顔をのぞかせる。茶碗《ちゃわん》をのせた盆を持っていた。

ふたりは座って、静かに茶を飲む。

「殿下、王宮にそろそろ移ってはいかがですか？」

「移りたくない」

奇智彦の声は、自分でも分かるほどに不機嫌になった。

「しかし、このままでは」

「王宮は幸月姫《さちひめ》さまのものだし」

「幸月姫さまも、お怒りにはなりませんよ」

「王宮の主寝室、人死《ひとじ》にが出たばかりだし」

「それは、まあ」

その時、執務机の電話が鳴った。咲が立ち上がり、電話に出た。

疲れた身に、無心の沈黙が心地よい。しかしいくぶん静寂が長い。

奇智彦が顔を上げると、咲は泥棒を見つけた人のかたい顔で、窓を凝視《ぎょうし》していた。

奇智彦《くしひこ》も、見る。窓の下、植え込みの中で、何かがごそごそと動いている。

その影は田植えのような恰好《かっこう》でしゃがんでいた。大きく茶色く、毛むくじゃらだった。

奇智彦はとっさに立ち上がり、窓を開けて喧嘩腰《けんかごし》に言った。

「荒良女《あらめ》！　お前、何をしている！」

「おう、クシヒコ」

「植え込みで何をやっている！　何で不審者を自前で飼わなきゃいけないんだ！」

「不審なことなどない。これだ」

荒良女は、手に持っていたものをかざす。奇智彦は、じっとそれを見る。

何の変哲もないジャム瓶だ。小麦色の液体が入っている。

帯《ラベル》には王国語の商品名。それに、茶色い生き物の絵が、素朴《そぼく》な筆使いで描いてある。

奇智彦は、人のよさそうな顔をした茶色い生き物を、心を許さずに眺めた。

「これは、犬か？」

「よく見ろ、尻尾《しっぽ》が犬と違う」

「まさか、クマか？」

「そうだ。熊《くま》印のハチミツだ。おひとついかが？」

「なぜ、おれの屋敷の植え込みに、蜂蜜を隠しているのだ？」

「熊匂《くまにお》わせだ」

「やめろ、蜂蜜を隠すな……」

奇智彦は、怒る気力と勢いを完全に削《そ》がれた。熊の掌《てのひら》の上だ。力《ちから》なく荒良女に尋《たず》ねる。

「熊匂わせって、いったい何なんだ」

「ハチミツをあちこちに仕込んで、熊と政府が蜜月《みつげつ》関係だと匂わせる」

「やめろ、蜂蜜を隠すなッ！」

奇智彦は怒って、蜂蜜の瓶を取り上げた。

「荒良女《おまえ》を庇護民《ひごみん》にして放し飼いにしているせいで、ただでさえ俺は帝国側からいぶかし気《げ》な目で見られているんだぞ！　そんな蜜月関係が明るみに出た日には……！」

「殿下」

咲《えみ》がいつの間にかそばにいて、奇智彦は罪人《つみびと》のように驚いた。

咲もいつになく緊張していた。こわばった声でささやき、保留中の電話機をしめす。

「帝国軍の司令官さまから、お電話です。明日《あす》にでも殿下に、ぜひお会いしたいと」

◇　◇　◇

その翌日の朝、奇智彦の屋敷の小食堂に、ひときわ重要な客が通された。

帝国は最も重要な同盟国である。特にいまは両国の同盟軍が、大陸の敵と戦争中だ。

戦線の帝国側の責任者を、あだおろそかにはできない。奇智彦《くしひこ》は屋敷を片づけ、飾り立て、手元にある内で最も豪華な酒と食物を用意し、熊《くま》を入念に追い出して会見に臨んだ。

長椅子に座るのは四人。奇智彦、咲《えみ》、王国駐留帝国軍の司令官、帝国大使館員だった。

帝国軍司令官は、大柄な初老の黒人だった。歴戦の将軍らしい精気が面《つら》つきに満ちている。

軍服も眼鏡も長靴も、ＳＰＱＲ型の金の襟章もピカピカに磨き上げられていた。

大柄な司令官は、奇智彦屋敷の小さな執務室では何だか場違いで、居心地が悪そうだった。

「殿下、摂政就任《せつしよう》、おめでとうございます。御挨拶《あいさつ》が遅くなり、申し訳ありません」

司令官は朴訥《ぼくとつ》な帝国語でそう言った。奇智彦も丁寧に応じる。

「司令官は戦争のかなめ。ご多忙なのだから当然です。戦況はいかがですか」

「よいとは申せませんが、悪い知らせもありません」

「これは、謎かけですな。よくもなく、悪くもない」

お義理に、打ち解《と》けない世間話をする。司令官と奇智彦は、ほとんど初対面に近かった。

司令官はつい先月、更迭された前任者の代わりとして、王国に赴任してきたばかりだ。

奇智彦はつい先日、摂政になるまでは、『王族その四』程度の影響力しかなかった。

不慣れな二人の遠回しな会話を、咲と帝国大使館職員が見守る。職員は帝国東部風の女で、
奇智彦は彼女の事もよく知らなかった。独特の気まずさのなか、奇智彦は口を開いた。

「わが叔父《おじ》、渡津公《わだつみこう》とは、もうお会いになられましたか」

奇智彦は、司令官と打ち解けたくて、共通の知人の名をだした。

渡津公は、亡き父王の弟君だ。和義彦《にぎひこ》の父親、奇智彦の叔父、幸月姫《さちひめ》の大叔父にあたる。

最年長の存命王族で、いまは王国軍の大陸派遣部隊の指揮をとっている。

その名前を聞いて、司令官は神妙な顔でうなずいた。

「とても、器量《きりょう》の大きい方です」

司令官は、穏当な表現で『変わった人』をたくみに言い換えた。

「じつは大陸で、釣りに誘っていただきました。何でも司令部の近くに名所があるとか」

「それは、叔父上らしい。昔からお好きなのです。それで、釣れましたか」

「いえ、それが。その前に、問題が持ち上がってしまって……」

司令官が、わずかに身を乗りだした。本題を切り出した合図だ。

「われら同盟軍が、攻勢をかける、という情報があるのです」

「なんと。それは……、いつ頃？」

「殿下なら、御存じかと思いましたが」

司令官は、固い表情で言った。奇智彦は不審に思った。それと同時に、司令官の隣に座る、大使館職員の視線に気づく。不安と不信を押し殺した、探るような眼だ。

ぽつりぽつりと、司令官は語った。それは奇妙な話だった。

先月、司令官は王国駐留帝国軍の、ひいては『大陸の戦争』全体の責任者になった。

あわただしい着任だった。前任者はすでに本国召還されていた。早く戦争に勝てという帝都からの督促《とくそく》に応えられなかったのだ。司令官は手探りで、現状を把握しようとつとめた。

そんなとき、前任者が作成していたという『攻勢計画』の存在を知ったのだ。

しかし、計画の詳細をだれも知らなかった。書類は紛失していた。王国軍も知らないという。確実に知っていたはずの帝国軍幹部が、司令官の着任直前、前線視察中に戦死していた。

司令官の朴訥《ぼくとつ》な口調は、事態の奇妙さを際立たせた。

「やむなく殿下の叔父上《おじうえ》、大陸の王国軍の司令官、渡津公《わだつみこう》にお会いして訊《たず》ねたのです」

「渡津公はなんと？」

「直にお訊ねしたところ『攻勢とは何だろう』と。計画の存在すら知らなかったそうです」

司令官の話は終わり、奇妙な沈黙のとばりが下りた。奇智彦《くしひこ》は、一座の顔を見回す。

「私は軍には詳しくないのですが、それは……、軍ではおかしい事なのですね」

「おかしいです。確実に知っている立場の者が、誰も知らないのですから」

「前任者が、頭の中でだけ考えていた計画かもしれない。帝都の要請に何とか応えようと」

「その可能性はあります。しかし、何と申しましょうか、所々が妙に具体的なのです。いくつかの部隊では、実際に細かい指示が来ていたそうです。決行の日まで決めてあったようで」

「決行の日時とは？」

司令官は日付を言った。奇智彦は咲《えみ》に、目線でたずねる。

「先月の軍事巡遊《パレード》の日です。開始時間が延びて、にわか雨に降られた」

「相変わらずだな、素晴らしい記憶力だ」

奇智彦は咲をほめてから、司令官の方に向きなおる。

「その日付に、何か思うところが？」

「攻勢の準備には、数か月はかかります。その日に開始する予定だったら、帝国軍はそれ以前から準備で大いそがしだったはず。しかし、そんな兆《きざ》しも無かったのです」

司令官は、自分の話に、自分で困惑している体《てい》だった。大使館職員は、長椅子の上で居心地悪げに座りなおし、そっと奇智彦を見ていた。咲は帝国人たちを観ていた。押し殺していたが、顔には戸惑いの色が濃い。奇智彦は、全員の顔を見回して、口を開く。

「司令官、その計画については、お役に立てそうにありませんね。その時期は、先の兄王《あにおう》が健在だった頃です。奇智彦《わたし》は摂政《せっしょう》になる前で、軍の機密を知れる立場では無かった」

司令官はうなずいた。表情は心なしか暗い。自分の指揮する軍隊に、自分のあずかり知らぬ戦闘計画が存在するかもしれない。その可能性の怖さは、奇智彦にも想像がついた。

奇智彦は応接机を見下《みお》ろし、不自由な左手を、右手で揉《も》む。内心、困っていた。合図したら、酒と珍味が入室する手はずなのだが、全然そんな雰囲気にならないのだ。

重い沈黙が室内におりる。

ギュッギュ、ギュッギュ、と、さっきから軋《きし》むような音がした。

奇智彦《くしひこ》は顔を上げる。大使館職員が、座ったり腰を浮かせたりを繰り返していた。

咲《えみ》が、そっと口を開く。

「なにか……」

「すみません、椅子の下に、さっきから何か硬い物が……」

職員は非礼を詫《わ》び、長椅子の座布団の下に、手を突っ込んで探った。

とりだされたのはハチミツの瓶だった。

帯《ラベル》には熊《くま》が描いてあった。

室内に、さっきとは質の違う、重くよそよそしい沈黙がおりた。

司令官が、なお困惑した口調で、奇智彦にたずねた。

「何故《なぜ》、こんなところに……。何の瓶ですか？」

「あれれぇ？　何でこんなところに焦がしジャムが？」

「司令官、この瓶にはハ、チ、ミ、ツと書いてあります」

奇智彦は言葉の壁を利用しようとしたが、職員はまずいことに王国文字が読めたらしい。

司令官は、瓶を受け取って子細に観察する。

「この帯《ラベル》の、でかくて茶色い生きものは」

「犬かなぁ？」

「いや、尻尾《しっぽ》がちがう」

司令官のするどい観察眼を前に、奇智彦は必死でとぼける。

「他と違う犬もいますよ！　動物界も多様性の時代ですから。昔、王室には白いキジが献上されたと聞きます。北の国には毛の生えたゾウが住んでいるとか。昔うちで飼っていたネコは、扉を開けたあと閉めるようになったし、多分あれはもう人語《じんご》を解《かい》していたと」

奇智彦は、自分が支離滅裂なことを言っているという自覚があった。

司令官は首をかしげて、いぶかし気《げ》につぶやく。

「ハチミツが大好きで、毛むくじゃらで、茶色い生き物といえば……」

「たぬき？」

「まさか、熊？」

司令官の名推理に、奇智彦は内臓がぜんぶ飛び出そうになった。

「殿下、まさか例の熊が……、政府とまだ交渉があるのですか」

「そんなことは断じて！　きっとおやつを隠して、そのまま忘れたんでしょう！」

「摂政《せっしょう》殿下の屋敷を、熊が自由に歩いているのですか……!?」

司令官と職員は、急な用事を思い出して、足早に帰った。

かくて熊匂《にお》わせは炸裂《さくれつ》した。いちばんにおわせてはいけない人たちに。

◇　◇　◇

奇智彦《くしひこ》が執務室の椅子に座り、泣きだすのを堪《こら》えていると、荒良女《あらめ》と打猿《うちざる》のバカが現れた。

「おおう、これはごちそうの山ではないか。クシヒコ、大事な客でもあったのか」

能天気な声に、奇智彦は座ったまま顔を上げる。荒良女と打猿は早くも、手を付けられなかった料理をつまみ食いしていた。バカ二人にかける怒りの言葉を、奇智彦は数秒かけて考えた。

「バカ野郎！」

怒りのあまり、罵倒は逆に簡潔《シンプル》になった。

「どうしたクシヒコ、ずいぶんな怒りようだ。なあ、打猿」

「いふもふぉり、ふるどふぁふぁ」

「しゃべるか食べるか、どっちかにしろ！　ほっぺをリスみたいに膨らませやがって！」

奇智彦が怒鳴ると、打猿は手近な皿をひっつかんで逃げ去った。

荒良女は堂々と立ったまま、受けて立つ。奇智彦も、立ち上がる。

「どうしてくれる。これで王国はゴロツキ国家扱《あつか》いだ！」

「扱いも何も、実際そうだろ」

「貴様！　どう責任取る気だ！」

奇智彦は詰め寄り、熊皮《くまがわ》に摑《つか》みかかったが、力が抜けてすがりつくような恰好《かっこう》になった。

「クシヒコ、もう泣くのはよせ」

「泣いてない！」

「約束する。もう、汝《なれ》の許可なしで相撲はとらない。今回は熊も反省しているのだ。図らずも国際問題に発展してしまったのだからな」

「もう少し手前の方で、反省しておいて欲しかった……！」

奇智彦は、熊の胸に抱きとめられたような格好だった。荒良女はそれを、力強く抱擁《ほうよう》する。

「任せろ。熊が味方なのだから、頼もしさは百人力だ」

「なにをどう任せるのだ」

「王国の要路には、すでにハチミツをかがせて抱き込んである。おいそれと動揺はしない」

「どこの世界にいるんだ！　ハチミツで買収される馬鹿が！」

ちょうどその時、誰《だれ》かが執務室の扉をすごい勢いで叩《たた》き、返事もしないうちに開けた。

稲良《いら》置《き》大将軍だった。怒り心頭の様子で、顔が真っ赤に腫れていた。

「ハチミツでひげを固めたら、蜂に襲われてこの有様だ！　どう責任取ってくれる！」

「ああ……」

奇智彦は、両足の力が抜けて、そばの小卓にすがりつき体重を預けた。

怒髪天をつく将軍の怒りを、お付きの大佐と、荒良女とが必死になだめた。

「将軍、どうぞ、この詫《わ》びミツを」

「誰がいるか！　ひげに塗ったら蜂が寄ってくるようなハチミツを！」

「将軍、この奇智彦《くしひこ》の、奇智彦の顔にめんじて……」

奇智彦は立場上、馬鹿二人の間に割って入り、仲裁した。やがて将軍がうなる。

「慰謝料代わりにとっておいてやる！」

将軍はそう言い捨てて蜂蜜を箱ごと奪い、大佐に持たせて帰って行った。

荒良女《あらめ》は熊頭《くまがしら》をかぶり、いくぶん所在なさげに立っていた。奇智彦は熊を横目でにらむ。

「どうしてくれる。これでこの奇智彦は、失敗国家の怪しい独裁者扱《あつか》いだ」

「元からそうだろ」

「熊野郎ッ！」

その時、執務室の扉が、穏やかに叩《たた》かれた。

扉が細く開き、石麿《いしまろ》が顔を見せる。

「あの、さっき将軍さまがものすごく怒ってましたけど、お通ししてよかったですかね」

「いいんだ。もう、いいんだ」

奇智彦は、それだけ言った。

「用はそれだけか？」

「いえ、愛蚕姫《めごひめ》さまがお会いになりたいと」

そのとき白い人影が、許しもなしに石麿のそばをすり抜けた。

愛蚕姫が、来た。

「殿下《でんか》──、うわ、熊っ!?」

「その熊のことは気にしないで下さい。いない者として扱って」

奇智彦は、荒良女を視界にも入れたくなくて、椅子に座った。

愛蚕姫はなおもしばらく、もの問いたげに荒良女を観ていたが、奇智彦の正面に座った。

「殿下、お金が必要なのですね」

「ええ、たんまりと」

「具体的にどのくらい?」

その口調には、頼れる現実主義者の落ち着きが、たっぷり含まれていた。

奇智彦が思わず顔を上げると、愛蚕姫は物慣れた様子で、白い指を組んだ。

「殿下、借財にもコツというものがあるのですよ」

第四幕　借金のない者は幸福だ。Felix qui nihil debet.

屋敷の大会堂は、一分の隙《すき》もなく飾り立てられていた。

大きな食卓が設《しつら》えられ、奇智彦《くしひこ》に金を貸している債権者たちが、豪勢な料理に舌鼓を打つ。魚卵の塩漬けをのせた種なしパンに、丸焼きの豚、若鶏《わかどり》の赤茄子《トマト》煮。大きな揚げ魚には青椒《ピーマン》や人参《にんじん》の炒め物がたっぷりそえてある。ぶどう酒も一級品で、割る水はよく冷えている。

奇智彦は上座にすわって、あれも食べろ、この酒も飲め、と朗《ほが》らかに勧めた。

客たちも和《なご》んだ。奇智彦が金を工面でき、借金踏み倒しの心配がなくなったと思ったのだ。愛蚕姫《めごひめ》も賓客《ひんきゃく》として奇智彦の隣にいた。荒良女《あらめ》も招待され、骨付き肉にかぶりついていた。

調度品も選《え》り抜きだ。紋章入りの銀食器が出され、奇智彦所有の美術品が披露《ひろう》されていた。

「さて、みなさん、聞いて欲しい」

奇智彦が立ち上がると、一杯きげんの客たちは笑い、盛大に拍手した。

にこやかに、笑顔の客たちを眺める。いける、と踏んだ。

「この宴《うたげ》により、この奇智彦は、一文無しの摂政《せっしょう》となったようだ」

高らかに告げると、客たちは、冗談だと思ってドッと笑った。

奇智彦が何も言わないでいると、笑い声がだんだん減っていき、やがて静まり返った。

驚きかたまる債権者たちに、奇智彦は告げる。

「屋敷も所領も、この美術品も、すでに抵当にはいっている。証券類も、この奇智彦が失脚したら暴落間違いなしの銘柄ばかり。現金は月末の米代《こめだい》にも事欠《ことか》くありさまだ」

「なんだとクシヒコ！　『返せません』ですむ額か！」

荒良女が絶妙な間合いで立ち上がった。他の客も、そうだそうだ、と声を上げる。

「ぜひ返していただかないと」

「殿下を信じてお貸ししたのです」

その切羽詰まり具合と、懇願ぶりを見て、奇智彦は確信する。愛蚕姫の言葉は正しかった。銀貨一〇〇枚を返せなければ、わが身の破産。しかし一〇〇万枚なら、事情が違う。大きすぎる借金は、返せなければ、貸し手も一緒に共倒れになるのだ。

奇智彦は、客たちの顔を悠々と見まわした。

「借りた分を返せないどころか、このまま行けば破産するのは目に見えている。したがって、この場をかりて皆さんに、さらなる追加の融資をお願いしたい」

「なんと太いやつだ！　世の中を舐《な》めやがって！」

荒良女が怒鳴る。いち早く立ち上がっていたので、自然と債権者の代表格になっていた。

奇智彦は、側《そば》に置いてあった肉切り包丁を取り上げた。皆がぎょっとする。

「ならばこの上は、もはや命で償うほかあるまいな――、さあ、ころせ！」

刃物を食卓の真ん中に投げ出し、床に大の字に寝転がる。

とんでもないことになってしまった。そう言いたげな空気が食卓に満ちていた。

「頼まれなくとも、熊《くま》がやってやるわ！」

荒良女《あらめ》が肉切り包丁を取り上げるのを、他の債権者が必死に止める。

「はなせ！　心臓をえぐり出してやる」

「そういうわけにはいかん！　王族を害《がい》しては事態が悪くなるばかりで」

「死んでもらっては一銭《いっせん》にもならんし」

ほどよくもめて、空気が冷めたところで、愛蚕姫《めごひめ》がそっと尋《たず》ねた。

「それで、殿下、いかほどお入り用に」

奇智彦《くしひこ》は床に寝ころんだまま、かがんだ愛蚕姫に希望額を耳打ちした。

「それは……、私《わたくし》ひとりで、おいそれとご用立てできる規模では」

ざわめく客たちに、奇智彦は声を張り上げた。

「これは投資と思っていただきたい！　ご一同から借りた金で、この奇智彦が素晴らしい役職につけば、何倍にもなって返ってくる。私が平素、恩義に手厚く返礼することは、ここにいる皆がご存じだ。一方、私が破産したら、全員が大損をする。いわばわれらは運命共同体」

客たちは部屋の反対側に行き、低い声で相談した。奇智彦はそれを寝たまま聞いた。

債権者たちは結局、追加の融資に承諾して、『なんて摂政《せっしょう》だ』『世も末だ』と口々にささやき交《か》わしながら帰って行った。石麿《いしまろ》と咲《えみ》が、客を丁寧に見送った。

　奇智彦は、石麿の手を借りて起き上がる。机の上の、客たちがのこした小切手を見た。

「……競り勝った！」

「殿下！」

　奇智彦と石麿は、かたい抱擁《ほうよう》を交わした。

「それと、咲」

「はい」

　咲は広げていた両腕をおろした。奇智彦は声を低めてささやく。

「愛蚕姫さまと荒良女の、見事《みごと》な役者ぶりに助けられた。姫はいまどちらに？」

「招待客と一緒にお帰りです。客の内輪の意見を聞き、後で教えてくださる、と」

　石麿は、感心したようにつぶやいた。

「愛蚕姫さま、すっごいお金持ちなんですね。あの額をポン、と」

「絹産業に顔がきくのだ。絹の一大産地である大陸と、いま戦争中だろう。王国産の絹が値上がりして、配当金がじゃぶじゃぶ入ってくるのだ。戦争で暴利をむさぼっている」

　奇智彦は、その如才なさに感心して、ため息をつく。

「俺はまったく見習いだな、悪事にかけては。なあ、咲」

「ご自分を卑下《ひげ》なさることはありません」

「それから、いい機会だ。例の計画だが、そろそろ第二段階に移行しろ」

「はい。鐘宮《かなみや》さまに、そう連絡します」

咲《えみ》が電話をかけに、足早に歩き去る。

その背中を見送り、石磨《いしまろ》は所在なさげに振り向いた。

「あの、殿下、第二段階って何ですか。おれは何にも聞いてないんですけど」

◇　◇　◇

王都の北側、海沿い一帯は下町で、集合住宅《インスラ》と小さな家屋が密集して立ち並んでいる。

おもな住民は、造船所の職工、事務員、港湾労働者、小商人、その家族である。

北の速波湾《はやみわん》に面して港湾や倉庫、工場や海軍施設が建ち並ぶ。鉄道線路が延び、列車が走る。

南に目をやると、ラジオ局の大きな電波塔や、丘にそびえる王宮の赤屋根が見えた。

朝の出勤の時刻だ。人々は足早に歩く。新聞売りの少年が、通勤客に売り込んでいる。

舗装された道路を、バスや貨物自動車《トラック》や公用車が、さかんに行き来していた。

だから、奇智彦《くしひこ》の御料車が道端に停まっていても、大して人目をひかなかった。

鐘宮が御料車の窓を開け、外にいる新聞売りから一部買った。窓を閉めると、車が出る。

車内には、後部座席の奇智彦と鐘宮、運転手の石磨の三人だけ。お忍びの外出なのだ。奇智彦は、王族にしては肩肘《かたひじ》張らない三《み》つ揃《ぞろ》いの背広姿だ。車体の紋章旗も外してある。鐘宮は紙面をざっと読み、目当ての記事を見つけて、奇智彦に掲げてみせる。

「やりましたね、殿下。どうぞ」

「そのまま読んでくれ」

奇智彦は、不自由な左手を少し上げてみせた。奇智彦はいつも後部座席の右側に座るので、左の隣席から物を受けとるのは手間なのだ。鐘宮はうなずき、記事を読み上げた。

「専売公社の理事数名が、汚職容疑で逮捕。新総裁の奇智彦殿下は、改革を約束し――」

「奇智彦総裁か！　いい響きじゃないか。なあ、石磨！」

「第二段階って、これだったんですね……」

運転席の石磨は、後部座席の奇智彦と鐘宮を、ちょっと心に壁のある目で見た。

「殿下、今度はいったいどんなペテン行為を使ったんですか」

「おれの命令で、近衛隊《このえたい》から専売公社に軍用燃料《ガソリン》を融通《ゆうずう》しただろう。覚えているか」

「はい。公社に燃料が足りないので、殿下が手当てをするのは当然のことだと」

「あれは毒餌だ。近衛隊が燃料を追跡して、公社幹部の燃料《ガソリン》横流しの流通経路《ルート》を調べた」

「そんなことを!?」

石磨が驚く。奇智彦は、手品《てじな》の種を明かすような愉快さで笑った。

「公社の燃料割当分はたっぷりあるのに何故《なぜ》足りないのだ。もちろん公社の幹部が、高騰した燃料を中抜きしてヤミで売っているのだ。この由々《ゆゆ》しき事態をただすべく、新総裁・奇智彦《くしひこ》が、近衛隊《このえたい》に内偵を依頼して証拠をつかんだ。で、目に余るやつをクビにしたわけだ」

鐘宮《かなみや》が他人事《ひとごと》の気楽さで、ぷふっ、と噴き出した。

「お見事《みごと》でした。残った理事たちも、もう何があっても一生、殿下に逆らえませんよ」

「ふっふっふ！　これで小遣い銭には当分、困らんぞ」

笑い合う二人を、石麿《いしまろ》は何か腑《ふ》に落ちない顔で眺めていた。

「それで、できたお金で何をするんですか」

「決まっているだろう。手勢だよ、手勢《てぜい》！」

奇智彦は指揮杖《しきじょう》を掲げた。

「東国勢の王都進軍のとき、奇智彦《おれ》に従ってくれる兵士がいかに少なかったか覚えているな。あの時はなぜかうまくいって太刀守《たちもり》と同盟できたが、あれは偶然、まぐれ当たりだから参考にならない。そこで総裁《おれ》だけに忠実な警備部隊を、公社のカネでこしらえる」

「そんな。軍隊は一朝一夕《いっちょういっせき》には作れないですよ。兵士はどこから連れてくるのですか」

「実はもう集めている。暗躍の得意な熊《てした》どもが、せっかくいるのだ。活用しないとな」

◇　◇　◇

「兄《あん》ちゃん、いい身体《からだ》してるね。熊《くま》やってたの？」

熊皮を着た荒良女《あらめ》が、帝国語で話しかけると、男はびっくりした。

「え、だ、誰？」

「あっれぇー！　お兄さん、熊知らないんだ。遅れてるー！」

打猿《うちざる》が、慌てる男の背後から忍び寄り、あれこれとうまい話を吹きこみ始める。

奇智彦はそのやり取りを、路肩に止めた車の中から眺めた。隣席の鐘宮が解説する。

「人員の大半は、召し放たれた元奴婢《ぬひ》から採用します。身体的に頑健ですから」

「元軍人は、やはり集まらないか？」

「戦時中のことで、すでに軍に復帰済みです。そこで、この者たちに目を付けました」

鐘宮は車の窓ごしの風景を、手でざっと指した。

住民の憩いの場である公共水道を、俘囚《ふしゅう》じみた男たちが専有している。そろって粗末な身なりで無表情。何かを食べている者もいたが、多くの者は何もせず、ただ座りこんでいた。

この一角だけ異様な雰囲気を放っていて、地元住民はここを明らかに避けていた。

「王都には、地方で食いかねた民が流入しています。といっても大多数は王都に縁者もなし、こうして浮浪する例が多いのです。警察も近衛隊も手を焼いていますよ。この者たちを『治安対策をかねた福利厚生事業』という名目で集めました。どこも文句はつけないでしょう」

奇智彦《くしひこ》は、もっともらしい言葉がでてこず、神妙な顔でうなずいた。

「ここで集めるのは承知した。が、しかし、あの熊《くま》の勧誘はすこし目立つな。部隊発足の公式発表の日までは、なるべく内密にしたい。今、もめ事は困る――」

そのとき、車の外で、何やら口論があった。

明らかに堅気ではない男たちが、荒良女《あらめ》をさして駆《か》け寄ってきた。

「見ろ、あの熊だ！」

「うわ、本当にいた！」

荒良女は、男たちをじっと見すえる。打猿《うちざる》は熊の背後にかくれた。

男たち、地元やくざが、大音声《だいおんじょう》で荒良女を威嚇《いかく》した。

「てめえ！　ここら一帯の人足手配は、うちの一家が仕切ってんだ！」

「なんだ熊女、おまえ帝コロか？　誰に断ってこんなことしてんでい」

打猿が、荒良女の背後で、やくざの啖呵《たんか》を翻訳していた。

荒良女は腕を組んだまま、うんうん、とうなずき、打猿に何かを話した。

形勢有利と見て、やくざは強気に一歩ふみこむ。

「誰の許しを得たかって訊《き》いてんだよ！　うちの豚飼い場に踏み入りやがって！」

荒良女はすこし考えて、何かを言った。その帝国語を、打猿が通訳して、やくざに伝えた。

やくざは、その返答に戸惑い、それから怒って啖呵を切った。

「馬鹿にするねえ、お城がこんなの集めるかよ！　こいつら、流民の中でも等外のクズ、便所の使い方も知らねえ奴婢《ぬひ》だ。俺たちも嫌々《いやいや》に使ってやってんだ。こんな臭え田舎者《いなかもん》、お城の風上に立っても罰《ばち》が当たらぁ！　一体何で集める、猟犬《いぬ》の餌《えさ》の味見だって勤《つと》まらねえよ！」

揉《も》め事の気配を察して、野次馬たちが集まってきた。人目は、都合が悪い。

荒良女は、黙って啖呵を聞いていた。耳を澄《す》ますように、そっと。

多分、奇智彦だけが気づいていた。荒良女は約束どおり待っている。奇智彦の許可を。

奇智彦は少し迷ってから、心を決めて、うなずいた。

勝負は、その一瞬でついた。

掌底の一撃を食らったやくざが、体軸を中心に、逆上がりのように吹き飛ぶ。

それが地面に落ち切る前に、もう一人は熊に喉首《のどくび》をつかまれ、地面に押し付けられた。

野次馬たちが、喝采《かっさい》したり、身の危険を感じて逃げたりする。

打猿は、とたんに元気になって、気絶したやくざを蹴った。

「あたし達は、摂政《せっしょう》さまの熊相撲《くまずもう》だぞ！　嚙《か》みつく相手は選べやァ、チンピラ！」

荒良女と、やくざの財布をあさる打猿をあとに残して、奇智彦の車は発進した。

◇　◇　◇

警備部隊の仮の本部は、王都郊外にある地味な建物だった。

元は専売公社の社員寮だ。大人数が生活でき、運動場もあるので、兵舎として召し上げた。

奇智彦《くしひこ》の車が通りすぎるときも、褐色の作業服を着た隊員たちが、中庭で体操をしていた。

隊員たちの体操は、幼稚園児みたいにグデグデだった。

隣席の鐘宮《かなみや》が、冷静につぶやいた。

「ただのカカシですな」

「本人たちと、教官のコルネリア中尉の前では言うなよ」

奇智彦が釘《くぎ》を刺すと、鐘宮は低く笑った。

「まあ、最初はこんなものです。元奴婢《ぬひ》ですから。体操など生まれて初めてでしょう――お?」

鐘宮が石麿《いしまろ》に合図して、社員寮のわきの私道で車を止めさせた。

そこに、隊員たちが集まっている。一人の人物を取り囲んで、というより取り巻いていた。

コルネリアは、いつどこで見ても生命力がみなぎっていた。短くした金髪に、赤いベレー帽、緑色の野戦服。そのあふれる活力は、たるみ切った兵営にあってはとても目立った。

そのコルネリアに、銃剣つきの小銃をもった隊員が、じりじりと歩み寄っていた。

奇智彦が、何事かと目をみはる。同時に、コルネリアの馬鹿でかい声がした。

「ドンとつけ！　突撃精神があれば突ける！」

尋常ではない事態を、奇智彦たちは車内から見守った。異様な緊張感がみなぎる。

隊員が大声を発して突きかかる。コルネリアはさっとかわして、隊員を地面に投げ転がす。

「いいぞ！　次、来い！」

それを見届けて、石麿は車を発進させた。奇智彦は、コルネリアをじっと見つめる。

一人だけ明らかに浮いている。服装とか性別とか、そういう理由とはまた違う。能力や目的意識がとびぬけているのだ。牧羊犬が、羊の群れで目立つように。奇智彦は、鐘宮に尋《たず》ねる。

「訓練の責任者、コルネリア中尉のことだが」

「この鐘宮の学校時代の級友です」

奇智彦には軍事訓練を仕切れる伝手《つて》などなかったので、鐘宮に推挙してもらったのだ。

コルネリアには、訓練完了までという約束で陸軍を休職してもらった、のだが。

「よく休職願いが通ったな。軍はいま戦争で、猫の手も借りたい状況だろうに」

「殿下のお力添えあってのことです。それに昔から、あいつには妙な伝手があるのです」

「訓練係として、信頼はおけるか？」

「お雇いになる前に、人事記録をご覧になったでしょう」

「読んだ。輝《かがや》かしい経歴だ。士官学校を次席卒業、空挺《くうてい》部隊、実戦経験、帝国軍への派遣」

「加えて、東国勢が攻めて来たときも、殿下のもとに参じました」

「ああ。軍の学校の教官で、生徒を引き連れてやってきた。あの生徒の人たち、後で話したら困惑していたぞ。事情をほとんど知らないまま、教官の言うとおりに来たと言っていた」

「殿下は、ずいぶんお疑いの御様子。何か怪しいところが？」

「鐘宮《かなみや》の友達ってところかな」

「ハッハッハッ！　おっしゃいますな、殿下！　ハッハッハッ！」

鐘宮は色々なものを、笑って誤魔化した。

「御心配には及びません。コルネリアは優秀なやつです。なにせ軍神ですから」

「軍神？」

奇智彦《くしひこ》が聞き返すと、運転席の石麿《いしまろ》が驚いた。

「『軍神コルネリア』と、知らないでお雇いになったのですか？　戦地では有名人ですよ」

「知らない。どんな話なのだ」

石麿は室内鏡《ルームミラー》ごしに、鐘宮の許可を求めた。鐘宮がうなずくと、石麿は話し出した。

コルネリアは、百年前に渡来した帝国人の子孫だ。代々、入植者同士で結婚し、家では帝国語を話すため、容姿も言葉も帝国式のままだ。あるとき一家の農場に、有名な巫女《みこ》が泊まった。

両親は子供の人相を見てくれと頼んだ。幼いコルネリアを見て、巫女は予言した。

『この子は銃弾《たま》に決して当たらない。戦いの天命のもとに生まれた子だ』。

「その後、コルネリアは軍人になり実戦を潜り抜けましたが、本当に弾が当たらないのです」

奇智彦は、続きを待ったが、なかった。

「え、それだけ？」

「本当の話です。戦場ではみんなが噂《うわさ》を知っています」

石麿がなにか確信ありげにうなずく。奇智彦は説明を求めて鐘宮を見た。

「予言の真偽は知りませんが、戦地で見事《みごと》に戦い、一度も負傷していないのは事実です」

『最初の一回』がまだ来てないだけでは？　と思ったが、奇智彦は言う機会を逃した。

奇智彦たちの車は、建物の横手にある目立たない門から、本部に入った。

石麿を自動車の番に残して、奇智彦と鐘宮は、建物の奥へと案内された。

◇　◇　◇

「第一波は、基礎訓練を終えました。いろいろと端折《はしょ》った速成隊員ですが」

コルネリア中尉のよどみない説明を、奇智彦は慎重に聞いた。

奇智彦と鐘宮たちは、長椅子に並んで座っていた。

隊の仮の本部は、元は寮の応接室らしかった。専売公社の注意書きが、まだ剥がされずに放置してある。室名札の上に、『本部』と訂正の紙が貼ってあった。すごい癖字《くせじ》だ。

奇智彦は、川面に石を投じて深さを測るような気持ちで、コルネリアに問うた。

「装備品の手配はついただろうか。戦争のせいで不足していると聞くが」

「一応、めどがつきました。制服と装具は近衛隊《このえたい》の備蓄から、隊員の給料と設備と車両は公社から調達します。その他、細々としたものは民間業者に発注しました。これが明細書です」

奇智彦《くしひこ》は受け取って、ざっと確かめる。コルネリアは自分の報酬を、先頭に載せていた。

「殿下からお預かりした当座用の資金は、これで使い切りました」

「わかった。明日にでも追加分を届ける」

軍隊を作るのって、お金がかかるな。奇智彦はしみじみそう思って、渋いお茶を飲んだ。

鐘宮《かなみや》が明細書を確かめている間に、奇智彦は目の前のコルネリアをそっと見た。

王族の前に出ても平常心を保つ者には、いくつか種類がある。貴人《きじん》の応対に慣れている者、自負があって気持ちで負けない者、単に鈍感な者、あるいは肝の太い者。

彼女がどれか知っておけば、奇智彦が生き残る確率があがる。

コルネリアが視線に気づいた。はっとして、奇智彦の目をぐっと見返す。

それから、凛々《りり》しい顔をつくると、人差し指と中指をVの字に立てた。

奇智彦は、意図を判じかねて、神妙に引き下がった。もう一問、そっと口を開く。

「コルネリア中尉、隊員の質はどうだろう」

「ただのカカシですな」

鐘宮とまったく同じ評価をくだした。奇智彦は、その突き放した冷静さに少し感心する。

「隊員について一切、かばい立てしないのだな」

「殿下は正直な報告をお求めでしょう。戦時中ですから、即戦力の人材はもう軍にいる。ここにいるのは、水洗便所《トイレ》の使い方から教えねばならぬ連中ばかり。従軍経験者は、拝み倒してかき集めた退役軍人が若干名のみ。まともな戦闘部隊とぶつかれば、行き先は黄泉《よみ》の国でしょう。……しかし殿下がご所望《しょもう》なのは、精強な戦闘部隊ではないはず」

奇智彦は、その言葉に、内心はっとした。

「ああ。格好のつく兵士をとりあえず五〇人、すぐにでも欲しい。この兵士は見せ金だから強い必要はない。警備がおもな仕事だから、きつい行軍もしないはず。犯罪と逃亡は困る」

コルネリアは、手でぐるりと、回りを示した。

「ならば、まさに理想的です。殿下の他には頼るあてがない、解放奴婢《ぬひ》の軍団」

その割り切り方と、必要な物を見抜く意外な洞察力に、奇智彦ははっと感心した。

そのとき鐘宮が、明細書の束から顔を上げた。

「コルネリア、銃と弾薬はどうしたんだ？」

「うん、それなんだけど」

コルネリアは椅子から立ち上がる。部屋の片隅には厚紙の箱があり、庭球《テニス》のラケットが大量に突っ込んであった。その山をどかすと、銃を収める木箱が現れる。コルネリアはあきれるほどの何気《なにげ》なさで、木箱から軍用小銃を取り出した。それでいいのか？　と奇智彦は思った。

鐘宮は小銃を調べて、弾が入っていないのを確認した。奇智彦はその形状を観察する。

「鐘宮、これは帝国製の銃か？　王国軍も採用している」

「いえ、少し違います。コルネリア、これは改造型か？」

「戦時中だから、軍にも近衛隊《このえたい》にも遊んでいる武器はない。民間の銃砲店では、軍用の銃はなかなか取り扱《あつか》いがない。そこで軍の知り合いに相談したら見せてくれた」

少し前、帝国の銃器製造会社が、新型銃を開発した。軍用小銃に連発機構を組み込んだ物で、歩兵の火力を倍にするという謳《うた》い文句だった。しかし、帝国軍は不採用にした。

会社はあきらめきれず、実績ほしさに自社生産までして、同盟国の軍や警察にも売り込んだ。王国軍にも試供品が来て、倉庫にしまい込まれ、そのまま忘れ去られた。

「というわけで、これならいいよ、とくれた。隊の人数分あるよ」

鐘宮《かなみや》は慣れた手つきで銃を操作し、弾の入っていないのを確かめて、壁に向いてかまえた。

「少し重いな。試射はしたのか？」

「弾は出るよ。全自動《フルオート》だと銃口が跳ねて、全然当たらないけど」

「弾倉《だんそう》と弾《たま》と、予備の部品は手に入るのか？」

「八八式《ハチハチしき》のやつがそのまま使えるから。弾も七五《ナナゴー》だし」

奇智彦《くしひこ》は素知らぬ顔で会話を聞く。専門用語についての無知をさらしたくなかったのだ。

それから、コルネリアに尋《たず》ねる。

「よいのか、その銃で。当たらないのだろう」

「うちの隊員は、狙って当たる腕前ではないので、当面は問題ありません」

「うん」

奇智彦はうなずいた。悪意のない本音が、少しだけ悲しい。

「他に、不足のものがあれば言ってくれ。出来るかぎりは都合するから」

「でしたら。軍隊経験のある訓練係が、さっぱり足りません。もし居たらぜひとも」

鐘宮がそれを聞いて、顔を上げた。

「殿下の従士《とねり》の石麿《いしまろ》は、大陸戦線から帰還したばかりでは」

奇智彦は、あいつを教官にしていいものかちょっと迷ったが、他にあてはなかった。

「いま車庫にいるから、誰かを呼びにやってくれ」

◇　◇　◇

奇智彦たちは長椅子に戻って、石麿が来るまでのあいだ、少し話した。

「鐘宮少佐は、太刀守《たちもり》どのの事を知っているだろうか」

「お会いしたのは、この一件が初めてですが、噂《うわさ》は昔から聞いています」

「どんな噂を？」

「祖父王の崩御後の大内乱で、大変な活躍をされた武人です。いまは大物政治家だと」

「ふむ。コルネリア中尉も、何か存じているか？」

「勇将ですが、いますこし突撃精神に欠けますね」

「えっ」

奇智彦《くしひこ》は一瞬、王都に進軍した男とは、別の太刀守《たちもり》がいるのかと疑った。

「自分はすべての隊員と面接しました。東国生まれの者も多かったので、色々と噂《うわさ》を耳にしましたよ。太刀守殿は、東国の民草からは、あまり評判がよくないようです」

「そうなのか。なぜ？」

「王都や王国政府に尻尾《しっぽ》を振りすぎる、って」

「そ、そうか……」

「殿下！　コルネリア中尉は、歯に衣着せない性格なのです。そこがいいところで」

鐘宮《かなみや》が助け舟を出したが、正直にしてもほどがあるとは思った。

「二人は、士官学校の同級生だと聞いている。そのころから友達なのか」

「そうです！　ぼくと鐘宮少佐は、まさに弾を二つ込めた大砲さながら」

「二倍のちからで戦ったというわけだな」

「はい！　空挺《くうてい》の訓練も一緒に合格したんです。鐘宮は四十一番で、ぼくは四十二番でした」

一番と二番だったら、もっと格好よかっただろうな、と奇智彦は密《ひそ》かに思った。

コルネリアは良く言えば、育ちが良くて使命感と行動力に満ち溢《あふ》れた人だった。そういう人にはありがちなことだが、若干ひとり決めな所があり、思い込みの激しい傾向にあった。

そして声が大きく、至近距離でしゃべると、うるさかった。

「隊員たちの話を聞きましたが、いや大変ですよ、生きるのは。他人事《ひとごと》じゃないですよ、軍も汚職がひどいですし。友達がいま空軍の通信部門で働いているんですが、謎の暗号文を傍受して解読したら、なんとお偉いさんの『賭《か》け相撲』の通信だったとか。軍の設備なのに」

「それは問題だな」

「あと、相撲にかこつけた強請《ゆす》りたかりが、街で横行しているという噂も」

「いや、それは根も葉もないデマじゃないかな」

「コルネリア、殿下に何かお願いがあるんじゃなかったか」

鐘宮が、何回目かの口をはさんで、無理やり話の流れを変えた。

「そうだ！　じつは近く、次の人事異動があるのです。どうか殿下のおちからぞえを」

この話の流れで、そのお願いをする、肝の太さに奇智彦は感心した。

「わかった、知り合いに頼んでおく」

今は戦時で、軍人の役職は増えている。稲良置《いらき》大将軍に頼めば、昇進先は見つかるはずだ。

「お願いします。ぜひとも、お願いします」

「わかった。わかったから」

意外としつこいお願いを、何とかいなしていると、聞き覚えのある能天気な声がした。

「栗府石麿《くりふのいしまろ》、参りました！　いやあ、遅くてすみません。便所《トイレ》の場所が分かりにくくて」

「どうだろうコルネリア中尉、この者に教官役がつとまるかな」

奇智彦《くしひこ》がそう言いかけたとき、コルネリアが勢いよく立ち上がった。

「あの、ひょっとして……、王都の蹴鞠《フットボール》団の方ですか？」

「え、そうなのか？」

「え、そうですけど」

「やっぱり！」

コルネリアは、石麿《いしまろ》のもとに駆《か》け寄り、手を握った。

「びっくりです、『王都の走り屋』に会えるなんて！　あ、名前で呼んでも？」

「ど、どうぞ」

鐘宮《かなみや》がそのとき、得意さを秘めた顔で立ち上がった。一同に、事情を打ち明ける。

「じつはコルネリアは士官学校の、女子蹴鞠《フットボール》団の創設者です。初代団長だったんですよ」

「え、すごいじゃないですか！」

石麿の声がはずむ。コルネリアは珍しく恐縮した。

「いやあ、頭数が足りなくて、まともな試合は結局できなかったんですけど」

「鐘宮《わたし》も員数合わせによく動員されたよ」

「うちの王都団も似たようなもんですよ。一からなんて、いやすごいです」

その和気あいあいとした会話を、奇智彦はすこし離れた場所で聞いた。

蹴鞠とは、かくも人と人とを結びつけるのだろうか。

◇　◇　◇

「こんちゃーす、打猿《うちざる》さま参上！」

扉が勢いよく開き、打猿と荒良女《あらめ》が来た。奇智彦と目が合い、互いに不意打ちを食らった。

打猿は、捕食者・鐘宮の存在を察知して、荒良女の背後にすばやく隠れた。

奇智彦は困惑して、荒良女に尋《たず》ねる。

「お前たち、ここで何をしているのだ」

「兵員募集係が兵営に出入りしていて、何かおかしなことがあるか」

荒良女は、石麿たちの歓談を見た。交《か》わされる早口の王国語をたぶん理解できていない。

「クシヒコ。カナミヤと隊長はどうしたのだ。いつもより様子が変だぞ」

「隊長？」

「コルネリアのことだ」

奇智彦のあずかり知らぬところで、何やらすでに人間関係が生まれているらしい。

「鐘宮とコルネリア中尉は、士官学校時代からの友達で、同じ蹴鞠団だったのだ。で、石麿も蹴鞠をするので、その絡《から》みで仲良くなったのだよ」

「それでクシヒコひとり、そんなに寂《さみ》しそうにしているわけか」

「おれは孤独が似合う男だからな」

「汝《なれ》が孤独なのは、そういうドキッとする冗談をとつぜん言うからではないのか?」

荒良女《あらめ》は血も涙もなく言い放った。それから奇智彦《くしひこ》と二人で、盛りあがる蹴鞠《フツトボール》組を眺める。

「クシヒコ、あの隊員たちだがな、本当に使い物になるのか」

「集めたのは荒良女《おまえ》だろう」

「仕事だから人数分は集めるが、何というか元農業奴隷だけあって――」

荒良女は最適な言葉を探した。奇智彦から、会話を拾いに行く。

「諦《あきら》め癖《ぐせ》がついている?」

「そうだ。あの者たちを兵士にするには、身体《からだ》を鍛えるだけでは足りん」

「まかせろ、そっちはこの奇智彦の得意分野だ」

荒良女は、むふうん、とうなった。

それから、コルネリアたちに話しかける。

「隊長よ、カナミヤと学校の同期なのは知っていたが、そんなに仲が良かったのか」

「うん。ぼくとカガちゃんは無二の親友だ」

しん、と沈黙。

鐘宮《かなみや》は、壁をじっと見つめていた。顔色からは陽気さが失《う》せている。

石麿《いしまろ》は目を伏せた。荒良女は目をつぶり身体の力を抜く。打猿《うちざる》は赤くなって震えていた。奇智彦は素知らぬ顔で、茶を一口《ひとくち》すする。

鐘宮陽火奈《かなみやのかがな》は、学校の同級生からは『カガちゃん』と呼ばれていたのだな……。

いたたまれない空気のなか、鐘宮が深呼吸をひとつした。

鐘宮はそっと立ち上がった。打猿の正面に立って、静かに話しかける。

「笑っていいんだぞ」

「いえ、そんな」

「面白いんだろ。なら笑えば良いだろ」

「別にそんな、あっしは何も言ってないんで」

「カガちゃん」

「ふっ」

ゆるみかけた打猿の頬を、すばやく情け容赦のない平手打ちがおそった。

打猿はあぜんとして顔をあげる。鐘宮はどこまでも真顔だった。

「笑えよ。面白いんだろ」

「いえ」

「カガちゃん」

「……くっ、いえ」

「鐘宮《かなみや》、そのくらいで」

奇智彦《くしひこ》の止める声は、ちょっとだけ震えてしまった。

打猿《うちざる》を熊《くま》の背中に逃がしたあと、奇智彦は鐘宮が気持ちを整理するのを待った。

室内の全員に、そっと話しかける。

「さて、ではそろそろ行こう。コルネリア隊長、隊員たちを集合させてくれ」

「承知しました」

「殿下、何をなさるのですか……、おれは今度も何も聞いてないのですけど」

石麿《いしまろ》が不安そうに、寂しげに顔を上げた。奇智彦はうなずく。

「ちょっと兵士を作ってくる」

◇　◇　◇

本部の講堂に、一〇〇名たらずの隊員たちが整列する。予行演習はしたはずだが、列は乱れ、すでにしゃがんでいる者もいた。まずコルネリアが演台に立ち、前口上を述べる。

「これから王国でいちばん偉い方がおみえになる。失礼のないように。物は投げるなよ」

その後、奇智彦が演台に姿を現すと、さすがにどよめきが広がった。

「すげえ、王さまだぞ！」

誰かがそう言った。間違っていたが、この際、問題ではなかった。

奇智彦《くしひこ》をよく見ようと、観客全員が起立する。耳を澄《す》ます、第一声を聞き逃さないように。

だから奇智彦は、何も言わない。じっと隊員たちの顔を見つめる。

みんなが戸惑う。視線を交《か》わす。落ち着かなげに身をゆする。集中力に欠ける者が多い。

持ち時間は五分だ。それより長いと、退屈してしまうだろう。

友のように慣れ親しんだ沈黙を、奇智彦はゆっくりと肺に吸い込む。

「きみ、そこの背の高いきみだ」

奇智彦が指さすと、隊員は戸惑った。周囲を見回し、疑わし気《げ》に自分を指さす。

「そう、君だ。今日の昼には何を食べたのだろう?」

「牛肉と白インゲン豆を煮たの、です」

「美味《うま》かったか?」

「はい」

「皆はどうだ、美味かったか?」

なかに声を上げて、うまい、と応える者が出てくれた。単純な質問だし、みんながうまいと言うから勇気がわく。肉体労働者にとって、脂質たっぷりの昼食は美味《びみ》に決まっている。

「私もじつは厨房《ちゆうぼう》で、同じものを戴《いただ》いたのだが」

兵士たちが、突然の発言におどろいた、その呼吸を読んで続ける。

「やはり豆は白インゲンにかぎる」

兵士たちが笑う。緊張がゆるんだら、ひとは笑うものだ。その緩みを奇智彦はとらえる。

「きみ、楊枝《ようじ》をくわえている、きみ。故郷はどこだい」

「北の、海の方だ、です、あります」

「なんでもあそこの鉄道は、切り立った崖の上を通るそうだね。怖《おそ》ろしいが、絶景だ、と」

「はい、もう、ゼッケイです」

楊枝の男の緊張した様子に、兵士たちはどっと笑う。十分、場がほぐれた。

奇智彦はいよいよ本題に入る。真面目な口調に切り替え、低く安定感のある声を出した。

「諸君が、街で手酷《てひど》いあつかいを受けていること、私はよく知っている。私にとっても大いに面目《めんぼく》ない事だ。なぜなら第一に、私はこの国の長として、国民を幸せにする義務があるからだ。第二に、私は君たちの雇い主だ。いわば二重に、諸君たちに対する責任がある」

隊員たちがじっと、奇智彦の演説を聞く。彼らの真剣さを、奇智彦は肌身で感じていた。

「しかし、今日からはもう、無礼な態度は許さんぞ。やってみせろ、とこちらから頼んでも、向こうで遠慮するようにしてやろうじゃないか！」

奇智彦が合図すると、石麿《いしまろ》たちが演台に出て、団旗を広げて見せた！

帝国式の帆型の旗で、公社旗と奇智彦の紋章から意匠《デザイン》を取り入れていた。

「〈翼守兵団《アウクシリア》〉。これが君たちの名だ！　この紋章に恥じぬ行いをしておくれ」

講堂に、歓声が満ちた。

奇智彦《くしひこ》は演説を終え、演台のわきに引っ込んだ。コルネリアが入れ違いに演台にでる。すれ違いざまに、奇智彦の右手をとって、ぐっと力強く握手をした。

◇　◇　◇

団旗授与の翌日のこと。奇智彦は、王都の西の郊外にある『王都空港』を訪《おとず》れていた。

王室専用の豪華な待合室で、奇智彦と愛蚕姫《めごひめ》、それに護衛の鐘宮《かなみや》の三人は、じっと待つ。

壁の時計を確かめる。午前一〇時まで、あと十五分。

奇智彦たちは今日この空港で、太刀守《たちもり》と秘密の会合をすることになっていた。

表向きは義父と、婚約者たちの挨拶《あいさつ》だ。もちろん、互いの内情をよく知るためでもある。

しかし、太刀守の乗る飛行機は、天候不順のせいで予定より遅れていた。

室内には長椅子と、背の低い卓子《テーブル》があった。奇智彦は向かいの長椅子の鐘宮にたずねる。

「会合の秘密は守られるのだろうな」

「はい殿下。この部屋の機密保持は万全です」

「おれたちが太刀守殿と会うことを、知っている者はどれだけいる？」

「近衛隊《このえたい》内でも極秘です。太刀守さまは公務で王国西部に飛ぶ途中、王都空港で乗り継ぎ待ちをした。そういう筋書きです。そこで殿下や愛蚕姫さまと会うことは、秘密にしています」

奇智彦はうなずき、待合室を見回した。要人警護のためだろうか、窓が一つもなかった。

王都空港は、近代的な設備を持った国際空港で、王都の空の玄関口だ。王都の西のはずれ、御崎《みさき》の根元あたりに位置し、空港の西側はすぐに海になっている。隣に空軍基地があり、航空管制や警備は空軍が担当している。いまも空軍将校が部屋のすぐ外にひかえていた。

特別あつらえの待合室は、金箔《きんぱく》と虎の毛皮がたくさん使われて、いささか成金趣味だ。

奇智彦は、長椅子の隣にすわる愛蚕姫の、緊張をほぐそうと話しかけた。

「太刀守どのから、華美に過ぎると思われませんかね？」

「太刀守どのなら、この部屋をきっと気にいるでしょう」

愛蚕姫の返事に、奇智彦はやや気圧《けお》されて頷《うなず》いた。それから、そっとたずねる。

「愛蚕姫さま、太刀守どのに会うときは、いつもそんなに緊張されるのですか」

「わたしが緊張していますか？」

「そんなに強く、両手を組み合わせて」

そのとき初めて愛蚕姫は、自分が両手を握りしめていることに気づいた様子だった。

愛蚕姫はうつむき、ちらりと奇智彦の顔を見る。

「殿下、わたしはどう見えますか？」

「相変わらずお美しい」

「ありがとうございます。他には？」

奇智彦《くしひこ》は、ちょっと考えて、言葉を探った。

「いつもより白く見えます。顔色のせいか、照明のせいか」

愛蚕姫《めごひめ》はこちらに視線を向けて、お義理にちらりと笑うと、再びうつむいた。

鐘宮《かなみや》がそれを切っ掛けに、興味津々なくちぶりで奇智彦に話しかける。

「ところで、殿下がお持ちになった、あれは何ですか」

視線の先は、部屋の入り口近くの手荷物置き場に向いている。

奇智彦が用意した包装済みの贈り物が、そこに積んであった。

「太刀守《たちもり》どのへの贈り物だ。稲良置《いらき》大将軍と、愛蚕姫さまの助言に基づいて用意した」

実物は包装済みなので、持参していた写真付きの目録《カタログ》を見せた。

高価な扇だ。金箔《きんぱく》張りで全面きんきらきん、親骨には宝石があしらってある。

太刀守は没落した一族に生まれ、武勲でもって一代で、東国の主に成りおおせた。

そうであるからこそ太刀守は、いささか成金趣味なのである。

鐘宮は、いやぁこれは、とつぶやき詳しい感想はさけた。

「しかし殿下、この箱は、扇にしてはずいぶん重いようですが」

「親骨は金属だ。太刀守殿は鉄扇の収集家《コレクター》なのだ。愛蚕姫さまに教えてもらった」

「よく空港に持ち込めましたね」

「金属探知機を切ってもらっただろう。それで持ち込めたのだ」

そのとき部屋の扉が叩《たた》かれた。空軍将校が顔を出し、鐘宮と話す。

鐘宮は扉を閉めて、奇智彦と愛蚕姫に言う。

「飛行機が到着しました。もう三〇分ほどで、こちらに案内する、と」

太刀守を待ちながらの、緊張の三〇分間がすぎた。

鐘宮は扉の外で、空軍側と何か話していた。奇智彦と愛蚕姫は、期せずして二人きりだ。

落ち着かない様子の愛蚕姫に、奇智彦は意識して話しかけた。

「正直言って、太刀守殿の欲しい物が分からないのです。すでに何でも持っている人ですから。地位も名誉も財産も。東国の総督で、孫は女王陛下。このうえ私に何を求めているのでしょう」

「そうですね」

愛蚕姫は少し考えてから、言う。

「太刀守どのは、東国の名門一族をことごとく討《う》ち倒し、東国の雄になりあがった人物です。個人的威信《カリスマ》の塊《かたまり》、覇者です。そういう人が何を望むか。殿下なら、どうお考えですか」

奇智彦は、じっと目をつぶって、しばらく考えた。

「装甲列車とか？　実物大の……」

「それは殿下が欲しい物ではないですか？」

「他人《ひと》の気持ちになるって難しいですね」

愛蚕姫《めごひめ》は、静かな口調で話し続ける。

「ひとつの王国に、二人の王は並び立てません。ご注意を」

そのとき扉が開き、鐘宮《かなみや》が顔を出した。

「来られました」

◇　◇　◇

太刀守《たちもり》は金のかかった背広姿だった。愛蚕姫から聞いた話では、若い頃はもっぱら軍服だったらしいが、政治家としての宣伝戦略の一環で、ある時期から背広に変えたのだという。

「これは摂政殿下《せっしょう》。御許嫁様《いいなずけ》。鐘宮少佐」

太刀守は部屋に入るや、身分に従い、順番にあいさつをした。

奇智彦《くしひこ》があいさつを返す。愛蚕姫も、口を開く。

「大殿、東国はお変わりありませんか？」

「はい、かわりなくございます。みな姫様の王都でのご様子を、心配しております」

奇智彦は、そのやり取りを、そっと見守った。

太刀守が土産物を運ばせて来るすきに、奇智彦は愛蚕姫に、低い声で尋《たず》ねる。

「この奇智彦の許嫁になる前も、父娘《おやこ》で互いに敬語だったのですか？」

「はい。母は名門ゆえ、太刀守殿は私のことも粗略に扱《あつか》わなかったのです。立派な方です」

愛蚕姫は実感のこもらない口調で、最後の一言をつけたした。

太刀守は、すごい手土産を用意してきた。荷物鞄《トランク》いっぱいの大量の宝石だ。

奇智彦も鐘宮も、流石《さすが》に度肝を抜かれた。愛蚕姫は予想していたらしかった。

太刀守は得意げに唇のはしを吊《つ》り上げて、鐘宮にも宝石をすすめた。

「ほれ、気に入ったのを取れ。若えのが遠慮するな」

「さすがですね」

奇智彦はつぶやいた。この財力は素直にうらやましい。

「なんでも太刀守殿は、父王の御代《みよ》に、一〇〇台もの自動車を連ねて王宮にはせ参じたとか。その気前の良さは、いまも王都では語り草ですよ」

「なあに、昔の話ですよ」

そう言いつつ、太刀守はまんざらでもない様子だった。効果ありとみて奇智彦は続ける。

「祖父王没後《ぼつご》の混乱期には、大変なご活躍だったとか」

「なあに、不思議と生き残っただけですよ」

「ご謙遜《けんそん》を。父王の即位を支えた、側近のおひとりでしょう」

「まあ、そうですが」

太刀守は妙に言いよどんだ。奇智彦はそこに微《かす》かな違和感を覚える。

今まで会った元軍人たちは、みんな戦場の手柄話が大好きだったのだ。

しかし太刀守《たちもり》は水を向けても乗ってこない。

奇智彦《くしひこ》は矛先《ほこさき》を変えて、互いの近況について話した。

太刀守は王都や、軍の様子について熱心にたずねた。奇智彦は答え、頃合いを見て切り出す。

「稲良置《いらき》大将軍から、お聞きしました。若い頃からの友人だとか」

「ああ……、何と聞きましたか？」

「色々と……、格好いいことを」

ゆで卵の大食いの件は、分別を発揮して伏せた。

太刀守は、色々な感情のまざった表情でつぶやく。

「あの野郎は若い頃とくらべて、ずいぶん変わったなあ……」

その乱暴な言葉には、長年の友人ならではの気安さがこもっていた。

続いて奇智彦は、こしらえた手勢《てぜい》について熱心に話した。

「〈翼守兵団《アウクシリア》〉と名付けました。今はとりあえず五〇人。最終的には常備四〇〇人の計画です」

「王都に常駐する四〇〇ですか。そりゃあ剛毅だ。味方として頼もしい」

「武器はすでに入手しました。陸軍将校を一時的に雇用し、本格的な訓練を――」

奇智彦は、実績を誇示した。

王都の奇智彦は頼れる同盟者である。前回の王都進軍の失態から学んでいる、と。

手勢の原資が、愛蚕姫《めごひめ》たちからの借金と、公社の資金流用だというのは伏せた。

その時、部屋の扉が叩《たた》かれた。空軍将校が顔を出し、鐘宮《かなみや》少佐にお電話です、と呼ぶ。

鐘宮は電話を受けるために、部屋から出て行った。

部屋には三人だけがのこった。奇智彦、太刀守、そして無口な愛蚕姫。

奇智彦は、ずばりと切り込んだ。

「太刀守殿は、至高の名誉が欲しくないのですか」

「これは、単刀直入に来ましたな」

太刀守は不敵に笑って、顎《あご》をかいた。

「おれは実利最優先の男でね。箔《はく》よりは実《み》ですよ」

「貴方《あなた》なら王に等しい地位もなれるはずです。そうすれば箔も実も、両方とも手に入る」

「命がいくつあっても足りません」

太刀守はそういって姿勢をただした。

「殿下、俺は父王様の国盗りを、お側《そば》で見ましたがね。目の前で何人もが、至高の地位を得て、次の瞬間には死んじまいました。玉座争いは命がけ、勝つか死ぬかは運です。命がけの大勝負も悪くはねえが、ああもしょっちゅうでは、とても身が持ちません。俺は東国だけで十分だ」

奇智彦は、その言葉をじっとかみしめ分析した。まんざら嘘《うそ》ではない、気がする。

だが、別の疑問がわく。

「玉座に興味のない方が、どうして王都を軍勢で囲むのですか」

「あれは、王都に嫁《とつ》いだ娘と、孫娘に会いに行ったまでのこと」

やはり太刀守《たちもり》はまともな返答はしなかった。奇智彦《くしひこ》は、ぐっと押してみる。

「太刀守殿の目的はいったい何なのです。この奇智彦にも秘密の、展望《てんぼう》があるのでしょう？」

「じきに分かりますよ」

太刀守はそういって、低く笑った。

「祖父王様が昔おっしゃいました。『人間は穴に落ちる。落ちたままか、這《は》い上がるか、つまるところ運命には二通りしかない』ってね。流石《さすが》のご見識だ。ねえ殿下、そうでしょう」

「私は穴に落ちない人生を目指したい」

「真面目ですねえ。いまからそんなに小さくまとまってどうするんですか、いい若いもんが。今は亡き兄王《あにおう》様は、もうちっと大きい野望をお持ちでしたよ」

「兄王の、野望ですか？　それはどんな……」

「おや、殿下にも秘密でしたか。こいつはいけねえ、俺の口から言ったんじゃあ恐れ多い」

奇智彦は、煙《けむ》に巻かれたような気分でうなずいた。

ともかくも会談は、ある程度の成功裏に終わった。

太刀守の飛行機の出発を見送った後、奇智彦は鐘宮《かなみや》に言った。

「さて、ここからが大変だ。新たな武装組織『翼守兵団』は、既存の国軍や近衛隊《このえたい》や警察から反発を受ける。何とか説き伏せて黙認させねばならない。根回しを頼んだぞ、鐘宮少佐」

「お任せください。近衛隊の上層部には、すでに話を通してあります」

◇　◇　◇

団旗授与の翌々日。太刀守に会った翌日のこと。

奇智彦の屋敷に、近衛隊の幹部たちが、すさまじい剣幕で怒鳴り込んできた。

「何故《なぜ》あんな部隊を勝手に作ったのですか！」

「近衛隊は信用ならぬと仰《おっしゃ》るのですか！」

「殿下は近衛隊長官ではないですか！　それなのに！」

「話せばわかる！　話せばわかるから！」

奇智彦は必死に弁解して、怒りを鎮《しず》めようとした。

翼守兵団の新設に関して、どうやら話は全然通っていなかったらしい。

「事前に説明した、はず、はず、なんだが、あれぇ？」

「何も聞いておりませんよ！」

「何をどう説明するおつもりですか！」

何を言おうが火に油だ。結局その日は、近衛隊への謝罪だけで夜になってしまった。

さんざん部下から突き上げを食らい疲弊しきった奇智彦《くしひこ》が、執務室の長椅子に座っていると、感情の死んだ目をした鐘宮《かなみや》が入って来た。二人は、じっと見つめ合う。

奇智彦は怒る気力が湧かなくて、不思議なほど静かな声が出た。

「鐘宮少佐、頼んでおいたはずだ。おりを見て、話を通しておいてくれ、と」

「確かに、近衛隊《このえたい》の幹部たちに、人を介してそれとなく根回ししておいたのですが」

「熊相撲《くまずもう》も結局、事後報告だったじゃないかッ！」

奇智彦は感情が爆発した。

「近衛隊の内部はどうなってるんだ！　右手のやることが左手にも伝わっていないぞ！」

「申し訳ありません！　申し訳ありません！」

「当たり前だ！　申し訳のしようもないわ！」

「なぜこうなったか調査します！　同じ失敗はけして」

「どうしてくれる！　このままいけば俺は、兄《あに》を殺して玉座を奪った謀反人扱《むほんにんあつか》いだ！」

そのとき執務室の扉が開いて、荒良女《あらめ》が顔を出した。

「汝《なれ》、ほんとにこの国の最高権力者なのか？」

「たぶんそうだと思うんだけど」

「自信がなくなっているではないか……」

奇智彦は、ため息をついて、長椅子に力《ちから》なく体重をあずけた。

「何の用だ、熊。こっちはいま涙をながすのに忙しいんだぞ」

「客人だ。イラキ大将軍が来ている。いま大会堂《ホール》で、石麿《いしまろ》が相手してる」

「聞いたか、鐘宮！　今度は軍隊に謝る番だ」

「ごめんなさい」

そのとき、荒良女の後ろから、稲良置《いらき》将軍の声がした。

「一体なんの騒ぎだ？　誰か屋敷で別れ話でもしておるのか……、あれ、殿下」

「将軍。どうぞお座りになってください」

「いよいよ追い込まれておりますな。得意のへらず口が出てこんとは」

将軍はそういって長椅子に座った。背後にお付きの大佐と、数名の部下を従えていた。

鐘宮が、荒良女と一緒に退室した。そのすすけた背中を、将軍は興味深げに眺めた。

「あの近衛兵《このえへい》ですな。殿下が色々と任せておられるのは」

「ははあ」

奇智彦は、将軍がどれほど怒っているのか分からないので、あいまいにうなずいた。

「殿下、ああいう者は大事になさい」

将軍がそう言ったので、奇智彦は逆に驚いた。

「と、いうと」

「昔、祖父王がおっしゃられた。しっかりした従士《とねり》が右左《みぎひだり》におらねば、王は立てぬ、と。気のきく従者はたいてい油断ならんのですが、それを従えてこそ殿下のご器量《きりょう》というものです」

「将軍は……、鐘宮《かなみや》に思うところはないのですか」

「若いうちは、あのくらい元気な方がいいのです」

「本当に、本当に鐘宮のことが嫌いではないのですか!?」

「殿下はお嫌いなのですか?」

奇智彦《くしひこ》は、思い切ってきりだした。

「将軍、その、今日みえた要件は……、あ、あ、あの部隊への苦情では?」

「まあ……。下の若い連中は、血気盛んですから色々と申しますがね。しかし今は戦時だ、一致団結して敵と戦うべき時です。馬車が走っているのに、馬同士で争って何になります」

「将軍……!?」

「なあに、国軍はわしがうまいこと収めておきますよ。これぱっかりは年《とし》の功《こう》です」

「将軍っ!!」

奇智彦は不覚にも、稲良置《いらき》将軍のことを『頼れる』と思い始めていた。

将軍はひげをひねる。

「じつは殿下、今日はちょっとお聞きしたいことがあるのです。例の攻勢計画の件で」

「攻勢計画?」

奇智彦は、酷使されてスカスカの脳みそを絞った。思い当たらない。

「ほら、帝国軍の前司令官が計画していた。現司令官が調べても詳細がわからないという」

「ああ……。ありましたね、そんなことも」

直後の熊匂《くまにお》わせと借金宴会のせいで、すっかり忘れていた。

「殿下、攻勢について、本当に何も聞いてないのですか？　本当に？」

「私が摂政《せっしょう》になる前の計画です。知るよしもありません。兄王《あにおう》なら、御存じだったかもしれませんが。どのみち軍のことは、稲良置将軍のほうが、私よりずっとお詳しいでしょう」

「それが、わしもよく知らんのです」

何で知らないんだよ、王国軍の最高責任者だろ！　頼る気持ちが一気に失《う》せた。

そのとき扉の外で、誰かの騒ぐ声がした。何やら鐘宮が必死に止めている。

「失礼しますッ！」

勢いよく扉が開いた。決然たるコルネリアが、つかつかと部屋に入って来た。

「殿下！　お願いしていた昇進の件ですが！　まだ内示が来ないんですけど！」

コルネリアは、後ろ暗いことを堂々と発言しながら、無遠慮に乱入してくる。

奇智彦は何も言わず、右手をあげて、向かいに座る将軍を示した。

コルネリアが振り向く。その表情が変化する。当惑、混乱、それから驚愕《きょうがく》に。

ばね細工のような素早さで、コルネリアは背筋をただし、稲良置大将軍に敬礼した。

「失礼しました、将軍！　昇進させてくださいッ！」

言葉を引っ込めるのが間に合わず、要求は慣性のままに飛び出した。

将軍はいかにも大物ふうに、からからと笑った。

「元気があって大変よろしいっ！」

「はい！　失礼します！」

コルネリアは、美しい所作で回れ右して、開けっ放しの扉から出て行った。

◇　◇　◇

愛蚕姫《めごひめ》は、摂政《せっしょう》・奇智彦《くしひこ》殿下から、食事に招待されていた。大変名誉なことだ。

いろいろと支度して、殿下の屋敷を訪《おとな》う。周囲はまだ明るいが、料理店で食事を終え、劇場へ向かうころには夜中のはずだ。殿下の計画《プラン》をあれこれ推測しながら、車にゆられる。

輿入《こしい》れ決定後、急きょ買い与えられた自動車は、ゆっくりと身体《からだ》に馴染《なじ》みつつあった。

摂政殿下の屋敷は意外と小さく、何時《いつ》みても王族の邸宅には見えなかった。玄関をくぐる。

がらんとした会堂《ホール》の長椅子に、女性将校が二人、並んで座っていた。

片方は金髪、もう片方は黒髪だ。入り口に背を向け、肩から上のうしろ姿だけが見える。

金髪のほうは涙声で、黒髪の同輩を相手に、しきりに嘆きこぼしていた。

「カガちゃん、やっちゃったよ……」

「やっちゃったものは仕方がないよ」

「陸軍をクビになったらどうしよう」

「殿下に頼んであげるから」

愛蚕姫《めごひめ》は二人の姿をそっと見守った。金髪の女性の声は安心して、甘える響きがある。黒髪の女性の口調はいっけん励《はげ》ます風だったが、愛蚕姫はその裏のふくみを見逃さない。

他人《ひと》の運命が自分の手中にあることを、ひそかに悦《よろこ》んでいるのだ。

そのとき会堂の奥から見慣れた姿が現れた。褐色の肌に、侍女服。知性を宿した瞳。

「咲《えみ》ちゃん」

「愛蚕姫さま、お待たせしてすみません」

咲は丁寧にお辞儀する。最初《はじめ》の険悪な態度は、奇智彦《くしひこ》殿下を巡るあれこれで軟化していた。

供の者は会堂《ホール》で待たせ、いったん廊下の奥にある部屋に通される。途中、殿下の執務室の前を横切るとき、扉の前に軍人が数名ばかり控えているのが見えた。いやに物々しい。

愛蚕姫が席に着くと、咲がもてなし役として向かいに座った。

「申し訳ありません、大事な日に。殿下はいま、お仕事が長引いて」

「いえ。先ほど、軍隊の方がいたようですが」

「稲良置《いらき》大将軍が、いまお見えなのです」

「長椅子で泣いていた二人は？」

「あれは気にしないでください」

二人は、すこし黙った。愛蚕姫は、咲を見る。咲はじっと宙を見ている。

咲の顔だちの印象は猫に似ている。つんと澄《す》ます顔だ。吊《つ》り上がった大きな目は、強い意志を感じさせる。髪は後ろで結わえてある。褐色の肌はなめらかで美しい。身体《からだ》つきはすらりとしている。顔の他の部品が小ぶりなので、瞳が目立つ。計算高さが時々そこに浮かんだ。

愛蚕姫は、咲に話しかける。

「殿下はその後、私について、なにか仰《おお》せでしたか？」

「債権者を集めた宴《うたげ》の件で、愛蚕姫さまに大変感謝して、ぜひ見習いたいと仰せでした」

「殿下はいま、どんなご様子かしら」

「神経がほど良くまいっているので、優しさがよく沁《し》みるはずです」

「うん、ありがとう」

この利発な少女が、殿下からやや引かれている原因は、たぶんこの辺りなのだろう。

「いよいよ、殿下と愛蚕姫さまが、一緒に食事に行く日です。いまのお気持ちは？」

「とても不安」

正直に言った。ふふふ、と、どちらからともなく笑いが起こる。

「咲ちゃん、私が殿下の奥方になったあとも、お友達でいてくれる？」

「私は殿下の味方です。殿下にとって良い奥方なら、私にとっても味方です」

「咲《えみ》ちゃん、あなたは本当に……、覚悟が決まっている子ね！」

愛蚕姫《めごひめ》はとっさに、聞こえのいい表現をひねりだした。

扉がとつぜん叩《たた》かれ、二人はまるで謀議中の共犯者のように飛び上がる。

咲が、立ち上がって扉を開いた。

「お待たせいたしました──殿下」

摂政《せっしょう》、近衛隊《このえたい》長官、奇智彦《くしひこ》殿下は、宮廷服を着ていても王族には見えなかった。

左腕と左脚が不自由だが、それを感じさせない。背丈はどちらかと言うと低い。童顔で、兄《あに》の制服を着て遊ぶ子供に見えた。いつも冗談を飛ばすので一見、明るい人にも見える。話すと、彼から信頼されていると感じる。しかし、彼は自分を笑った者を決して忘れない。

こわい人は大抵《たいてい》そうだが、奇智彦殿下は、矛盾と魅力と茶目っ気にあふれた人物なのだ。

奇智彦殿下は、気やすい困り顔で笑った。

「前からの約束の日だというのに、思わぬ来客があったもので、失礼しました。今から着替えてくるので、もうすこしだけお待ちいただけますか」

「では、もう少し、咲ちゃんをお借りしますね」

二人で談笑して、それから殿下は、咲の方に目を留める。

「おや、いつの間にか、仲良くなったのかな」

「はい、殿下！」

咲が元気よく言うと、殿下は楽し気《げ》にたずねる。

「いつの間に、そんなに親睦を深めたのだ」

「愛蚕姫さまが王宮のお風呂を借りに来られた日です」

「そっか」

殿下は、そっと追及をやめた。

愛蚕姫は、秘密を共有した者の親しさで、咲と笑い合う。

「もう仲良しだもんね！」

「ですね！」

「咲ちゃんのお願いなら何でも聞いちゃう」

「じゃ、殿下をときどき貸してくれます？」

「え」

一瞬の沈黙。

「ほら、買い物とか！」

「あっ！　あー、そっちの！」

愛蚕姫がいうと、三人は愉快に笑った。殿下は、ひときわ大きい声で笑う。

「今日の店は、愛蚕姫さまのお母上《ははうえ》の思い出の料理店だとか。楽しみです、どんな店なのか」

◇　◇　◇

料理店『絹公路《シルクロード》』は王都の西の通り、高級な旅館《ホテル》としゃれた店の集まる区画にあった。

愛蚕姫《めごひめ》たちは奥の個室に通される。思わぬ高貴なお忍びの客に、店側も意気込んでいる。

奇智彦《くしひこ》殿下と愛蚕姫と、何故《なぜ》か同席している護衛役・荒良女《あらめ》の前に、前菜が運ばれてきた。

殿下の運転手・咲《えみ》と、愛蚕姫の供たちは、従者用の控室に通されているはずだ。

店主があいさつに来る。福々《ふくぶく》しく愛想のよいサマルカンド人で、料理長も兼ねていた。

料理について熱心に説明してくれる。この店の名物はうどんだ。汁気のある麺を、数種類の香辛料《スパイス》を調合した秘伝の咖哩《カレー》たれで食べると、天にも昇る美味《おい》しさだという。黄色い付けだれが跳ねるので、白い着物の場合は気を付けないといけないのだが――。

「真っ白な服で来てしまいました……」

愛蚕姫は、視線を伏せてつぶやいた。

殿下は『何か別のものを』と頼み、店主はどこか寂し気にうなずいた。

「では、我《わえ》が注文させてもらおうか」

ずい、と前に出る。熊皮《くまがわ》に巫女服《みこふく》の、壮健な女丈夫。お品書きを読む。

「まず、串焼き――これ、肉は鶏《とり》？　あ、山羊《やぎ》いいね、これを三人前。焼き飯に、揚げ饅頭《まんじゆう》、海老《えび》の汁物《スープ》も美味《うま》そうだ。ぜんぶ三人前。それと鶏の丸焼きに、乳蘇《チーズ》の盛り合わせ。甘味は何にする？　氷菓《アイスクリーム》に桃の蜂蜜漬けを添えて──いいな。飲み物は、まずぶどう酒を……」

荒良女は、自分では一銭も払う気がないのに、すごい量を注文する。

殿下は、雄大な自然現象を眺める人の目で、荒良女を見ていたが、愛蚕姫に耳打ちした。

「ご安心を。熊はこれ全部食べますよ」

愛蚕姫はつい、荒良女をまじまじと眺めてしまった。

殿下の、謎の庇護民《ひごみん》。熊。帝国からの追放者。なぜか殿下の屋敷に住んでいる。

身長は高いが、ひょろりとした印象はない。脚は大地をしっかと踏んでいる。五体に精気が満ち、はっとするほど生命力にあふれている。編んだ髪。多彩な表情。巫女服の袖《そで》や裾から、白くたくましい肢体が伸びている。健康な肉体のもつ輝《かがや》きを、周囲に発散していた。

普段の言動は、愛嬌《あいきよう》たっぷりの剽軽者《ひようきんもの》だが、ふとした瞬間に知性を見せた。

店主が注文を受けて去ると、個室は三人だけになる。給仕はあらかじめ断ってあった。

荒良女は、お品書きの表紙の飾り文字を観察して、殿下に話しかける。

「これは、なんと読むのだろう」

「俺にも読めない。王国文字ではないと思う。店主の故郷のものだろうか」

「エミなら知っているかな？」

「あの二人は、あっちの言葉はもうわからない」

むふう、と熊は鼻をならす。そのさまも絵になる。何という説得力だ。

「愛蚕姫《めごひめ》さまは、いかがかな」

「さあ、どこの言葉かしら」

愛蚕姫はそう言いながら、殿下をそっと見やる。殿下の視線の先には、荒良女《あらめ》の肢体がある。卓子《テーブル》の陰から野放図に伸びた、長くて肉付きの良い脚を、殿下はいやらしい目でご覧になる。指摘されたら『お品書きを見ていた』と言って誤魔化すおつもりらしい。

奇智彦《くしひこ》殿下は、自分からは言わないだけで、人並外れて性欲が強い人だった。この熊《くま》、荒良女が、殿下のお手付きだという噂《うわさ》は本当なのだろうか。

一通り談笑していると料理が届いた。給仕が去った後、殿下は荒良女に言う。

「王国語で話しても?」

「うむ。こっちは好きにやっているから」

荒良女が、旺盛《おうせい》な食欲で料理にかぶりつく。殿下はそれを見て、王国語で言った。

「塩は左の壺《つぼ》だ」

荒良女は、とくに気づくそぶりを見せなかった。

愛蚕姫はその様子を見やる。それから同じく王国語で、殿下に話しかけた。

「なんと慎重な方でしょう」

「ご無礼をお許しください。王宮にいると何かと気が抜けないのです」

「王国語の分からない護衛を、いつも連れてらっしゃるのですか?」

「いつもではありませんよ。婚約者《われら》が二人で気兼《きが》ねなく会話できるように、特別措置です」

「殿下は夜、寝るときも、両目を開けてらっしゃるのでは」

「まさか。片目はつぶっています」

絶妙の間合いに、愛蚕姫は少し笑う。

二人は料理を食べたい分だけ小皿に取り分けた。荒良女は、あれも食べろ、これも食べろと気前よく勧めてくる。おごられている身で態度が大きいが、不思議と愛嬌があった。

愛蚕姫は、殿下をじっと見る。付け合わせのゆで卵を、ちまちまと食べていた。

「王さまって、どんな気分ですか？」

「摂政《せっしょう》ですよ。本物はいまも玉座にいます。かわいい姪《めい》っ子だ」

「では、摂政になったお気持ちは？」

「私は象棋《チエス》が下手でした、手数が少ないから。しかし摂政になると、急に強くなった」

愛蚕姫は、この冗談に笑うのを、ぎりぎりでこらえた。ごまかすために水を飲む。

「稲良置《いらき》さまと、どんな話をされていたのです？」

「色々と、打ち合わせがあるのです」

殿下は細部を話さなかった。

「そうだ、あらためてお礼を。愛蚕姫さまのおかげでようやく、ひと心地つきました。借金というのは、やってみると手に汗握る緊張感があって、すこし楽しいところもありますね」

「その感覚にはお気を付けて」

愛蚕姫《めごひめ》が釘《くぎ》を刺すと、殿下は陽気に笑った。

「愛蚕姫さま、急に活発なお姿を見せてくれましたね。お美しいですよ」

「女子《おなご》は羽化して化けるものですから。――ところで殿下、この後のご予定は？」

「食事がすんだら、ぜひ劇場へ。いま公演中の作品は、たいそう評判がいいようですよ」

「そのあと、これから数日先のことを」

「じつは、わたしの領地に、そろそろ顔を出したいのです」

「城河荘《きのかわしよう》に、ですか」

「ええ、たまには領主らしい事もしてみせないと。しかし、気分が変わってありがたいです。そうだ、よかったら、ご一緒にいかがです？」

殿下は、ふと思いついたように付け加えた。しかし、前から考えてあった計画だと、愛蚕姫にはわかる。たぶん、向こうに何かあるのだ。二人ともが得するような仕込みが。

愛蚕姫は、気づいていた。

摂政《せつしよう》、奇智彦《くしひこ》殿下の楽しみようには、どこか無理がある。

殿下はいつも愉快そうに振る舞う。その方が人に好かれやすいと、小さい頃に学んだのだ。弁舌も、冗談のうまさも、ある種の情けなさも、生き延びるために摑《つか》み取った武器だ。

彼は『喜劇役者』だ。いまは愛蚕姫をもてなしている。だが同席はしない。決して。

きっと、ずっと、そうなのだろう。

愛蚕姫は、ひそかに深く息を吸った。覚悟を固めるために。

「込み入った話をしても？」

愛蚕姫が言うと、殿下はすこし意外そうな表情《かお》をした。

それから姿勢をあらためて、静かな声で言う。

「どうぞ」

「私の前に、二つの道があります。しかし、どちらを選んでも、罪を犯すことになります」

「と、おっしゃると」

「わが父・太刀守《たちもり》が、王に対する謀反《むほん》に関与しているとして。王にお報《しら》せすれば身内を裏切ることになり、身内のために黙っていれば王に対して不忠となりましょう」

室内の空気がぴんと張りつめて、荒良女《あらめ》が料理を平らげる音だけが響いた。

殿下はたぶん無意識に、右手で襟もとをゆるめた。

「ご自分が何を言っているか、分かっていますか」

「そのつもりです」

太刀守に叛意《はんい》あり。東国をまとめる大物豪族に、謀反の兆《きざ》しあり。

一度口にしたら最後、誰かが死ぬ。これは、そういう類《たぐい》のことばだ。

「それは、占いで知ったのですか？」

「もっと確実です」

「急にそんなことを言われても、困りますよ」

「私だって困っています」

「なぜ、今おっしゃるのですか」

「私の供には、太刀守《たちもり》の手の者がいます。普段はとても言えません。でも今なら――」

愛蚕姫《めごひめ》は、荒良女《あらめ》をさす。

彼女は王国語が分からない。だから秘密の会話を盗み聞けない。

殿下は荒良女を見た。荒良女はたらふく食べて、悠々と楊枝《ようじ》を使っていた。

しばし、二人は黙った。

愛蚕姫は無形の緊張を感じる。狩りの一瞬のような。託宣が下《くだ》るときのような。

殿下はいま、生命《いのち》のかかった盤面をにらんでいる。

右手で、不自由な左腕をさすっている。ふかく息をすって、息を吐く。

「どうやって知ったのですか？」

「太刀守は王都に来る前、愛蚕姫《わたし》だけに教えました。『毎日かならず、あるラジオ放送を聞け。もし合言葉が読み上げられたら、すぐに王都を脱出しろ』と。何だか不気味でしょう」

「ええ、思わせぶりですね」

「それで調べました。問題の放送枠は、空軍が管理する防空情報です。まだ王国本土への空襲はないから放送はしていません。時々、試験のために短い案内文や音楽を流しています。国軍の施設はすべてこの放送を受信できます。稲良置《いらき》大将軍から、そう教えてもらいました」

「それで」

「つまり合言葉を発するのも受け取るのも、軍人ということです」

「それは謀反《むほん》の証拠にはならない」

「太刀守は最近、中央の軍人と密《ひそ》かに何度も会っています。不可解な金銭のやりとりも」

「怪しい金銭のやり取りはよくあることです。この奇智彦《くしひこ》と愛蚕姫さまの間にもある」

「太刀守と東部軍が王都に乗り込んだとき、あんなに手際よくいったのは、何故《なぜ》？」

殿下は黙り込んで考えた。愛蚕姫はたたみかける。

「『奇智彦《ごじしん》に人望がなく軍勢を止めてくれる者がいなかった』と、殿下はお考えですね。しかし、何の準備も根回しもなく、軍勢ひとつ王都まで来られるはずがない。『太刀守は王都進軍を前から計画していた』のでは？　だから、あんなに滞りなく、カタシロの丘まで来られた」

「そのあとは？　たとえ軍で王都を占領しても、すぐに王にはなれません」

「太刀守は、殿下と同じことができます」

殿下は顔を上げた。

愛蚕姫はその瞳を、じっと見る。

「王都をおさえ、殿下を排除し、孫の幸月姫女王の補佐役として実権を握る。東国の血を引く女王のもと、東国勢が王国全土を支配する。やろうと思えば、十分に可能では？」

「太刀守《たちもり》殿は、そのつもりはないと言っていました。空港で会ったときに」

「口では何とでも言えます。現に太刀守は、軍勢を率いて王都に攻め寄せたではないですか」

「なら……、なぜあの日、太刀守は王都を奪《と》らなかったんですか」

「分かりません。殿下がお調べになって、分かったら教えてください」

殿下は、荒良女《あらめ》を見た。荒良女は氷菓をかき込んで頭がキーンと痛くなっていた。

しばらくの間、だれも口を開かなかった。

やがて殿下が頭をあげる。お顔には複雑な色があった。

苛《いじ》められている犬が、とつぜん肉を投げてもらった時の猜疑心《さいぎしん》だ。殿下は口を開く。

「なぜ、教えてくれるのですか」

「わたしが殿下に、いくら貸しているとお思いですか」

「ああ……」

「殿下の身に何かあれば一銭にもなりません。太刀守が王国を支配すれば、もっと悪い」

「なるほど」

殿下は納得した。沈黙が下りる。いま、頭を必死に巡らせているのだ。

「実際的ですね。倫理にはもとるけど、功利的だ」

「情と利益を両方まもろうとしたら、ときにずるく見えることもあるのです」

「それは、ごもっとも。賢い方だ。やはり母上《ははうえ》に似ている」

荒良女が酒を飲み干して唇をなめる。奇智彦《くしひこ》殿下は帝国語で話しかけた。

「熊《くま》、帰るぞ」

「なんだ二人とも、全然食べてないじゃないか。クシヒコも姫も」

荒良女は一杯機嫌で、たいへん陽気だ。お腹が丸く張って、産み月の妊婦のようだった。

「さあ、行こう！　つぎは劇場だったな」

「いや、予定が変わった。屋敷に戻る。急いで車を出すよう、咲《えみ》に伝えてくれ」

◇　◇　◇

奇智彦たちは、そそくさと店を後にする。もう空は真っ暗だった。

奇智彦の車は、店の前に停まっていた。急いで乗りこむと、咲が素早く車を出した。

車内には四人。運転席の咲と、助手席の荒良女。後部座席には奇智彦と、愛蚕姫《めごひめ》。

愛蚕姫は、奇智彦の車に乗って、自身の車の運転手には後を付いてくるように命じた。

奇智彦は、愛蚕姫に小声でたずねた。

「良いのですか」

「私の供は、全員が信用できるわけではないのです。太刀守が選んだ者も多い」

奇智彦《くしひこ》はその横顔から、固い決意と緊張を感じとった。強く握った手が、微《かす》かに震える。愛蚕姫《めごひめ》にとっても命がけの告発なのだ。この後の展開次第で殺されてもおかしくない。太刀守《たちもり》に殺されるか、奇智彦に殺されるかは、まだ分からない。

車載ラジオから、国営放送局の音楽番組が流れてくる。車内の緊迫した空気と、交響楽団の生中継の対比がすごい。咲《えみ》が手を伸ばし、ラジオのスイッチをひねって音を止めた。

愛蚕姫の手が、とつぜん伸びて、奇智彦の左手をにぎった。

奇智彦の左耳に口を寄せる。吐息が耳にかかる。そっと、告げる。

「後ろを見ないで。つけられています」

奇智彦は、一拍おいて考えた。それから運転席の方を向く。

「咲？」

「はい、殿下」

「後ろに、尾行《つけ》てくる車は見えるか？」

咲は、室内鏡を調節する振りをして、後ろを確かめる。

「愛蚕姫さまのお車が……、いえ！　その後ろからも一台きます」

奇智彦は、愛蚕姫にささやき返す。

「姫さま、追跡者は確かに、太刀守の手下の車ですか？」

「車は、どれも同じに見えるので」

「荒良女《あらめ》、いま大立ち回りはできるか？」

「うっぷ、お腹いっぱいで気持ちが悪い」

「この食いしん坊！」

奇智彦はうなり、とっさに考えをまとめた。

「咲っ！　つぎの赤信号は止まらずに突っ走れ！」

「承知しました！」

奇智彦は、後部座席の後ろの窓掛《カーテン》を閉めた。天井に右手を伸ばし、布の手触《てざわ》りを探る。やがて留め金を見つけ、隠し扉をひらく。そこは秘密の武器庫になっている。

奇智彦がいつも後部座席の右側に座るのは、ひとつにはこういう理由《わけ》もあるのだ。

右手を伸ばして銃器を取り、扉を閉める。邪魔な拳銃をいったん愛蚕姫の方に押しやる。

散弾銃を膝《ひざ》にはさんで固定し、弾を込めて、右手で保持する。それから拳銃を探す。

愛蚕姫が複雑な表情《かお》で、目の前の拳銃を眺めていた。

喩《たと》えるなら、飼い猫から小鳥《ことり》の死骸を贈られて叫び出す寸前、そんな表情《かお》だった。

奇智彦は拳銃をとる。緊張のせいで声色も息も、自分でも分かるくらい荒くなった。

「拳銃《これ》、使えますか？」

「いえ」

「頭を低くして！　窓より低く」

「はい」

それから奇智彦《くしひこ》は、運転席の咲《えみ》に声をかけた。

「通報押釦《ボタン》は!?」

「応答信号ありました！　近衛隊《このえたい》が御料車《こちら》に向かっているはず」

「咲、このまま屋敷まで走れるか?」

「お供します、地獄の果てまで！」

「うん」

王都の中央広場が近づいてきた。

広場を囲む車道は、右折禁止だ。すべての自動車は左折して環《わ》に入り、広場の縁《ふち》を時計回りにぐるりと回って、目的の出口で左折して降りる。その流れは、回遊魚の群れを思わせた。

奇智彦の屋敷に通じる出口は、すぐ目の前に見えているが、道路の右手にある。そこにたどり着くまでには、広場を半周以上、走らねばならない。まだ、道のりは長い。

咲は、そこで仕掛けた。

「揺《ゆ》れますよ！　つかまって！」

奇智彦の御料車は、中央広場を囲む道路を、いきなり右折した！

慣れた手つきでハンドルを回す。発動機《エンジン》が震えてうなる。車が急加速し、曲がり、がくんと衝撃がくる。奇智彦は踏ん張りが利かないため、身体《からだ》を座席に押し付けて耐える。

とつぜん飛び出した御料車に、多くの車が驚く。右に左にかわし、あるいは急停車する。制動機《ブレーキ》の音と警笛《クラクション》とが盛んに鳴り響き、道の背後に置き去りにされて消えた。

奇智彦は、散弾銃の先端で窓掛《カーテン》に隙間をつくり、背後をうかがう。

後方《うしろ》で愛蚕姫《めごひめ》の車が置き去りにされていた。運転手が戸惑っているのがよく見える。

それを追い越し、加速する黒い車。

やはり無理に右折して、こちらを追って来た。もう間違いない。

ふと気づく。愛蚕姫がいつの間にか、後部座席の背もたれに物見《ものみ》のごとく伏せていた。

「あれです。あの車！」

「頭！　頭低く！」

「すみません」

咲は警笛《クラクション》をけたたましく鳴らしつつ、屋敷めがけて大通りを驀進《ばくしん》する。

道の右手には裁判所や議事堂がある。

左手はだだっ広い中央広場で、夜とあって人気《ひとけ》が無い。

その向こうには、行政府の合同庁舎や、国軍司令部の通信用電波塔が見えた。

広場の四方を巡る道路は、渋滞してはいなかったが、まだそれなりに交通量がある。

咲は車線を次々に変えて、前からくる車を避け、道路を逆走する。

奇智彦たちは篩《ふるい》にかけられる粉のように攪拌《かくはん》される。

無灯火の車が闇の中から突然現れ、咲《えみ》は突っ込みそうになる寸前でぎりぎりにかわす。

「死にてーのか！　ボケ！」

咲が大きな声を出した。

愛蚕姫《めごひめ》が座席にしがみつきながら、奇智彦《くしひこ》にささやく。

「咲ちゃん、いつもこんな感じですか？」

「いつもというわけでは」

「ううぉぺ」

満腹酩酊《めいてい》の状態でゆすられた荒良女《あらめ》が、悲しげなうめき声をあげた。

咲が声を張り上げ、後部座席の奇智彦に聞く。

「まだ追ってきますか⁉」

「追ってくる」

「殿下、この先、道が渋滞しています！」

奇智彦は、思わず前方を見て、状況を理解した。

奇智彦の屋敷へ向かうには、広場の南東で道路を曲がり、まっすぐ南下するのが一番早い。だから咲は広場を巡る道を逆走してまで、広場の南東を目指した。

しかし何故《なぜ》か、その付近に、何時《いつ》になく車が多かったのだ。

角《かど》の劇場が煌々《こうこう》と灯《ひ》をたいている。着飾った男女。それを見て、愛蚕姫がつぶやく。

「劇場。評判の作品がいまかかっている……」

車は速い。のこる道は短い。奇智彦にはもう考える時間はない。

やむを得ない。

「咲！　広場へ乗り入れろ！」

返事より先に、咲はぐっと左にハンドルを切った。

車止めの棒を跳ねて倒す、思いのほか軽い音。

奇智彦たちの車は、中央広場に飛び出した。

◇　◇　◇

王都の中央広場は、巡遊《パレード》のためにある巨大なさら地だ。

立派な建物と宣伝美術《プロパガンダ・アート》にぐるりと囲《かこ》まれている。片隅にはコンクリート製の大演台。

一部は植樹されて市民公園になっているが、他は土が敷いてあるだけだった。

奇智彦の車は、その土の上を走る。車輪が砂を噛《か》む音を、奇智彦は身体《からだ》全体で聞いた。

咲は車体が滑るのを、苦労して制御しようとした。

「まだ追ってきますか!?」

「見えない」

「見えません。車の灯《あか》りを消したのかも」

奇智彦《くしひこ》と愛蚕姫《めごひめ》が目を凝《こ》らすが、車と街路の光に慣れた目は、広場の闇で眩《くら》んでいた。

咲《えみ》も、目印にならないよう前照灯を消した。奇智彦は銃を手に、運転席に指示する。

「人気《ひとけ》のない場所へ行け」

「よろしいのですか」

「近衛隊《このえたい》は、この車の電波発信機を追ってくるのだろう。なら暗くても来る」

奇智彦は前を振り返った。巨大な祖父王と目が合って一瞬びっくりした。

広場の宣伝看板、極彩色《ごくさいしき》の模細工《モザイク》画が、投光器に照らされ闇夜に浮かび上がっていた。

奇智彦は、拳銃を握りなおす。

「咲、ちょっと速度を落とせ。あの木のあたりに行って――」

「クシヒコ、公園はよせ」

助手席の荒良女《あらめ》が、あえぐように言った。

「この時間でも、物盗《ものと》りや立ちんぼがいるぞ」

「咲！　じゃあ、あの、何でもないあたりに行け」

「はい」

何もない場所を、車はゆっくりと走った。商業施設や役所の灯りが遠くに見える。

奇智彦は右手で把手《ハンドル》を回し、窓をあけた。銃口を灯りの反対側、地面に向ける。

「姫様、耳をふさいで」

愛蚕姫は意図を察して、座席の上で冬場のネコのように丸くなった。

引き金をしぼると銃声が頬をたたく。一発、二発。弾を地面に撃ち込む。

威嚇《いかく》射撃まですれば、大抵《たいてい》の追跡者は帰る。『撃たれたので』と親玉に申し訳も立つからだ。

それでも追って来るなら、向こうも殺す気で来ている。あとはもう戦うしかない。

遠目に、夜の王都が見える。闇夜に距離感と現実感を吸い取られて、黒い紙を切り抜いて作った人形芝居みたいだ。二、三の通行人が銃声に気づいたようだが、他の連中は大して気にも留めていなかった。調子の悪い車の排気音とでも思われたのだろうか。

てっきり、街が恐慌《パニック》になったらどうしようと、思っていたのに。

近衛隊の車の警報音《サイレン》が聞こえてきた。

黒い車は、結局来なかった。どこかの段階で、あきらめて引き返したらしい。

奇智彦の御料車は、劇場をこえたあたりで一般の車道に戻った。

駆《か》け付けた近衛隊の車両が、奇智彦の車の前に出て、手信号で行き先を誘導した。

「このまま、王宮まで行きます」

咲が言った。その後、王宮に着くまで、もう誰も口を利かなかった。

◇　◇　◇

王宮に着くと、奇智彦《くしひこ》たちはすぐに執務室まで通された。

近衛兵《このえへい》が扉の前で警護に立つ。宮廷医師が密《ひそ》かに呼ばれる。

近衛隊《このえたい》の捜査員が状況を聞きとり、追跡車の特徴をあれこれ訊《たず》ねた。

奇智彦が主《おも》に答えた。咲《えみ》と荒良女《あらめ》は前部座席にいて車をよく見ていない。

愛蚕姫《めごひめ》は、疲労と緊張からだろう、呆然《ぼうぜん》としていた。

面長の侍従が茶器を持ってきた。

奇智彦はありがたく飲む。疲れた身体《からだ》に、熱と糖分がしみる。

愛蚕姫は口をつけなかった。じっと茶碗《ちゃわん》を見ている。

奇智彦は心中《しんちゅう》を察し、愛蚕姫の茶碗から受け皿に一口《ひとくち》分移して、飲んで見せた。

「毒は入っていませんよ」

愛蚕姫は、茶碗を抱えるようにして飲んだ。最初はおずおずと、やがてむさぼるように。

咲は、それを意外なくらい優しい視線で見守っていた。やがて自分の茶碗をおく。

「殿下、屋敷に電話して来ます。今夜は王宮にお泊りになると連絡してよろしいですか」

「頼む」

咲は足早に去った。そうして奇智彦は、愛蚕姫とふたり残された。

彼女の機転で、奇智彦は難を逃れた。勇気づけてやりたかった。安心させたかった。

でも、何ができるだろう。

一国の王に等しい身でありながら、震える少女を温《あたた》める力はない。それが不思議だった。

奇智彦は色々と考えたが、他に何も思いつかず、物入《ポケット》の奥から白い笛を取り出した。

「殿下。それは笛ですか?」

「危ない目に遭ったら、お吹きなさい。熊《くま》が乱入して相撲で助けてくれます」

「熊が?」

「そうだよな、荒良女」

その時ちょうど、便所《トイレ》に行っていた荒良女が帰って来たのだ。

「うむ」

「落ち着いたか?」

「お手洗いを借りたら、だいぶ気分が楽になって来た……うぉっ無理」

荒良女は再び、吐く場所を求めてよろめき去った。

鐘宮《かなみや》が、いれ違いに入室してきた。手に書類綴《ファイル》じを持っていた。

「殿下にお客様です」

「いまでないと駄目か」

「お会いになるべきかと……」

奇智彦はうなずき、壁の時計を見た。

もう深夜だ。いつも寝る時間をとっくに越えていた。

疲れて、眠い。信じられない気分だ。まるで夢を見ているような気分だ。

しかし、追跡者は確かにいた。

ということは、太刀守《たちもり》の反乱陰謀説も、まんざら誤報と聞き流すわけには行かない。

奇智彦《くしひこ》は立ち上がりかけた。

それから、ふと、椅子に座ったままの愛蚕姫《めごひめ》を見下《みお》ろす。

愛蚕姫は白い笛をつまんで、いぶかし気《げ》に眺めていた。奇智彦は尋《たず》ねる。

「例の合言葉ですが、正確には何という文句ですか」

「『奉納相撲 日付と時間 見物希望者は拝観料一〇〇銭から』」

愛蚕姫は疲れ切って、機械的に答えた。

相撲。

奇智彦は、白い笛を見る。笛を初めて吹いた日の事。熊相撲《くまずもう》の乱入。東国の軍勢。

脳裏に、突然よみがえった。あの日、太刀守の漏らした言葉。

「『この相撲、おれが張った方の勝ちだ』」

第五幕　噂ほど素早いものは何もない。《Fama nihil est celerius.》

奇智彦《くしひこ》は、暗い王宮の廊下を歩いた。前後には武装した護衛の近衛兵《このえへい》がいる。

鐘宮《かなみや》は書類綴《ファイル》じを掲げて、隣を歩く奇智彦に見せた。

「追跡者はいまだ逃走中です。車は路地裏に乗り捨てられていました。所有者は東国の企業の重役です。事情を聴きましたが、車は知人に貸した、何も知らない、そう言っています」

「王都で騒ぎはないか」

「特段ございません。警察は『逆走車が出た』としか把握していないようです」

「ところで来客という話だが、これ、どこまで歩くのだ?」

「ご辛抱を、もう少し先です」

もう少し、もう少し、と言われて歩いていくと、王宮の母屋《おもや》から出てしまった。南の渡殿回廊《コロナード》を通る。記者控室も宮廷広報室も、会計事務所も理髪店も売店も、灯《あか》りが落とされていた。

南の事務棟へ行くのかと思ったが、鐘宮はさらに向こうへと歩く。大集会場も通りすぎる。

奇智彦はいい加減、脚が痛くなってきた。王宮は広すぎて、住むには過酷なのだ。

やがて鐘宮は、ある扉の前で立ち止まった。

「こちらです」

「ここは……、神殿ではないのか？」

奇智彦は戸惑った。

王宮神殿は、普段は無人だ。国家の公式祭祀《さいし》は、各地の名門神殿で行う。ここは王室の私的な神殿で、小さく静かで寂しい。まして夜ともなると人も寄り付かない。

なぜ客は、こんな所で待っているのだ？

鐘宮に招かれるままに、扉をくぐる。なんだか肝試しみたいな気分になった。

扉の外は内庭《うちにわ》になっており、市中にあって山居のようだ。白石を敷き詰めた小道の、正面に本殿があり、聖火の灯りが見える。その左手前に拝殿があって、どうも誰かが宴会をしているらしく、賑《にぎ》やかな音と光が漏れてくる。敷地の片隅に、生贄《いけにえ》をさばくための水道がある。

そして暗闇の向こうに、塚《つか》が見えた。もがり用の仮の塚だ。

最近、王宮に重機を入れてこしらえた。土を積んで丘を造り、横穴を開けて遺体を埋める。兄王《あにおう》のご遺体は、ここにおられる。たった一人で。

鐘宮が、しきりに手招きをしているのに、奇智彦は気づいた。

そこは神官用の休憩所だ。奇智彦はしのび入る。

客人は、宰相テオドラと、和義彦《にぎひこ》だった。

◇　◇　◇

奇智彦《くしひこ》は、神官用の休憩所に入ったのは初めてだったが、とくに面白みもなかった。ごく普通の楽屋《がくや》みたいな設《しつら》えで、衣装かけや鏡台や、奇智彦には名前も使い方も分からない儀式用の道具がたくさん置いてあった。椅子はなく、絨毯《じゅうたん》の上に座布団を敷いて座るらしい。

それよりも奇智彦の注意を引いたのは、室内にいた宰相と和義彦《にぎひこ》の反応だった。

奇智彦が入室したとき、二人は密談中の罪人のように、はっと緊張した。

相手が奇智彦と知って、少しだけほぐれたが、それでも二人の顔はこわばっていた。

疑心と不安を、押し隠そうとする不自然さ。

逃げ場もなく警察も呼べない雪山で他殺死体を見つけた。そんな顔だった。

鐘宮《かなみや》も入室し、扉を閉めて、座布団を出した。

それから、足の不自由な奇智彦のために手を貸してくれる。

「どうぞ、殿下」

「お二人とも、なぜこんなところに」

奇智彦は鐘宮の手を借りずに座った。鐘宮は、部屋の隅にそのまま立っていた。

和義彦は、火鉢《ひばち》をかき混ぜた。

「殿下にお会いしに来ました。しかし、王宮はこの騒ぎで。今夜、何かあったのですか」

「色々とあって……。それより何故《なぜ》、神殿に?」

奇智彦が問うと、宰相テオドラが口を開く。

「私がお願いしました。集まる所を見られない方が良い、そう判断しました。王宮神殿《こ こ》は普段、無人です。余計な耳は少ない方が良え。ここの警護は、鐘宮少佐にとくに頼んで」

「はい、宰相。とくに信頼できる部下だけで固めています」

鐘宮がそれだけ言って、また黙る。

奇智彦は、宰相テオドラに再度、向き直った。

「しかし、拝殿に誰かいたようですが」

「来てみたら、いたのです。先の兄王《あにおう》陛下をしのぶ人々が、いま毎日のように来ているとか。殿下も、なるべく顔を見られないようにしてください」

「しかし、ここは王宮ですよ。近衛隊《このえたい》が警備している。なにを警戒しているのですか」

重苦しい沈黙がおりた。

宰相が、口を開いた。

「和義彦殿から、気がかりな話を聞きました。和義彦殿、摂政《せっしょう》殿下にも、お話しください」

「わが父、渡津公《わだつみこう》から、直《じか》に聞いた話です。『大陸派遣軍に、不穏の動きがある』と」

意味深な沈黙。奇智彦は、二人の顔を交互に見比べる。

「和義彦どの、それで……、不穏とはどういう風に」

「先の大王《だいおう》、兄王陛下の死後に、とかくの噂《うわさ》や、流言飛語の類《たぐい》が飛び交《か》ったそうです。例えば国軍の一部が、渡津公《わだつみこう》に不満をもって追放しようとしている、とか」

「それは根も葉もないデマでしょう」

奇智彦《くしひこ》には自信があった。そのニセの噂《うわさ》を流したのは、奇智彦だからである。

「前の大王陛下《だいおうへいか》が用意していた大量の帝国紙幣が、忽然《こつぜん》と消えたとか」

「そんなデマに踊らされてはいけませんよ」

奇智彦は強い口調で言った。それは奇智彦が手を付けた熊《くま》の金の事だったからである。

「つい一昨日の事、私は再度、大陸に呼ばれました。そこで渡津公と、よく話し合いました。

その、渡津公に……、打診してきた将校がいると聞きました。もちろん、断ったのですが」

「なにを打診したのですか」

和義彦《にぎひこ》はためらっていた。その姿は尋常ではない。

奇智彦は、宰相テオドラの方をうかがう。

「宰相どの、教えてくれませんか」

「王国には強力な戦争指導体制が必要だ、渡津公が大王《だいおう》になり実現してくれ、そう頼んだとか」

奇智彦は、何も言わなかった。じっと、和義彦を見やる。

和義彦は一語一語、慎重に口を開く。さすが賢いやつだ。よく知っている。

こういう時には、表現の違い《ニュアンス》ひとつで、自分や家族の生き死にが左右されることを。

「今日の夕方、稲良置《いらき》大将軍にも、お会いしてきました。色々と話しました。符合がとれる点が多かったのです。国軍の一部で、確かに妙な動きがあると……」

「どんな動きです」

「ある軍人が、疎遠だった同期生と頻繁に会う。ある者が、突然の転属を命じられて、後任には派閥色の強い者がすえられる。王都付近の戦闘部隊に、訓練用燃料《ガソリン》が割増で支給されるが、訓練はとくに増えていない。ある軍人が民間団体と接近し、不透明な金のやり取りを」

「それは、戦時の軍隊としておかしいのですか？」

「一つ一つは、よくあることです。しかし」

和義彦が、宰相をちらりとみた。宰相が何も言わないので、和義彦は続ける。

「『近衛隊《このえたい》にも内通者がいる』。渡津公に接触してきた将校は、そう言ったと」

「そんな……。近衛隊は大王を守る藩屏《はんぺい》ですよ。しかも長官は、この奇智彦ですよ」

奇智彦は戸惑い、目線で鐘宮《かなみや》をうかがう。薄暗く、表情はうかがえない。

和義彦が、咳払《せきばら》いをひとつした。

「近衛隊の幹部が、内部で捜査情報を止めているようです。お心当たりはありませんか」

ある。

言われてみれば、心当たりは、いくつもある。

熊相撲《くまずもう》が暗躍できた件。兵団の話が全然通っていなかった件。

ひとつひとつは、ままあることだが、確かに何度も重なると……。

宰相テオドラが、そっと口を開く。

「王都は、川と海に囲まれています。つまり橋を押さえれば、簡単に封鎖できてしまいます。実は国軍には、大陸での戦争が始まる前からとある計画があり……」

そのとき唐突に、愛蚕姫《めごひめ》の言葉が、奇智彦《くしひこ》の中でつながった。

「防空情報？　空軍の……」

「どこで、それを」

奇智彦はたぶん初めて、宰相テオドラの不意を打てた。

宰相テオドラは、かたわらに置いてあった鞄《かばん》から、作戦書を取り出す。

表紙に〈機密〉〈持出厳禁〉と判子《はんこ》がベタベタ押してあった。奇智彦は題を読み上げる。

「『三女神《みつひめ》』作戦？」

「反乱などの緊急時に、王都を掌握《コントロール》するための極秘計画です。時代と共《とも》に何度も修正されて、現在は空軍の防空計画の一部になっています。行政機関や軍施設の金庫に、これと同じような命令書が封印されていて、王都から暗号通信で指示があると一斉に開封するのです」

「この奇智彦は、初めて知った」

「古くからある計画ですから。最初に作られたのは、殿下がお生まれになる前でしょう」

奇智彦は内容を読みすすめる。

無意識に唇が動き、時々声になって漏れた。

「一時的に国軍、近衛隊《このえたい》、警察、消防を本部の指揮下に置き、住民保護と治安確保を……、指定された人物を退避させ、また以下の重要施設に警備隊を派遣……、全国に混乱が波及するのを予防するため、通信施設、放送局、公共交通機関、幹線道路を本部の管理下に」

読んでいるうちに、身体《からだ》が震える。息をつく。喉《のど》がやたらと渇いていた。

奇智彦は、二人の顔を見まわす。緊張しきり、仮面のように無表情だ。

いま自分も同じ顔つきをしていると、奇智彦にはわかった。

「これは……、首都の空襲に対する備えとしては一般的なのでしょうか」

「異常です、明らかに」

和義彦《にぎひこ》が食い気味に答えた。

奇智彦は、宰相テオドラの顔をのぞきこむ。

「なぜ、こんな計画が通ったのです？　危険だと、だれか止めなかったのですか」

「当初はここまで過激な計画ではなかったのです。この計画は古いうえに、王国の各種機関にまたがっていて宰相《わたし》すら全貌を知りません。それを利用した者がいます。開戦後、現状にあわせて計画を修正した時、誰かが『特定の目的』のために、細部を密《ひそ》かに変更したのです」

「軍事反乱《クーデター》のために？」

奇智彦がぽろりと漏らすと、二人は、猫の声を聴いた鼠《ねずみ》のように黙った。

遠くで、古い歌謡曲が聞こえた。拝殿で酒宴をしている連中が歌っていた。

奇智彦《くしひこ》の中で点と点が結ばれていく。

熊《くま》の動向がぜんぜん耳に入らなかったのは。翼守兵団が警戒されたのは。

帝国軍司令官が言っていた、誰も詳細を知らない謎の攻勢計画とは。

太刀守《たちもり》と東国勢が、素早く王都に進軍できたのは。

太刀守が王都に来たときあれこれ探ってきたのは。

王国軍も近衛隊《このえたい》もろくろく参じなかったのは。

思《おも》ったのか、みんな。

奇智彦を排除する、軍事反乱《クーデター》が始まったと？

◇　◇　◇

奇智彦は王宮の執務室に戻って長椅子に座り、隣にすわる石麿《いしまろ》の肩に顔をうずめた。

「なんで俺はここまで不人気なんだ!?　就任してまだ一か月だぞ!?　軍に恨まれるような事、まだ何《なんに》もしてないぞ！　なあ、俺が何かしたか、石麿！」

「えっと、兄君《あにぎみ》が急死した後《あと》に幼王をいただき、国の政《まつりごと》をほしいままに」

「そのくらいのことみんなやっているんだよ！　言わないだけだ！」

奇智彦は声を押し殺して叫んだ。

背中から、咲《えみ》がそっと寄り添ってくる。

「殿下、私だけはあなたの味方です。ともに黄泉国《よみのくに》までも」

「ひとりで行ってくれ！」

奇智彦はべそべそと顔をぬぐった。

あの後、宰相テオドラと和義彦《にぎひこ》は、逃げるように帰った。王宮の南の目立たない門に車で乗り付《つ》け、そこから王宮神殿まで歩いたらしい。てくてく歩いた奇智彦が馬鹿みたいだ。

鐘宮《かなみや》は、信頼できる近衛兵《このえへい》を護衛にのこして、近衛隊の兵舎へといそぎ去った。

荒良女《あらめ》は腕を組んで、彫像のように壁際に立っていた。

「クシヒコよ、もう泣くのはよせ」

「おれは泣いてない……」

「そう言い張るのは、ちょっと無理だぞ」

「荒良女は王国語が分からないから、そう見えるだけだ……」

「涙に国境はない」

「無駄に良いこと言いやがって……」

その時、護衛の近衛兵が、扉を細く開いた。咲が応対して何か話し合う。

すぐに扉が開かれる。

愛蚕姫《めごひめ》が、しゃなりしゃなりと室内に入ってきて、びっくりしたような顔で奇智彦を見た。

「殿下、泣いているのですか？」

「違います。涙が目に入っただけで」

「泣いているのですね」

強い意志のこもった態度で、愛蚕姫《めごひめ》は前に出た。石麿《いしまろ》が気圧《けお》され、思わず立ち上がる。

愛蚕姫は長椅子の空いた席、奇智彦《くしひこ》の右隣に座った。

それから、おのれの膝《ひざ》を、ぽんぽんと叩《たた》いた。

「えっ……」

奇智彦は、思わず室内を見回す。誰かが正解を教えてくれるのを期待して。

石麿が何か言いかけた。荒良女《あらめ》はそっと室内から出ようとした。

愛蚕姫が強い視線を投げかけると、二人とも何も言わずに見守った。

室内の全員が、奇智彦の次の動きを待っていた。奇智彦にも分からない動きを。

奇智彦は、自分でも何故《なぜ》かはわからないが、咲《えみ》に視線をとばす。

咲は、こくり、とうなずいた。

説明不在のまま、奇智彦は目をかたくつぶった。体重を移動させ、右ひじで身を支える。

愛蚕姫の膝に、頭を乗せた。

あったかい。最初にそう思った。やわらかく、甘いにおいがする。

肉の下に、筋肉や骨の硬さが感じられる気がした。愛蚕姫の呼吸や、血の流れる音も。

奇智彦は目を開く。正面、視線の先に、石麿がじっと立っていた。たがいに目があう。

奇智彦は、次の動きを待ったが、なかった。背後の愛蚕姫をうかがう。

「あの」

「だいじょうぶ」

「いえ、あの」

「だいじょうぶです。ゆっくり呼吸して」

奇智彦は、ほのかに暖かく甘い空気を呼吸した。耳そうじをされているような気分だ。

自分がいつの間にか、さっきより落ち着いていることに、奇智彦は気づいた。

愛蚕姫は、低い声で優しくささやく。

「私は殿下の置かれた状況をすべては知りません。しかし、落ち着いて考えてみれば、道は開けるものです。さあ、殿下が最初に考えるべきことは。ようく考えて——」

奇智彦は、よく考えた。

すぐに答えは出る。

「味方。確実に信頼できる味方」

「お味方がどこで見つかりますか。考えましょう」

奇智彦は考えた。王国内の信頼の置ける部隊は？

「近衛隊《このえたい》」

「内通者はいませんね？」

「王国軍」

「殿下に制御しきれますね？」

「栗府《くりふ》一族」

「戦闘部隊をお持ちですね？」

「翼守兵団」

「当てになりますね？」

奇智彦《くしひこ》は、平静な心で、直視した。

有力で確実な味方と言えるものが、まったくいない、この状況を。

「貴女《あなた》は、勇気づけたいのか、絶望させたいのか、どっちなんですか……」

奇智彦は、石麿《いしまろ》に引っ張りおこしてもらい、ただしく長椅子に座った。

愛蚕姫《めごひめ》は、落ち着きはらった声で言う。

「私は殿下のお味方です。それだけは信じて」

◇　◇　◇

その時、扉の外が急に騒がしくなった。近衛兵《このえへい》の制止する声、押し問答が聞こえる。

石麿が扉を薄く開けて、近衛兵から事情を聴いた。

「軍の将校の方が、たくさんお見えのようです」

「この奇智彦にか？　何の用なのだ」

「あ、コルネリアさんがいます！　近衛兵と押し問答し、いや、将校同士で喧嘩《けんか》している？」

「分かった、もう、コルネリア中尉だけ通せ。話を聞くから」

奇智彦が言うと、すぐに一人だけ通された。

金髪碧眼《へきがん》に赤いベレー帽、迷彩《めいさい》戦闘服すがたの女は、夜の王宮でとても浮いていた。

コルネリアは、奇智彦を認《みと》めて背筋を正し、ぐっとお辞儀をした。

「殿下が、お立ちください！」

奇智彦は、周囲をみまわす。みんなが当惑していた。

石麿が、そっと奇智彦の隣にひざまずき、立つために手を貸した。

奇智彦は迷ったが、他に何も思いつかなかったので、立った。

「そうではなく！」

「コルネリア中尉、いったい何の話をしているんだ」

奇智彦は静かに尋《たず》ねた。彼女はいつも勢いばかりよくて、話が全然みえないのだ。

「殿下に、なってもらいたいのです。大王《だいおう》に！　そうだよな、みんな！」

コルネリアが扉の向こうの仲間に問うと、『そうだ！』という声と、『ちがう！』という声が同時に返ってきた。どうやら内部でも、意見が統一できていないらしい。

奇智彦《くしひこ》は、言葉を探した。

「コルネリア中尉。気持ちは嬉しいけど……、中尉には、もっといい相手がいると思うし」

「なぜ、告白されたみたいな言い方を」

「いやあ。だって、それは……」

「もう！　ならば殿下、ご覧ください！　これを！」

コルネリアはしびれを切らし、がばり、と戦闘服の上着をまくり上げた。

女性の丸みを帯びた体型と、薄い肌着が見えて、奇智彦はどぎまぎする。

が、見せたいものはそれではなかった。

コルネリアは服の下に、布で包《くる》んで何かを密輸していた。取り出したのは紙束だ。

奇智彦は、押し付けられるままに受け取る。汗でじっとりしていた。

紙質は悪く、字はかすれている。どうも印刷所ではなく、個人の手作り出版のようだ。

その印刷物には、奇智彦の顔写真がでかでかと載っていた。

どのビラにも、どの小冊子《パンフレット》にも、奇智彦の古い写真が無断転載されている。

扇動的な見出し《センセーショナル》が並んでいた。

『総力戦《そうりょくせん》体制　すべての権力を国軍へ』

『王国改良主義の理論と実践』

『氏族主義を解体するための穏健なる提案』

『国軍刷新と聖人《しょうにん》様の予言』

なんだこれ、怪しい政治団体の宣伝ビラか？

奇智彦はそう思ったが、コルネリアを刺激しないよう丁寧な態度で尋《たず》ねた。

「コルネリア中尉がこれを書いたのか？」

「いいえ。軍で出回っている怪文書です」

「怪文書？　軍で出回っているのか!?」

奇智彦が思わず聞き返すと、コルネリアは当然のようにうなずいた。

「誰が書いて、誰が運んでいるのかは知りません。いつの間にか、あちこちの部署に出回っています。ぼくがこの二、三日で受け取った分だけで、こんな量に」

「え、これ、三日分なのか!?」

奇智彦は思わず、紙束の厚さを確かめた。

よく見ると、使われている書体《フォント》や、文章の癖《くせ》、印刷方法もみんな違う。

これで極《ご》一部なら、軍内部の怪文書製作者は、五人や一〇人ではきかないのではないか。

石麿《いしまろ》が、コルネリアのそばに寄って、おずおずと聞く。

「あの、この写真、殿下ですか？」

「殿下ですよ、もちろん！」

「へぇぇ……、それは」

石麿《いしまろ》は、なんとなく心に壁がある様子で、相槌《あいづち》を打った。

たぶん無意識に、コルネリアの正面に立つのを避け、奇智彦《くしひこ》を挟んで頭越しに会話する。

二人とも高身長で、奇智彦はさほどでもないので、視界と声をさえぎらないのだ。

奇智彦は、内心ムッとした。が、大人気《おとなげ》を発揮して、二人の間からそれとなく離れた。

しかし、そちらには荒良女《あらめ》がいた。やはり奇智彦の頭越しに会話する。

「コルネリア隊長、このビラ、王国語か。何と書いてあるのだ?」

「殿下への尊敬と信頼と忠誠の証《あかし》だよ」

もっと違うことも書いてあるな、と奇智彦の第六感が告げていた。

石麿や咲《えみ》に紙束を手渡すと、興味津々の一同が、おっかなびっくり回覧していった。

これで怪文書は王宮まで届いたわけだ。

そのすきに奇智彦は、コルネリアと一対一で向かい合った。なるべく友好的な声を出す。

「それで、コルネリア中尉……、この奇智彦に怪文書《これ》を見せてくれた理由《わけ》は」

「殿下に、なってもらいたいのです。大王《だいおう》に!」

「そんな!」

「怪文書をご覧になったでしょう。殿下は軍の改革派の希望! 軍内部での声望は、いまや高まりに高まっているのです! 王国を救い、改革を断行できるのは殿下だけだ、と!」

「しかし、怪文書に支持されても」

手作りの宣伝ビラを、職場でせっせと配布している人が、高位高官とも思えない。

奇智彦は、穏便な断り方を考える。だがコルネリアは断固として、奇智彦を激励《げきれい》する。

「殿下がそんな弱気でどうするんですか！」

「そもそも、おれは大王になりたいなんて一度も言ってない……」

「なってみたら意外と着心地が良いってこともありますよ。新しい衣服《いふく》のように」

「おれは軍の改革がどうとかなんて、そんなことも一度も言ってない」

「しかし、いまさら『知りません』ですむ量ではないですよ、怪文書」

「そんな！」

「われら軍の有志一同は、いつでも殿下の御味方です！」

コルネリアは持ち前の強引《パワフル》さを生かして、ぐいぐいと押してくる。

奇智彦は何も悪くないのに、コルネリアを相手に、必死に弁解して断りつづけた。

「この奇智彦には王者の資格はない！」

「大王の血をひいておられます！」

「この奇智彦の中には悪徳が根付いている！　この手は血にまみれている。我儘《わがまま》で金に汚《きたな》い。

おまけに残忍で無謀で、吝嗇《ケチ》で嘘《うそ》つきで陰湿で、それに……ええっと」

「強すぎる性欲、ですか？」

「えっ、うん」

びっくりして、奇智彦《くしひこ》は肯《うなず》いてしまった。俺のこと、そんな風に思っていたのか？

コルネリアは、まったく動じなかった。

「王としては、むしろすべて美点となります。度を越した好色の何が問題です。殿下が大王《だいおう》となれば人妻から生娘まで、喜んで尻をこすりつける者はいくらでもいます。海のごとき大盃《たいはい》、呑み尽くす不安はありません。お楽しみはふんだんに、ただしそっと、それでよいのです」

お前、自分の国の王さまがそれでいいのか？

奇智彦は、できない他の理由をすばやく探した。

「しかし、この奇智彦は他人《ひと》を信じられない性分だ。そのうちに身内まで信じられなくなり、存在しない敵を見つけて、言いがかり同然に首を斬るかもしれない」

「御心配には及びません！　そんな暴君になったら、ぼくが介錯《かいしゃく》して差し上げます！」

こいつ、ふところが広いにもほどがあるだろう！

奇智彦は、コルネリアでも嫌《いや》がりそうな罪業を必死で探した。しかし、何も思いつかない。

「それに、えー、戦車と装甲車を間違えるやつを許せないし……」

「えぇえ？」

コルネリアは、今までで いちばん嫌そうな顔をした。

そのとき扉の外が、再び騒がしくなった。

「通せ！　とっ！　おっ！　せっ！」

鐘宮《かなみや》が、扉の前の将校たちをかき分け、部下に助けられて入室した。

室内を目で探す。コルネリアを見つけて素早く駆《か》け寄り、その手を取る。

「コルネリア！　いまはまずいって！」

「もう今しかないよ。いまやっちゃおう！」

「だから色々あるんだって！」

鐘宮はなだめすかして、コルネリアを引っ張って行き、扉から押し出そうとした。

そのとき石麿《いしまろ》が、例の怪文書を手に、おそるおそる前に出た。

「あの、鐘宮さま、これは一体」

「ぎゃっ!!」

鐘宮は、言葉にならない一声をあげて、怪文書をひったくる。

それから、室内で回覧されていた怪文書を、いそいで回収して行った。

奇智彦はその様子を見て、ピンときた。

「鐘宮、こっちに来てくれ。他の連中は、付いてくるな」

◇　◇　◇

執務室の机のわきには両開きの扉があって、無人の廊下に続いていた。

廊下の奥に、壁のくぼみのような場所がある。そこで、二人きりになる。

奇智彦《くしひこ》は、鐘宮《かなみや》を見る。鐘宮は目を伏せて、奇智彦のつむじを見おろしていた。

「鐘宮少佐、この奇智彦に何か隠してることないよな？」

「申し訳ありません!!」

鐘宮は九〇度の角度でお辞儀をした。

「やっぱりお前か！」

「申し訳のしだいも！」

「なんで軍の将校が、奇智彦《おれ》びいきなんだ!?　俺は軍人から好かれる要素、皆無だぞ!?」

「それは……、いえ、そんなことは」

「俺に嘘《うそ》つかないと誓っただろうが！」

「その誓いについては、破っておりません」

奇智彦は眉《まゆ》をひそめた。

「どういうことだ。一体、何をした。何があった？」

鐘宮の説明では、ことは一か月前にさかのぼる。

先代の兄王《あにおう》が死んだ直後、鐘宮は次の大王《だいおう》候補に、弱小王族・奇智彦を推すと決めた。

鐘宮としては軍内部から後押ししたい。しかし、問題があった。

近衛隊《このえたい》は王室内の争いでは中立を保つため、奇智彦擁立《ようりつ》には協力してくれない。

海軍と空軍の支持は、和義彦《にぎひこ》ら他の王族に向いていた。

陸軍は大所帯だし、稲良置《いらき》大将軍が主流派を掌握していて、若輩の鐘宮では口を出せない。

「奇智彦《おれ》もそこまでは知っている。ちゃんと報告を受けた」

「じつはこの話には、鐘宮《じぶん》も知らない続きがあったのです」

鐘宮は、陸軍の『非主流派』に目を付けていたのだ。

弱小氏族や都市部出身の軍人たちで、豪族よりも出世が遅く、よい役職は回ってこない。

大抵《たいてい》は割り切って勤務し中堅どころで退役するか、早々に軍をやめて市民生活に入る。

しかし、今度の戦争と軍の増強で流れが変わった。非主流派の軍人たちが現役復帰したり、枠が増えてよい役職にありつけたりして、国軍の中でそれなりの勢力になっていたのだ。

彼らの多くには、ある共通の傾向があった。

「『王国改良運動《おうこくかいりょううんどう》』。誰が呼んだか、そう呼ばれています。主な目標は、豪族縁故主義の禁止、国軍の近代化、王国の近代化。国民の言語統一、福利厚生、工業化の推進」

「そんな金がどこにある」

「まったくです。しかし、利用できるかと思いました」

鐘宮は非主流派たちに、奇智彦は開明的だ、改革に理解がある、と宣伝したのだ。

しかし、結果はふるわなかった。

非主流派は頭数が多いだけで、一人一人は影響力も低く、まとまりもなかったのだ。

他の仕事が忙しくなったこともあり、鐘宮《かなみや》はその工作をやめて、半《なか》ば忘れてしまった。

後で同期生のコルネリアと会ったときに『なんだか奇智彦《くしひこ》殿下がすごいらしいじゃないか』

といわれて、初めて思いだしたのだが、そのころには――。

「なっていたのか、怪文書に」

「はい、怪文書に……」

鐘宮は痛恨《つうこん》の仕草で、手に持っていたビラや小冊子を掲げた。奇智彦は右手で取る。

無断転載された奇智彦の顔写真の下、見出しには『偉業《いぎょう》の王権《おうけん》』と書いてあった。

「軍上層部、軍主流派が奇智彦《おれ》を危険視するわけだ。俺だって嫌《いや》だもん、こんなやつ」

「それは……、はい殿下」

「俺を狙う軍事反乱《クーデター》の動きも、これが原因なのか？」

「まだ、そこまでは」

しばし、二人は黙った。廊下は薄暗くて寒かった。

奇智彦は、そっと鐘宮をうかがう。

「鐘宮少佐、『非主流派』の指導部とは親しいのか？」

「指導部はありません」

「え？」

「先輩後輩や友人同士の、小さな組《グループ》が沢山あるだけです。全体を統括する者はいません」

「では、その雑多な連中が、鐘宮の宣伝を全部鵜呑《うの》みにしたのか？」

「自分が言っていないことまで書いてあります。いつの間にか尾ひれがついて」

奇智彦は手元の怪文書を見る。主張は様々で、互いに矛盾もしている。

だが、いわれてみれば一定の方向性がある。軍の近代化。豪族の縁故人事の刷新。

奇智彦は、それを成し遂げてくれる指導者に、どうも見えているらしかった。

「鐘宮くん、話を整理するぞ。最初は奇智彦《おれ》のために良い噂《うわさ》を流した。しかし噂が暴走した。軍の非主流派は勝手な理想を奇智彦《おれ》に押し付けて、もはや暴発寸前、交渉も不可能。軍上層部はこの惨状が全部、奇智彦《おれ》のせいだと思っていて、摂政《せっしょう》奇智彦排除の軍事反乱《クーデター》を企んでいる。もう鐘宮にも止めようがない、そういうわけだな」

鐘宮は、黙っていた。ぎゅっと目をつぶっている。

それから、こくり、とうなずいた。

奇智彦は怪文書の束を床にたたきつけた。

「俺が陰謀の首魁《しゅかい》だと思われるだろッ！」

「すみません！」

「なんで俺の配下に、俺の知らない怪しい団体がふたつもみっつもあるんだよ!?」

「熊相撲《くまずもう》の件は、本当に申し訳ありません！」

「俺のことが好きなのに、俺の言うこと聞かないって一番迷惑《いっちゃんめいわく》なんだよ！」

「すみません！　すみません！」

奇智彦《くしひこ》は怒りを制御すべく、深呼吸をした。

廊下の空気は埃《ほこり》っぽく、黴臭《かびくさ》くて寒かった。

「鐘宮《かなみや》少佐、あの扉の前の将校たちは、うまく言いくるめて帰せ」

「はい、殿下」

「それと、とくに信用できる近衛兵《このえへい》を、女王幸月姫《さちひめ》さまにお付けしろ」

「了解いたしました、殿下」

奇智彦は廊下から、元の摂政《せっしょう》執務室につながる扉を開けた。

電気灯の明るさに一時《いっとき》、目がくらむ。

咲《えみ》や愛蚕姫《めごひめ》が扉《こちら》を見ていた。室内に面長の侍従が居た。軽食を運んできたらしい。

コルネリアが、荒良女《あらめ》や石麿《いしまろ》や、なぜかいる打猿《うちざる》を相手に、何事《なにごと》か熱弁している。

鐘宮が、コルネリアを制御すべく、慌てて駆《か》け寄った。

全員が扉《こちら》に視線を向けた。奇智彦は、それらの顔を見まわす。

昨日までは思いもつかなかったが、奇智彦はいまや軍事反乱の一派に狙われる身だ。

本当に信用できる者は一握《ひとにぎ》り。ここにいる人たちが、そうなのかも分からない。

何かそれらしい文句を考えた。しかし、何も思いつかなかった。

奇智彦は、部屋の中の人々を見まわして、言った。

「いまから知らせることを、よそには決して漏らさないように」

◇　◇　◇

軍事反乱計画の可能性ありと聞いて、反応は様々だった。

咲は裳《スカート》のすそを強く握っている。愛蚕姫はすでに落ち着いており、咲に寄り添ってなぐさめた。面長の侍従は呆然《ぼうぜん》としている。荒良女は何も言わず、じっと考えている。

打猿は泰然としているが、これは肝が太いというより事情が分かってないのだろう。

「攻撃あるのみですよ！」

コルネリアが、奇智彦の右隣でそう言った。突然の大声に奇智彦はびくっとなる。

奇智彦の左隣に立つ鐘宮が、コルネリアをなだめた。

「まず信頼できる人物を集めて、捜査するべきで」

「その間《ま》に決起されたら何もできないよ。まず戦闘部隊を味方につけないと」

「だから、どの部隊が信頼できるかを、まず調べて」

「殿下、お聞きください。近衛隊《このえたい》に浸透《しんとう》できるほどの敵ならば、軍警察や王都警察にも内通者がいるかもしれません。下手に捜査を命じたら、逆にこちらの動きが筒抜けになります」

「だから！　そのためにまず」

「二人とも、どうか！　この奇智彦《くしひこ》の顔に免じて」

奇智彦はそう言って、無益な口論を断ち切った。

ふたりの長身女が、自分の頭越しに口論するので、少しだけいやな気持《きもち》にもなっていた。

二人の会話を聞いた荒良女《あらめ》が、ふっふっふ、と低く笑った。

『誰が見張りを見張るのか』《クウイス・クストデイエト・イプソス・クストーデス》というわけだ。戦うためには味方が欲しいが、どの味方が信用できるか分からない。玉座につき物の、古典的な矛盾《ジレンマ》だな」

それから、周囲の人々を、ぐるりと見回した。

「我《わえ》なら何を置いても、まず首謀者の正体をさぐる。敵を捕らえれば謎はすべて解《と》ける」

「いやあ、さすがっす、姐《あね》さん！」

打猿《うちざる》がすばやく胡麻《ごま》をすった。こいつはいつもこうだ。

奇智彦は全員の顔を眺める。困惑し、焦り、疲れていた。そして、少し飽《あ》いていた。

当たり前だ。全員、自信がないのだから。

彼ら彼女らがここにいるのは、専門家だからではない。ただ奇智彦と親しいからだ。

反乱で奇智彦が失脚したら巻き添えを食う人たちの、寄せ集めだ。

保安にも軍にも誠《まこと》にあやふやな知識しかない。それは奇智彦も同様。

だから奇智彦は、自分にできることをする。

「みんなの意見を総合すると、こうなるようだ」

奇智彦はそういってから一拍おき、皆が身を入れて聞くのを待った。

『自分の意見のどこが採用されたか』を全員が気にしたとき、奇智彦は口を開く。

「反乱の首謀者が誰なのか分からない。それが最大の障壁だ。先制攻撃しようにも標的が不明。調査しようにも誰が信頼できる捜査官か不明。反乱一派の目的も、構成員《メンバー》の傾向も不明。どこが安全地帯なのかも不明。敵の名前が分からない。分からないモノは、おそろしい」

奇智彦は全員の目を順々に見て、口を開く。

「『名前』が分かれば対処できる。相手の名前を、悟られないように探り出したい。私が思うに、これは警察の分野だ。そこで王都警察を管轄する宰相テオドラと、この奇智彦が個人的に信用する二、三の軍関係者に事情を話し、意見を求めたい」

奇智彦は、最初から決めていた結論に、勝手に話をまとめて周囲を見回した。

だれも積極的に反対しない。暗い会議が終わってくれる、歓迎の気持ちの方が強かった。

奇智彦は鉛筆を取り上げ、手元の紙に連絡先をしたためる。

「咲《えみ》、朝一番で宰相殿と、今から言う相手を、内々に呼び出してくれ」

◇　◇　◇

事は決まり、咲《えみ》はいそぎ去った。

しかし、何となくの不安が、いまだ空気に満ちていた。

対処に失敗したら、文字通り命にかかわる。そのことを、皆が知っている。

おまけに、緊張の内に一夜を明かしたので、みんな疲れているし気分も暗い。

「おれは何か食べた後、すこし眠《ねむ》ることにする」

奇智彦《くしひこ》は、だからみんなの前で、そう宣言した。

「この明け方だから、ひとを探しても簡単にはつかまるまい。役所が開く時間の、一時間前までは休む。みんなも、すこし寝ろ。何なら王宮に部屋を用意させよう」

奇智彦はそう言ったが、だれも進んで席を立とうとしない。その気持ちは分かる。

言い出した奇智彦だって、緊張と興奮のせいで、横になっても眠れる気はしない。

奇智彦は、愛蚕姫《めごひめ》をみた。やはり不安なのか、しきりに髪を触《さわ》っている。

髪、髪留め。侍女の髪留め。

奇智彦は思い出す。愛蚕姫は、占いの名人だ。

「愛蚕姫さま」

奇智彦がそっと声をかける。占いでみんなを勇気づけてやってほしい。

愛蚕姫は、さすがに専門家だ、すぐに奇智彦の意図を見抜いた。

「皆さま、ここでお会いしたのも何かの奇縁です。どうぞ――」

取り出《いだ》したるは、三つの青いサイコロ。愛蚕姫は、その有難《ありがた》い由来を述べる。

さすがの修練というべきか、この緊張下でも全然トチらない。

みんなは物珍し気に、占いの卓子《テーブル》を囲む。期待した通り、顔から険がとれている。

奇智彦は、皆のすこし背後《うしろ》に立ち、人々を見守る。サイコロは気にしない。

愛蚕姫は空気を読んで、どんな目が出ても吉兆と言ってくれるからだ。

打猿《うちざる》は、宝石製のサイコロにいわくありげな視線を向けていた。

荒良女《あらめ》は、卓子から離れた椅子に座り、打猿を膝《ひざ》の上にのせて後ろから抱擁《ほうよう》した。

愛蚕姫の口上は、最終盤に入っていた。

「三つの目は、それぞれ神や英雄たちを象徴し、その組み合わせと順番で吉凶を占います」

美しいサイコロを、見事《みごと》な細工の振り筒にいれる。その手つきは洗練されていた。

みんなが見守る中、サイコロは、ころころすとん、と卓子に振り出される。

予期していたような反応が何もないので、奇智彦は怪訝《けげん》に思った。

背中の隙間から、卓子をのぞきこむ。

青いサイコロが、縦に三つ重なっていた。

◇　◇　◇

誰も、何も言わない。みんな、愛蚕姫《めごひめ》が解読してくれるのを待っていた。

奇智彦《くしひこ》はちらりと愛蚕姫を見た。『これは縁起がいい』と早く解説してくれ。

ぎょっとする。

愛蚕姫は、魂の抜けたような顔で、サイコロを凝視《ぎょうし》していた。

むかし埋めた死体をあばかれて破滅した人の顔だ。全員がそれを見ていた。

今さら『良い目です』と言いつくろうのは無理だ。奇智彦は目をつぶり、天を仰いだ。

「えっほんんエッ！」

デカい咳払《せきばら》いと同時に、何者かがすごい力で卓子《テーブル》を蹴り上げ、重い卓子が浮いた。

みんなが驚き、顔を上げる。いつの間にか荒良女《あらめ》が、涼しい顔でそこにいた。

「おい、みんな見ろ！　サイコロがまだ動いたぞ!!」

荒良女が、素知らぬ顔でそう言った。奇智彦は素早く、乗った。

「愛蚕姫さま！　このサイコロの目は!?」

「え、えええっと、そう、これは！」

愛蚕姫は、素早く調子を取り戻して、出目の読み解《と》きを再開した。

奇智彦は誰よりも熱心に、愛蚕姫の言葉にうなずき、驚き、笑う。顔が熱くなるが、気にするものか、全力で道化を演じる。みんなも空気を読み、愛蚕姫の講釈にうなずいた。

コルネリアは、空気を読まなかった。

「殿下、ぼくは、ああいうのはよくないと思いますよ」

「ああって……、いや、べつに何も」

「神意を勝手に変えるのは、よくないことですよ」

コルネリアがまっすぐに言うので、室内の皆が『こいつ本気《まじ》かよ』みたいな顔をした。

鐘宮《かなみや》が立ち上がり、奇智彦とコルネリアの間に立って仲裁しようとする。

「いいよ。こういうものは、気持ちだから」

「カガちゃん、こういうの大嫌いだろ。いやな時は嫌《いや》って、はっきりいわないと」

「え、そりゃ……。でも別に」

鐘宮は言い負けた。いやだったらしい。

コルネリアは胸を反らし、奇智彦に食ってかかる。

「殿下、神意をまげるのはいかがかと存じます」

「そんな。鐘宮少佐も納得しているじゃないか」

「殿下のために、我慢しているのです！　カガちゃんは昔から信心深い人なのですよ。神殿にはちゃんと行くし、お参りも儀式も、いつも欠かさないのです」

「ええっ!?」

奇智彦は、心の底から驚いた。

「鐘宮!?　お、お前っ……、あれだけのことをして、まだ天国に行く気なのか？」

衝撃のあまり、奇智彦《くしひこ》はおもわず口をすべらせた。

コルネリアが、不用意な発言に、目を見開いて驚く。

「殿下!? 何も、そ、そんな言い方はないでしょう!」

「いいよ、コル、いいよ」

「カガちゃんがよくても、ぼくは断然、不承知だよ!」

いつの間にか、奇智彦はふたりに挟まれる形になった。頭越しに激論が飛び交《か》う。

そのとき、荒良女《あらめ》がむっくりとやってきて仲裁しようとした。

たぶん打猿《うちざる》の手から守るためだろう、青い三つのサイコロを握っている。

「隊長、カナミヤ、待てまて。あれはこの熊《くま》の脚が、たまたま卓子に当たっただけで」

「そうだよ、元はと言えば君がさぁ!」

「荒良女、いまは黙っていろ! 何だその熊!?」

「ああんっ!? 熊に文句でもあるのか?」

「僕が言いたいのは、予言や神意をひとが勝手に利用したら、しっぺ返しを必ず食らう……」

「汝《なれ》ら、文句ばっかり一丁前だな!」

口論はこうして燃え広がり、奇智彦は騒乱と卓子《テーブル》の間に挟まれた。

鐘宮《かなみや》と荒良女とコルネリア、三人の背の高い女が、奇智彦ごしに怒鳴り合う。

つむじの上を、激情と罵声が砲弾のように飛び交う。砲撃にさらされた兵士の気分だ。

何とか人垣からの脱出を試みるが、前方は三人、後方は卓子に阻《はば》まれていて袋の鼠《ねずみ》。視界がすべて女の胸元なのに、うれしさを感じる余裕がまったくなかった。

奇智彦は、もみくちゃにされながら、何とか暴動をおさめようとさけぶ。

「聞けぇ！　静かにせい！　話を聞けっ！　摂政《せっしょう》その人が、諸君に訴えているんだぞ！」

「殿下！　殿下！」

見ると石麿《いしまろ》が、人垣の隙間にいた。奇智彦を救出すべく、犬の喧嘩《けんか》に割ってはいる家畜番のような動きで三人を止めようとしてくれる。だが、荒良女の怪力に、突き飛ばされた。

石麿が床に尻もちをつく。目が合った。その目は、かなしそうだった。

奇智彦は、急にタガが外れた。

「ひとの頭越しに話すなっ！　領空侵犯だぞ！」

下からの突然の大声に、三人は驚いて後ろに飛びのいた。

奇智彦は、ひさしぶりの新鮮な空気を、胸いっぱいに吸い込んだ。

「聞けよ、話をっ！　だいたい頭《ず》が高いんだよ、普段からお前ら！　地上から一六五センチ以上に伸びるな違法建築！　摂政の権威に挑戦する気か！」

コルネリアが、ムッとして、口を開いた。

「別に伸びたくて伸びているわけでは」

「そういう無自覚な上から目線がいちばんムカつくんだよ！　上官より伸びやがって！」

「ぼくが高いというより、むしろ殿下がお小《ちい》さいんじゃ！」

「ちょっ、おい、コル！」

「貴様ァ⁉」

奇智彦《くしひこ》は憤然《ふんぜん》として手の中の物を卓子《テーブル》に投げた。例の青い賽子《さいころ》が転がる。荒良女《あらめ》が押し付けてきたらしい。愛蚕姫《めごひめ》が慌てて、卓子の向こうに拾いに行く。奇智彦は息を吸い込む。

奇智彦は、何か言葉を考えたが、怒りと徹夜の疲労で脳が焼け付いていた。

「なんだ、その態度は！　士官学校で教えるのは憎まれ口と蹴鞠《フットボール》だけか⁉」

「蹴鞠《フットボール》の何がいけないんですか！」

「球追っかけるならネコでも出来るんだよ！　見せてやろうか、家《うち》のネコちゃんで！」

「はぁ？　なら殿下もやればいいんじゃないですか⁉」

「貴様！　言うに事欠《ことか》いて！」

「待ってください！　殿下！　コル！」

鐘宮《かなみや》は、暴《あば》れるコルネリアを羽交い締めにして引きはがし、奇智彦に叫ぶ。

「殿下、兵士たちは貴方《あなた》のために危険に身をさらし――」

「そのうちのいくらかは反乱分子で俺の首を狙ってると、一晩中ずっとその話を！」

「殿下……！」

奇智彦は、怒りすぎて、もう自分でも何を言っているかよく分かっていなかった。

バカ三人と、石麿《いしまろ》や愛蚕姫が、奇智彦を見ている。打猿《うちざる》は部屋の隅に避難していた。

奇智彦は、何か言ってやりたくて、言う事が思いつかず、反射神経だけで怒鳴った。

「おれは摂政《せつしょう》なのだぞ！　この国の最高権力者なのに、何で国中《くにじゅう》のやつにペコペコしなくちゃいけないんだ!!　俺がペコペコされて然《しか》るべきだろ!!　こびへつらえ、俺に!!」

「殿下、何《なん》てあさましい……」

愛蚕姫が、そうつぶやいた。

荒い吐息が、部屋を満たした。奇智彦は、頭に血が昇《のぼ》って茹《ゆ》だったような気分だ。

その時、部屋の扉が叩《たた》かれた。咲《えみ》が顔を出す。

「無事、皆様と連絡がつきまし――」

それから異変に気付いて、そっと室内を見まわす。

「あの、何かあったのですか？」

「咲、おれは」

奇智彦は、言うべきことを探した。

「おれは、仮眠するから」

◇　◇　◇

王宮の北棟、王室一家の私邸には、大王《だいおう》用の主寝室のほかに寝室がいくつもあった。

かつて王宮を設計したとき、王妃たちも一緒に住めるよう、居室を多数もうけたのだ。

しかし実際に住む段になると、同じ夫をもつ王妃たちが始終顔を合わせる構造は、居心地が悪いやら喧嘩《けんか》になるやらで、とても不便だった。果ては刃傷沙汰《にんじょうざた》まで起こったという。

結局、父王の王妃たちは自分の屋敷に住み、大王が日を決めて通うことになった。

兄王《あにおう》の王妃は一人だけだったので、主寝室を夫婦《めおと》で使っていた。

他の寝室は予備室として、ずっと空き部屋だった。

奇智彦《くしひこ》は、摂政《せっしょう》になった後、その一つを自分用の仮眠室と決めていた。


奇智彦は、着衣のまま寝台に横になり、天蓋《てんがい》の模様を眺めていた。非常時の緊張にくわえ、先ほどの怒鳴り合いで身体《からだ》が戦闘態勢になったままで、気が昂《たかぶ》ってとても眠れない。

寝室は掃除されていたが、長く空き部屋《あべや》だったので、人の住まない家の独特の臭《にお》いがした。

家具も、小卓と椅子が出してあるだけで、残りは埃避《ほこりよ》けの白布に覆われている。

もう、朝だ。分厚い窓掛《カーテン》から陽の光がもれている。壁には兄王の肖像写真があった。

寝るに寝られず、奇智彦は兄王の事をぼんやりと思い出していた。

奇智彦が子供の頃、王宮の食卓の席次をめぐる争いがあった。

兄王、当時は王太子が、その仲裁を命じられた。難しい役目だった。

兄は一夜のうちに、卓子の配置をすべて変えて、どれが上座か分からなくした。

のちに兄は、奇智彦に言った。既得権益を取り上げるのは、とても難しい。恨みが残るし、取り上げる方も心が痛む。いっそすべて、更地《さらち》にするしかない時もあるのだ、と。

兄王はなるほど、大王としてやり手だった。

朝の音が聞こえる。メジロの鳴き声。夜勤の職員の最後の追い込み。警備の近衛兵《このえへい》が、交代に来た同僚と、廊下の向こうで何か話していた。奇智彦は、せめて休もうと寝返りをうつ。

寝室の扉から、熊の尻尾が、チラリと見えていた。

奇智彦は寝返りを打ち、扉に背を向けた。

窓辺から、熊の耳の影が、チラリと見えていた。

「荒良女《あらめ》、もういい、入って来い」

「いいのか」

「そこにいられるのが一番苛《いら》つく」

荒良女は入室する。扉の外に立つ見張り、石麿《いしまろ》の異父弟が、不満そうに熊《くま》をみていた。いまは石麿も仮眠中で、屋敷からきた他の従士《とねり》が、交代で警護に立っているのだ。

荒良女は物珍し気に、寝室を見まわした。奇智彦はその様子をまじまじと見る。

「なにか珍しい物でもあるのか。それとも、相撲で押しこむ下準備か」

「なんでこの家は、寝室ばかりこんなにたくさんあるのだ？」

「さあ、なんでかな」

奇智彦《くしひこ》は枕に顔をうずめた。いつもと違う枕なので、頭の位置が落ち着かない。今度、屋敷から枕をもってこさせよう。そんなことを考えた。

首の心配をすべきときに、枕の心配をするのは、何だか教訓話みたいだな、と思った。

「大王《だいおう》とは惨《みじ》めなものだな。まだ一月《ひとつき》なのに、もう世界が信じられない。味方は私だけと皆が言う。だが、本当に信じられるのは墓の中の死人《しびと》だけだ。少なくとも盗み聞きはしない」

「熊《くま》だけは味方だろ」

「荒良女《あらめ》ッ、このッ……、いやいい」

奇智彦は、感情を制御した。

荒良女は埃避《ほこりよ》けの白布をめくって、放置された家具を眺めていった。

「クシヒコよ、こんどは出家しないのか」

「おれは別に、出家が大好きな人というわけでは無い」

「この前はしようとした」

「あの時は、奇智彦《おれ》が出家したら事態が丸く収まったのだ。だが、今回は違う。摂政《おれ》が去ったら、巻き添えで犠牲になる者が多すぎる。出家後《ご》に生命が保証されるかも分からない」

「自分を大切にする気持ちが芽生えたのは良いことだ」

「もう、ひとりの身体《からだ》ではないからな」

「汝《なれ》、妊娠したのか？」

奇智彦は、ちょっと考えてから、首をこきりと鳴らし、ため息をついた。

「荒良女よ、首の心配をすべきときに、枕の心配をするのは何だか喜劇的《ユーモラス》だな」

「クシヒコ、調子が戻って来たな。しかし、その冗談は人を選ぶから他所《よそ》で言うなよ」

奇智彦は、ふふふ、と笑う。少しだけ満足した。

空っぽの寝室の、空っぽの天井を、無心に眺める。

「若き革命家や、慈悲深き王子が、最後は決まって暴君になる理由《わけ》が少しだけ解《わか》ってきた」

天井に向けて、誰に聞かせるでもなく言った。

荒良女には、反応らしい反応がなかった。奇智彦も、勝手に続ける。

「至高のちからは抜き身の剣だ。握っていれは何でも命令できる。手放したら殺される。有象《うぞう》無象《むぞう》が寄って来て、王の威光を借り、己《おのれ》の夢を叶《かな》えようとする。気の休まる暇がない。常に油断なく剣をさげ、休むときも片目をあけて。これでは、おかしくなるのが当然だ」

奇智彦は寝返りを打って、荒良女を見た。いつの間にか、熊頭《くまがしら》をかぶっていた。

奇智彦は納得する。まともな反応は、最初から期待してはいなかった。

「クシヒコよ、世の中の全員が信じられなくなっても、熊だけは味方だ」

「荒良女」

「はい」

「怒るぞ」

「ごめんなさい」

荒良女《あらめ》は、熊頭《くまがしら》をかぶったまま体の向きを変えて、部屋の向こうの壁を向いた。

奇智彦《くしひこ》は、じっと、その背を見る。

「何か言いたげだな」

「クシヒコ、汝《なれ》に何としても話しておかねばならないことがある」

「大事な事か？」

「うん」

奇智彦は、少し考えてから、寝台の上に身を起こした。

「近くに寄って、小さな声で話してくれ」

◇　◇　◇

荒良女は、熊相撲《くまずもう》を通じて、王都の民と多く知り合った。

そこで多くの世間話やバカ話、不思議な話や、失敗譚《たん》を聞いた。

『雑炊屋』という男がいる。軍隊の炊事場《すいじば》から飯を下げ渡してもらい、街の貧民向けに売っているのだ。王都は人口過密で、貧富の差がすごいため、こんな仕事も成り立つ。

その仕事の稼ぎ時は、何といっても軍の行事だ。ところが。

前回の軍事巡遊《パレード》、兄王《あにおう》が人前に出た最後の日は、何故《なぜ》か下げ渡しがなかった。

おかしなことだ。

軍事巡遊《パレード》の前後は、いつも飯の下げ渡しが増える。

兵士たちに美味《うま》い食事を支給して士気を高める。行進に参加するため兵士の頭数が増える。

正確な人数が直前まで分からないので、食事は多めに用意するから、多めに余る。

だが前回はどういうわけか、炊事場であらかじめ、下げ渡しはないと言われた。

なぜだ。うるさい会計係に当たったのか、帝国との合同行事だからか。

稼ぎ時を逃した雑炊屋は、知り合いに聞いて回ったが、誰も事情をよく知らない。

軍事巡遊《パレード》の当日、謎が解《と》けた。兵士たちは、缶詰の携帯食料《レーション》を食べていたのだ！

兵士たちに飯を食わせる余裕もないとは。そんなに戦況が悪いのかとびっくり仰天したが、
炊事場で聞いた話では、そんなこともないという。兵営でもみんな首をかしげていた。

しかし、大陸に行く前の最後の飯があれじゃあ、いくら何でも兵隊さんが可哀想《かわいそう》だ。


奇智彦は、寝台の背もたれに体重を預け、右手でまぶたをもんだ。

「よくある話だな」

「ああ、よくある話だ。我《わえ》も、昨日までは大して気にしていなかった」

ふたりは、何も言わなかった。

しかし、二人とも知っていた。お互いに、同じことを考えている。

荒良女《あらめ》は低い声でささやく。

「反乱一派は、軍事巡遊《パレード》の日の未明にでも、計画を実行する手筈《てはず》だったのではないか。だから当日分の食事は作らないよう、あらかじめ指示していた。食料が無駄になるからな」

「なぜ、その日に、実行しなかったのだ」

「帝国軍の前司令官が、軍事巡遊《パレード》の直前に左遷されたそうだな。この熊《くま》が王国に来る少し前に」

「された」

「反乱一派は、前司令官には計画を知らせて、黙認を得ていたのではないか？　しかし、決行直前に左遷された。帝都からの警告か？　反乱一派は用心して、今回は見送った」

奇智彦《くしひこ》は、薄暗い天井をながめ、じっと考えた。それから、荒良女に打ち明ける。

「帝国軍の司令官が、おれに教えてくれた。左遷された前の司令官が、大陸戦線で攻勢を計画していたらしい。その決行日時は、ちょうど軍事巡遊《パレード》の日だ」

「クシヒコは、偶然だと思うか？」

奇智彦は明言せず、首をひねった。

「荒良女の推測が正しければ、反乱一派は、兄王《あにおう》存命の当時に、もう活動していた事になる。奇智彦《おれ》への反発で、急に組織されたわけではなく」

「そうなるな」

「反乱一派は、帝国軍の前司令官から協力を取り付けた。太刀守《たちもり》にも事情を話した。太刀守は反乱決行の合言葉を知っていて愛蚕姫《めごひめ》に教えた。例の王都進軍も恐らく反乱計画の準備を流用したものだ。しかし反乱一派は、宰相テオドラや稲良置《いらき》大将軍たち要人にも、奇智彦《おれ》や渡津公《わだつみこう》たち王族にも計画を知らせなかった。決行直前になって渡津公を傀儡《かいらい》に担ごうとした」

「そうなるな」

「疑問がふたつある。一つ、首謀者は誰だ。王国軍、東国豪族、帝国軍を結びつけられる者。要人や王族を外して新体制を確立できる者。よほどの有力者だ。しかし、心当たりがない」

「二つ目の疑問は？」

「軍事巡遊《パレード》の日から、もう一か月以上たつ。反乱の首謀者はいま何をしている。決行もせず、一派の解散もせず。それも大王《だいおう》の急死と代替わりという、絶好の機会をのがして……」

そう口にした途端、奇智彦の頭のなかで、情報の端《はぎ》切れ同士が猛烈な勢いで結びついた。

全体像のあたりがつく。

そして、首謀者の名前も。

国軍、太刀守ら東国の豪族、帝国軍を結びつけ、反乱計画の中心に立てる者。

軍の長老・稲良置大将軍と、王族たちを外して、反乱成功後の王国を統治できる者。

先月の軍事巡遊《パレード》と、大王崩御の直後に、急に動きのとれなくなった者。

いる。そんなひとが、この王国に一人だけ。奇智彦《くしひこ》は思わずつぶやく。

「あなたは、とんでもないことを積《つ》み遺《のこ》して逝《い》きましたね……兄上《あにうえ》」

◇　◇　◇

兄王《あにおう》の自己謀反計画《セルフ・クーデター》を、知らされていた者はごく少数だ。

近衛隊《このえたい》と国軍の一握《ひとにぎ》りの幹部、帝国軍前司令官、そして兄王の外戚である太刀守《たちもり》。

兄王は忠実な軍人に命じて、王都空襲時の緊急避難計画を、反乱計画に都合よく修正した。

実動部隊は、王都付近の国軍と近衛隊と、太刀守がにぎる東部軍。

奇智彦たち王族にも、国軍の最有力者・稲良置《いらき》将軍にも知らせず、出し抜く。

邪魔な有力者や豪族をすべて排除して、『兄王』は強力な戦時王権を打ち立てる。

そのつもりだった。

しかし、前の帝国軍司令官が左遷されて、計画は延期になった。

そして、兄王が死んでしまい、計画は宙に浮いた。

太刀守は兄王の死後、奇智彦に両天秤《りょうてんびん》をかけ、娘の愛蚕姫《めごひめ》を送り込んだ。

遺された反乱指導部は混乱したが、やがて軍人たちが主導権を握った。

彼らは『国軍主体』の、強力な戦争指導体制をつくるつもりだ。

そのために渡津公《わだつみこう》を傀儡王《かいらいおう》にする。邪魔な豪族に加えて、現・摂政《せっしょう》の奇智彦まで排除する。彼らは『兄王の反乱計画』を乗っ取って、『国軍の反乱計画』を開始したのだ。

王子と熊《くま》は沈黙した。

状況が重すぎて、何を口にしても場違いに軽くなる。そんな気がした。

そのとき仮眠室の入口で、活発な生き物が動いた。細く開かれた扉。見慣れた長い黒髪。早起きの幸月姫《さちひめ》が、奇智彦の仮眠所をうかがっているのだ。

幸月姫は部屋着姿で、長い黒髪も軽くまとめて束ねてあるだけだった。先ほどからうろちょろしていたはずだが、いま起きたばかりと言いたげに、あくびを一つかみ殺してみせた。

「おや、ここは空き部屋だったはずよ。いったい、誰がいる——わ、熊っ!!」

「おはようございます、さちさま」

「あ、くしさま！　何でさちのお家にいらっしゃるの!?　熊も一緒に」

「いま私の屋敷で煙をたいて鼠《ねずみ》をいぶり出しているのです。それでこちらに避難を」

奇智彦がたわいのない作り話をすると、さちさまは両目を見開いた。

「おうちでそんなことを!?」

「八年に一度、やるのです。さちさまがお生まれになった年に、大王私邸《こ　こ》でもやりました」

「えっ!?　じゃあ……、今年!?」

幸月姫《さちひめ》は、室内をぐるぐると見まわした。子供は朝から元気だ。

荒良女《あらめ》が、そっと奇智彦《くしひこ》に耳打ちした。

「何で意味のない噓《うそ》をつくんだ」

「俺なりの愛情表現だ」

「汝《なれ》、姫さまが思春期を迎えたら、嫌われるかもしれないぞ」

「ほう、熊《くま》の予言か」

「いや、女性の視点だ」

その時、扉が叩《たた》かれた。幸月姫は、あっ、と思いだす。

「くしさまに会いたいとおっしゃるので、さちが連れてきました」

誰を、と問い返す前に扉が開いた。

宰相テオドラと和義彦《にぎひこ》、それに、朝食の台車を押した咲《えみ》がそこにいた。

◇　◇　◇

宰相と和義彦は、寝室の椅子に座った。和義彦は、服装と顔つきからして多分あの後、一睡もしていない。一晩中、誰かと会っていたのでないか、と奇智彦は思った。

宰相テオドラは仮眠して、着替えもしている。流石《さすが》、くぐった修羅場《しゅらば》の数が違う。

咲は、疲れを見せまいとしているが、やはり疲れている。それでも奇智彦の朝食の支度を、てきぱきと整えた後、部屋の片隅の腰かけに、そっと座る。

荒良女はその側《そば》に立って、王国語が分からないなりに、成り行きを見守った。

幸月姫は元気いっぱいで、話に混ざる気満々だったが、乳母《うば》が駆《か》けつけて連れて行った。

室内の全員が黙ったまま、奇智彦の食事を待った。

奇智彦は何も食べる気がしない。睡眠不足と、生命《いのち》を狙われる緊張が合わさり、乳酪《バター》の香りだけで吐きそうだ。反乱一派がこの食事に、毒を盛っている可能性も充分にある。

しかし、確信がある。

宰相テオドラは、奇智彦を観ている。緊急時に食事する胆力があるか。

奇智彦は、ゆで卵を口に押し込み、柑橘果汁《オレンジジュース》で流し込む。味がしないが、とにかく噛《か》んで飲みくだす。珈琲《コーヒー》にせめて砂糖をたっぷり入れる。胃に物を入れると多少、気分がよくなった。

宰相テオドラが、おもむろに口を開く。

「出家しようとなさらへんのですね」

「この奇智彦があきらめたら、大事な人にも被害が及びます。もう一人の身体《からだ》ではない」

「やはり御兄弟ですね。即位されたころの兄王《あにおう》陛下と、おなじことをおっしゃる」

奇智彦はそれを聞いて、ただうなずく。それから二人に、自分の推理を話した。

反乱の元々の首魁《しゅかい》は、亡き兄王ではないか、と。

和義彦《にぎひこ》はそう聞いて、落ち着かなげに両手をじっと組んだ。

「もし、その推測通りなら、事態はますます複雑になります。宰相殿、どう思われますか」

「殿下、確証はあらはるのですか。物的証拠や、証言者は」

「ありません。だから宰相殿の伝手《つて》や、警察を使って調べてもらいたい」

宰相は、椅子に深く腰掛けて、じっと考える。

技師がよく知っている機械を眺め、どこが壊れたのか調べるときの顔だ。

「摂政《せつしょう》殿下、王宮で信じられるのは誰ですか?」

「誰も信じられない」

「さすがです。王宮へようこそ」

宰相は、全然歓迎していない口調で、無感動に言った。

「では、今回に限って、まず声をかけるべき人は?」

「『反乱で排除される側』の人。真っ先に警告してくれた人。たとえば宰相《あなた》とか」

「信頼していただいて何よりです」

「さ、さすがお二方とも……、機略に富まれていて」

和義彦は、角の立たない表現を、とっさにひねり出した。

宰相テオドラは順繰りに、奇智彦《くしひこ》と、和義彦を見た。

それから、よく整理された口ぶりで、言う。

「宰相《わたし》はこれから行政府に行き、信頼できる警察幹部に色々と探らせます。和義彦どの、出勤する前に湯あみをされはったらいかがです。殿下は、この後のご予定は?」

「稲良置《いらき》大将軍と、話をする段どりです」

「兄王《あにおう》陛下のことは、まだご内密に。証拠がありません。では皆さん、また」

宰相テオドラの背中を見送った後、荒良女《あらめ》は咲《えみ》に話しかけた。

「あの女、鉄でできているんじゃないか?」

◇　◇　◇

摂政執務室に戻ると、待合所にコルネリアがいた。

出入口《こちら》に背を向け、鐘宮《かなみや》相手に、さかんに愚痴っていた。

「あれは玉座どころか、生きるにも値《あたい》しないよ!」

そこまで言うか、普通?

奇智彦はコルネリアの背後から近寄り、そばでいきなり声を張り上げた。

「よし、合格!」

「は?」

コルネリアと鐘宮が、睡眠不足の顔で、呆然《ぼうぜん》と奇智彦《こちら》を見る。

考える時間を与えてはいけない。

「試すような真似《まね》をして悪かった。昨夜の見苦しい姿、虚言、嘘《うそ》、ペテンに惑わされなかった、そなたの忠義に、心がスッとする想いだ」

「そ、そうだったのですか!?」

コルネリアが困惑し、鐘宮《かなみや》に向き直る。

鐘宮は、神妙にうなずいた。さすが、機転が利く。このすきに畳《たた》みかける。

「この奇智彦《くしひこ》は身内を疑った事などない。他人様《ひとさま》への悪口雑言《あっこうぞうごん》も愉快な気持ちで許してやる。たとえ相手の物でも気前よく振る舞う。戦車はどれも同じに見える。生まれて初めてついた嘘が昨夜、自分自身を罵《ののし》った言葉だ。性欲も人並みよりは、むしろ薄い方だと思う」

「そうだったんですか！」

コルネリアの顔が、ぱっと輝《かがや》く。もっと人を疑う習慣を持て。

奇智彦はコルネリアを適当にやり過ごし、鐘宮と二人で執務室に入った。小声で話す。

「稲良置《いらき》大将軍とは？」

「連絡がつきました。ごく内密にお会いできます」

奇智彦はうなずいた。

それから、祖父王の肖像画を見上げて、しばし考える。

「あの作戦だが、計画書によれば、発動できるのは大王《だいおう》だけだな」

「はい、殿下」

「つまり兄王《あにおう》が亡くなり、女王が若年《じゃくねん》のいまは、摂政《せっしょう》である奇智彦《おれ》だけだな」

「相違ありません」

「大王が指揮を執《と》れないとき、二番目に発動権をもつのは誰だ？」

「王都の防空司令官、鞍練《くらなおし》空軍少将です」

「鞍練《くらなおし》か。有力豪族だな。しかも、この奇智彦の反対勢力、筆頭だ」

「はい。よりにもよって鞍練が……」

「いや、確実に敵だとはっきりするのは、そう悪い事ではないよ」

奇智彦は、すこし考えてから、再度たずねた。

「つまり反乱一派にとって一番の厄介者は、摂政《おれ》ということだな。俺の身に事故でもあれば、相手方の一味が、計画をいつでも発動できる。俺が無事なら計画に支障が出るわけだ」

「それは、はい、殿下」

奇智彦は、うつむいて考え、右手で頬をもんだ。

「鐘宮少佐、釣りは好きか？」

第六幕　王の最後の一手《Ultima Ratio Regum》

「どうやってヤツらを殺《バラ》しますか」

稲良置《いらき》将軍は、奇智彦《くしひこ》の車に乗り込んでくるやいなや、そう言った。

奇智彦と将軍は、走行中の自動車で密会した。鐘宮《かなみや》いわく、追跡や盗聴が難しいのだという。

車内は、信頼できる者だけだ。後部座席の奇智彦と将軍。助手席の副官の大佐。運転席の咲《えみ》。

奇智彦は、将軍の第一声があまりに物騒で、さすがに返事に困った。

「しかし、軍の高官たちを戦時中に代えるのは、慎重に行かないと」

「代わりはわしが見つけます。若造め、調子に乗って大それたことを」

この前とは言っていることが違うが、不都合ではないので、奇智彦はうなずいた。

「将軍、事態の収拾のため、ぜひ協力していただきたい」

「もちろんです、殿下！　いまや信じられるのは、この稲良置だけとお心得を……」

「将軍のことは信じていますよ」

なぜなら、稲良置大将軍は、兄王《あにおう》の軍事反乱計画でお払い箱になる側だったからだ。

奇智彦は『味方は自分だけだ』と全員が言ってくる状況に、だんだん慣れてきた。

王都の道路は、通勤時間が終わってすいていた。車は快適に走る。

　奇智彦は、将軍と副官に、今わかっている事と、推測したことを話した。

　首謀者は『ある人物』だ。そのもとに軍と近衛隊《このえたい》、東国の有力者が結集した。王都空襲時の避難計画を、王都を掌握する反乱作戦に修正した。計画の要《かなめ》の防空司令官は、奇智彦と不仲な豪族出身。首謀者は急死したが、一派は反乱計画を強行するつもりらしい。

　首謀者の名前は伏せたが、どう考えても兄王だな、と奇智彦は思った。

「なるほど。で、どうやって殺《バラ》しますか」

「将軍、あなたは首尾一貫した人ですね」

「迷う余地などありません。最初の計画は、なるほど忠義のためと言って言えなくもないが、今となっては純然たる謀反人《むほんにん》です。天の許さぬ叛逆《はんぎゃく》は、根絶やしの一手ですよ」

　首謀者が兄王だと、はやくもバレていた。

　将軍は、戦《いくさ》を前に血がたぎるのか、すこし嬉しそうだ。奇智彦はそれをなだめる。

「反乱一派も、情状酌量の余地があります。どうです、この際、一度機会を与えては」

「何の機会ですか？」

「反乱に関与した軍人たちを、まずは穏便に、軍から遠ざけます」

　将軍は感心した風に、何度もうなずいた。

「殿下は、さすがお優しい。しかし、関与した軍人を探せますか。取り逃すと面倒ですよ」

「私に味方する者たちがいま、計画について調べています」

将軍は、奇智彦《くしひこ》の言葉を聞いて、早くも何かに感づいた。

「どうやらすでに、手は打ってあるようですな」

「ええ、それなりにね」

◇　◇　◇

王宮の摂政《せっしょう》執務室には、なんと専用の映写機まで備え付けてあった。

窓掛《カーテン》が閉め切られ、椅子が並べられ、灯《あか》りが落とされた。天井から白幕が引き下ろされる。

関係者たち、奇智彦、愛蚕姫《めごひめ》、咲《えみ》、石麿《いしまろ》、荒良女《あらめ》、打猿《うちざる》が、並んで座る。

指示棒を持った鐘宮《かなみや》が白幕の前に立った。

部下の近衛兵《このえへい》が、映写機を操作する。強い光とともに、白幕に動画が投影される。

「近衛隊《このえたい》の捜査員が撮影しました。場所は城河荘《きのかわしょう》、つまり殿下のご領地です」

短い動画で、音声はなかった。最初に、場所と日付を記した板が映る。

ひなびた田舎の鉄道駅に、背広姿の男が三人。明らかに街の者で、浮いている。いちばん若い男が、駅の公衆電話で苛々《いらいら》と電話をかける――。そこで近衛隊の盗み撮りは終わった。

映像が切り替わる。三人の顔をそれぞれ拡大した、望遠写真だ。

鐘宮が指示棒で、静止した男たちを指す。

「この三人のうち、二人は身元が特定できました。どちらも軍人です。陸軍大佐と空軍大佐。後者は鞍練《くらなおし》防空司令官の身内です。まず間違いなく一味でしょう。最後の一人、この電話をかけた男も、軍人の可能性が高い。殿下が仕掛けた罠に、見事《みごと》かかったようです」

「え、そうなのですか!?」

石磨がびっくりして、周囲《まわり》に座る奇智彦や咲、愛蚕姫や荒良女や打猿を見た。

そのうぶな反応に、説明役の鐘宮すら戸惑った。

「石磨くん、何《なんに》も知らないで、そこに座ってたの？」

「誰も、何も教えてくれなくて……」

「大丈夫だ、石磨。今から教えるから」

奇智彦がなだめると、石磨は素直に説明を待つ。

石磨が詐欺師のカモにされないか、ちょっと不安になりながら、奇智彦は説明する。

「『奇智彦殿下は、御料車尾行事件を受け、身の安全と気分転換のために王都を一時離れる。滞在先は極秘で、目立たないように護衛も少数』。そういうニセ情報をまいたのだ。そうしたら、あの愚かな軍人どもが、うまうまと釣られたというわけだ」

「そうなんですか……」

石磨は、ちょっと迷ってから、聞いた。

「あの、何でおれにだけ、いつも教えてくれないんですか」

「それも後から分かるよ。鐘宮《かなみや》少佐、説明を続けてくれ」

映像が切り替わった。顔写真だ。近衛隊《このえたい》の制服を着た、役人顔の地味な男だった。

鐘宮は指示棒で、写真を指す。

「三人に情報を流した、近衛隊内の協力者がこいつです」

「え、もう分かったんですか!?」

石麿《いしまろ》が聞くので、奇智彦《くしひこ》は仕方なく説明する。

「王族の行動予定を知れる者たちに、別々のニセ予定を伝えた。『列車で保養地に行く』とか『湖の旅館《ホテル》を予約しろ』とか。近衛兵《このえへい》が駅や旅館を監視する。この三人組は『午後の列車で領地へ行く』に引っかかった。そのニセ予定を知っていたのは、この役人顔の近衛兵だけだ」

「この『役人顔』は、すでに極秘裏に捕らえました」

鐘宮が補足した。準備して来たのに全然説明できないので、ちょっと不満そうだ。

奇智彦は顔写真を見る。真面目そうなおじさんだ。立ち小便よりも重い犯罪をおかすようには見えなかった。それが軍事反乱《クーデター》に関与し、奇智彦を殺そうとしている。

「なるほど、この近衛隊の裏切り者が、殿下を亡きものにしようと……」

愛蚕姫《めごひめ》が、奇智彦のすぐ後ろの席でつぶやいた。

悪気はないのだろうが、すこしだけいやなきもちがした。

鐘宮が、指示棒を振って注目を引く。

「大佐ふたりは監視つきで泳がせています。仲間と接触したら、芋づる式に特定できる。また、こちらに有利な兆候《ちょうこう》もあります。反乱一派も、大半は上官の命令に従っているだけで、真相を知る人員は少ないのかもしれません。わざわざ大佐が二人も出張ったのですから」

愛蚕姫は説明を聞いて、静かに呟《つぶや》いた。

「なるほど、この三人が駅で待ち伏せて、殿下を誘拐するか、亡きものにしようと……」

「たった三人で、ですか!?」

石磨が驚いた。鐘宮が、いらいらと指示棒を振る。

荒良女《あらめ》が、後ろの席から、石磨に解説する。

「この三人は、駅でクシヒコの姿を確認して、宿泊先や警備状況を偵察する係だ。だが、標的《クシヒコ》は列車に乗っていなかった。それで慌てて仲間に電話した。列車を一本遅らせただけか、急いで逃げた方が良いのか、緊急に確認したかったのだ。こういう手違いは、怖《おそ》ろしいぞ」

荒良女はさすが、襲撃する側の心理に詳しかった。

「カナミヤ、電話の先は分かるか?」

「王都地区への長距離電話だ。電話交換手が覚えていた。詳しい番号までは不明」

「この三人組の宿泊先は?　尾行はつけたのか?」

鐘宮が、いくぶん不満げに合図すると、部下が映像を四回、切り替えた。

映像が落ち着く。二枚の写真だ。小さな宿屋の外観と、手書きの宿帳のうつし。

「三人組は、釣り客と名乗った。撮影日の前夜、鉄道で村に来て、この宿に泊まった。撮影後の夕方、急用ができて自動車《タクシー》で村を去った。運転手によると、夜行列車の停まる大きな駅で降りたそうだ。目撃情報はそこで途絶えた。初めての客で、宿帳の名前も住所もでたらめ。指紋と筆跡は採取できたが、前科はないだろうし、照合の役には立たないだろう」

鐘宮《かなみや》の説明は終わった。映写機の灯《あか》りが落とされ、部屋の電気がつく。

皆が椅子のうえで身体《からだ》を伸ばし、思い思いに考えにふける。

「俺にだけ教えてくれない理由、最後まで出てこなかった……」

石麿《いしまろ》が不満そうにつぶやいた。奇智彦《くしひこ》は大きな声で笑って、石麿の肩をたたいた。

それから、鐘宮に向けて、声を張った。

「さあ、次の一手だ。用意はできているな」

◇　◇　◇

近衛隊《このえたい》内の協力者、通称『役人顔』の監禁場所は、王都の寂しい辺りにある民家だった。

正規の留置所では、隊内ですぐ噂《うわさ》になってバレてしまうからだ、と鐘宮は説明した。

近衛隊に、他の内通者がいた場合に備え、鐘宮たちは隠密裏に事を運んだ。理由をつけて呼び出し、密《ひそ》かに身柄を押さえたから、隊内でも事情を知る者はほとんどいない。

民家は、半地下室が監禁場所、居間が看守用の待機所だった。奇智彦は、鐘宮に案内されて地下への階段を下りる。運転手役の咲《えみ》と、荒良女《あらめ》と打猿《うちざる》は、居間で待機していた。

奇智彦は、扉の節穴からのぞく。

『役人顔』は作業衣を着て、寝台に座っていた。髪は乱れ、無精ひげを生やし、たぶん寝ていなかった。見張りの近衛兵《このえへい》は、逃亡阻止にくわえて、自殺防止の意味合いが強そうだ。

奇智彦が扉から離れると、鐘宮がささやく。

「『役人顔』は近衛隊の中級幹部です。反乱一派に協力し、隊内の情報を間《あいだ》に立って止めていたのです。東国勢の王都進軍のとき近衛隊の召集が遅れたのも、翼守兵団についての根回しの不備も、熊《くま》の暗躍が鐘宮に報告されなかったのも全部、あの野郎のせいで」

鐘宮の怒りには、実感がともなっていた。

それから鐘宮は、奇智彦の顔色をうかがう。

「殿下、本当にお会いになるのですか。ご自分《じぶん》を裏切って殺そうとした相手に」

「忠義には色々あるように、裏切りにも色々あるのだ」

「と、おっしゃいますと」

「とにかく、会ってみよう。和平は交渉から生まれる」

鐘宮が合図すると、鍵を持つ見張りの近衛兵が、扉を開けた。

奇智彦は、扉をくぐって進み出る。

『役人顔』が目線を上げた。奇智彦《くしひこ》をみた。一瞬、怪訝《けげん》そうにする。

それから、驚きに目を見開いた。

その視線を、奇智彦は読みとく。観衆を前にした芸人の嗅覚で。

「こんにちは。座ってもいいかな？」

そう静かに言うと、『役人顔』は思わず立ち上がった。

奇智彦は、確信した。

『役人顔』は懐柔《かいじゅう》できる。

◇　◇　◇

「この場合、裏切ったとは、まんざら限らないのだ」

奇智彦は、民家の居間でそう言った。咲《えみ》と荒良女《あらめ》と打猿《うちざる》が、興味津々で話を聞いた。

「『役人顔』は、王室に仕える近衛兵《このえへい》として、兄王《あにおう》の計画に加わった。だが兄王が急死、後から計画が変質してしまった。陸軍の将軍どもが、王室や近衛隊《このえたい》をしり目に、計画を仕切り出す。不愉快で不安だが、深入りしすぎていまさら足抜けできない。それで、惰性で協力していた。供述はいま、鐘宮《かなみや》が尋《き》いているが、だいたいこんなところだろう」

一同は、何とも言えない表情で、奇智彦の予想を聞いた。

咲と荒良女が、困ったように顔を見合わせる。

「何というか、血の通った話というか」

「歌手《ボーカル》が辞めたあとの楽団《バンド》みたいだな」

打猿が、へっ、とスレた風に笑った。

「よくある話ですよ。親方が急に死んだあと、子分が跡目を争うなんて」

「まったくその通りだよ。何でみんな仲良くできないんだろう」

奇智彦が相槌《あいづち》を打つと、打猿がいかにも事情通ふうに、きらりと目を輝《かがや》かせた。

「殿様、聞きました？　あの話？」

「どの話だ？」

「鐘宮のやつ、捕まった近衛兵を白状させるのに、大王《だいおう》の椅子に座らせて脅《おど》したそうですよ」

「何と、そんなことを？」

「いやあ、本物の加虐趣味の変態にしか思いつかないっすよ」

「悪《ワル》だなあ、鐘宮くん。いやあ、悪《ワル》いよ」

奇智彦は、うなずいた。

咲が不安そうにたずねる。

「殿下、あの者を捕らえて、その後どうするおつもりなのですか」

「今度の件は、亡き兄王《あにおう》と摂政《おれ》の間で、近衛隊が機能不全を起こしたのだ。大王が二人いると、王に忠実な近衛隊《このえたい》は混乱する。だから、この奇智彦《くしひこ》が王者の器を示せば、従ってくれるはず」

そのとき鐘宮《かなみや》が、監禁場所から出てきた。

奇智彦に歩み寄って一礼し、静かな声で言う。

「『役人顔』は同意しました。反乱一派に関して知るかぎりの情報を提供すること。くわえて、このまま一派にのこり、こちらの二重間諜《スパイ》として情報を流すこと、約束しました」

◇　◇　◇

王宮の摂政《せっしょう》執務室に、人が集まっていた。

奇智彦、石麿《いしまろ》、咲《えみ》、荒良女《あらめ》、鐘宮、宰相テオドラ。稲良置《いらき》将軍はいま暗躍中で不在だ。和義彦《にぎひこ》は今回、あえて外した。父・渡津公《わだつみこう》に知られたくない話もあるからだ。

鐘宮が合図をすると、五人分の写真が白幕《スクリーン》に投影された。

「反乱一派の、現在の指導者が判明しました。この五人の集団指導体制とみられます」

五枚の顔写真。五つの顔。その下に、五つの名前と、肩書。

大物政治家が一人。陸軍の制服が二人、空軍が一人、海軍が一人。

陸軍のうち若い方は例の、駅で電話していた男だ。王都軍団の大隊長だという。

陸軍だけ二人いて、ややこしいですね、と石麿が言った。

奇智彦は、顔と名前をじっと見る。自分の命を狙う者たち。

「咲。この〈五人組〉は……、おれと会ったことがあるか」

「御座います。政治家とは式典で何度か。陸軍の二人とは、軍の昼食会で会っています。空軍の奥方とは慈善事業で面識が。海軍とは、渡津公の誕生会で一度会っています」

奇智彦は、もっともらしい返事を考えた。考える。考える。考える。

何も思い浮かばないので、正直に言った。

「ぜーんぜん、覚えてないや……」

「無理もありません。大勢いた政治家や軍人の、一部ですから」

「咲、よく覚えてるなあ。すごいなあ。なあ、石麿」

「すごいんですよ、咲は！」

石麿が、我が事のように、妹を自慢した。

鐘宮は続けて、『役人顔』から聞きだした計画の細部を話した。

計画の全体像を知るのは最高指導部だけだ。『役人顔』の近衛兵《このえへい》は自分の持ち場しか知らない。だが、機密保持と避難実施担当の古参幹部だから、計画の変遷についてはよく知っていた。

奇智彦の予想と、事情は大差なかった。

兄王《あにおう》の計画。突然死。陸軍主導での計画の変質。渡津公への接近。不満な近衛兵。

荒良女がそれを聞き、感心したようにつぶやく。

「クシヒコの言うとおりだな、本当に。歌手《ボーカル》が抜けたあとの楽団《バンド》だ」

「そんなもんや、反乱なんて」

宰相テオドラの口ぶりは、妙に醒《さ》めていた。

奇智彦《くしひこ》は、テオドラに尋《たず》ねる。

「宰相殿、王都警察に、反乱一派の内通者は見つかりましたか」

「見当たりません」

「確かですか」

「幹部級《クラス》にはいません。警察は軽武装ですから、戦力として勘定《かんじょう》されていないのかも」

奇智彦は、何度もうなずき、じっと考える。

宰相テオドラが、その様子を見て、奇智彦にささやく。

「渡津公《わだつみこう》ですが……、殿下は信用しておられますか?」

「宰相どのに、最初に通報したのは、渡津公ですから。和義彦《にぎひこ》に伝言をたくして」

「〈五人組〉は渡津公を担ぐつもりです。海軍の者は、公と二〇年来の付《つ》き合いだとか」

「兄王《あにおう》が健在の間、〈五人組〉は渡津公に計画をだまっていて、兄王没後《ぼつご》に担ぎ上げたのです。この奇智彦なら、そんなやつらは信用できません。誰かに通報して止めてもらいます」

宰相テオドラは、なるほど、と肯《うなず》く。奇智彦は、宰相がわざと渡津公に不利な質問をして、奇智彦からの反感を買わずに公と和義彦をかばう手練手管《てれんてくだ》に感心した。いつか使おう。

「それで殿下の、次の一手は？　どうやって止めますか？」

皆が耳をそばだてている。奇智彦はそれを感じる。

鐘宮《かなみや》を近くに手招いて、低い声でたずねた。

「鐘宮、軍の人事の件、どうなっている？」

「稲良置《いらき》大将軍に協力していただけたので、円滑に進みました」

奇智彦は『よし！』と言って、右手に持った指揮杖《しきじょう》を、左手に軽く打ちつける。

それから、全員の顔をぐるりと見まわし、宣言する。

「軍事反乱《クーデター》に関与している軍人たちを、次の定期人事で、王都から追っ払う」

◇　◇　◇

奇智彦の宣言を聞いて、石麿《いしまろ》が驚く。

「殿下、まともに戦わないのですか？」

「戦いたい相手と、戦ってどうするのだ」

奇智彦は近衛隊《このえたい》の指揮杖で、〈五人組〉の顔写真をさす。

「反乱に参加する将校を、定期人事で異動させる。王都の国軍司令部から、名誉職への昇進。王都の戦闘部隊から、大陸戦線への異動。これで計画の手足を奪える。骨抜きにできる」

全員が、奇智彦《くしひこ》の声を聞いていた。

それを、つよく意識する。

「摂政《せっしょう》奇智彦はあくまで正当な統治者、現秩序の維持者だ。内乱を避けるため、努力する。寛大に許す。そういう姿勢《ポーズ》を見せる。正統性はこの場合、一〇〇万の軍兵《ぐんぴょう》に勝る武器となろう。それで反乱一派が瓦解《がかい》し、あきらめて俺に従えば、それでよしだ」

咲《えみ》がそっと、奇智彦の顔をうかがっていた。

「相手が、左遷されて身の危険を感じ、反乱を決行したらいかがいたします？」

「堂々と叩《たた》き潰す、大義名分になるな」

奇智彦のことばに、鐘宮《かなみや》が忍び笑いをもらした。

荒良女《あらめ》は椅子にあぐらをかき、膝《ひざ》に頰杖《ほおづえ》をついている。宰相テオドラは鉄面皮《てつめんぴ》だ。

石麿《いしまろ》は不安そうに咲を見た。咲は、ははあ、と言った。

宰相テオドラが、全員の反応を見てから、口を開いた。

「鐘宮少佐。軍の人事異動は、正式な辞令の前に、本人に内示があるはずですね」

「はい、宰相。そろそろ、本人に打診しているころです」

「つまり殿下の意図は、そろそろ敵一派にも伝わっているはず」

奇智彦は、大きくかぶりを振る。

「反応に、よく注意してください。兆候《ちょうこう》を見逃さないように」

◇　◇　◇

奇智彦は屋敷に帰り、夕食をとって、休もうと寝室に下がった。

扉の陰から、荒良女がぬっとあらわれて、奇智彦は飛び上がった。

「荒良女、お前ここで何しているのだ？」

「『雑炊屋』の話を覚えているか？」

荒良女が、ささやき返す。奇智彦は、はっとする。

「軍隊の炊事場《すいじば》に出入りできる男のことだな。何か動きがあったのか」

「さっき打猿《うちざる》が続報を持ってきてくれた。またも炊事場で『この日は飯が出ないから』と言われたという。演習があるそうだ」

「何日だ？」

「一週間後だ。何でも、この国の憲法記念日だそうだな。要人はみな式典に出席するとか」

奇智彦は執務室にいき、鐘宮に電話した。

その日に、演習は無かった。

明け方、奇智彦は寝台で横になっていたが、そっとゆすぶり起された。

まぶたを開くと、咲の見慣れた顔がある。

表情は固くこわばっていて、その手は冷たい。

「鐘宮《かなみや》さまから、お電話です」

奇智彦《くしひこ》は寝巻のまま執務室に行って、近衛隊《このえたい》との直通電話に出た。

『殿下』

「うん」

『報《しら》せがありました。決行するつもりだ、と』

奇智彦は身体《からだ》の力が抜ける気がした。

それから、電話口の鐘宮に尋《たず》ねる。

「そろそろ、軍の進級会議があるはずだな」

『はい。高官の人事を決めるために、軍の有力者たちが会議を開きます』

「稲良置《いらき》将軍に連絡してくれ。手はず通りに」

執務室をでると、咲《えみ》と、それから寝間着姿の石麿《いしまろ》がいた。

奇智彦は、言う。

「今後の拠点は、王宮の地下司令部にうつす。準備してくれ」

戦争はすでに始まっていた。

◇　◇　◇

王宮の地下司令部は、いろいろと便利な点があった。通信機能が充実していたし、入室時の検査が厳しいため暗殺の恐れを軽減できた。会議室や作戦室の広さは十分だ。

しかし窓がひとつもないので、圧迫感がすごい。

奇智彦、石麿、咲、鐘宮、和義彦《にぎひこ》、宰相テオドラと秘書官、愛蚕姫《めごひめ》、コルネリア中尉。

地下の会議室にこれだけ座ると、息苦しいったらなかった。

鐘宮が、壁の地図の前に立つ。何度もやっている内に、明らかにこなれていた。

「反乱一派の計画はこうです。まず、空軍のラジオで『〇日〇時に決起』と符丁を放送する。王国各地の協力者は、受信後に準備する。そして予定の日、指導部は王都奪取計画を発動する。何も知らない各部隊は命令書を開封して、計画案通りに王都を占拠《せんきょ》する。事情を知るのはごく一部のみで、軍や役所の大半は命令通りに動いているだけです。そこで――」

奇智彦はうなずき、全員に告げる。

「軍事反乱計画をこの奇智彦が乗っ取る。摂政《せっしょう》の権限で『王都空襲時の避難計画』を発動する。反乱一派がわけも分からず混乱しているうちに、味方の部隊を動かして王都を武力制圧する」

奇智彦は全員の緊張を、肌身で感じた。

それから、鐘宮に目で合図する。鐘宮は地図をさす。

「〈五人組〉は、自分たちは襲う側だ、と油断しています。その気の緩みにつけこみ、われらが先に王都を掌握、反乱一味を反乱罪で逮捕します。実動部隊は、この鐘宮《かなみや》たち近衛隊《このえたい》と──」

鐘宮が共謀者たちを見る。海軍の制服姿の和義彦《にぎひこ》、宰相テオドラ、コルネリア中尉。

和義彦がまず、うなずいた。

「王都の海軍部隊を、説得出来ました。協力してくれます。それと、宰相殿の管轄の──」

「街の警察は味方ですが、戦力としては当てにしないでください。それと、殿下の──」

「殿下のお手勢《てぜい》、〈翼守兵団《アウクシリア》〉です！　突撃！」

「ちょっと、耳元で」

コルネリアがいきなり大声を出して、宰相は耳をかばった。

奇智彦《くしひこ》は立ち上がって地図台をのぞきこむ。王都地区の地図が広げられている。

「宰相殿、とくに信頼できる警察官を選んで、王都の重要施設を警備してください」

「警察は軽武装ですよ」

「かまいません。反乱軍の戦闘部隊が、王都に雪崩《なだ》れ込むような事態にはしません。街を守り、暴動や火事場泥棒を防いでください。警察の専門分野でしょう」

「承知しました。ところで稲良置《いらき》将軍は、今どちらに。姿が見えないようですが」

奇智彦は、忍び笑いをもらした。

「将軍はいま、裏工作の最中です。近く、軍の人事のために、軍高官が会議に集まるのです。例の〈五人組〉からも二人が出席します。その会場を、私に都合のいい所に変更させます」

室内が、驚きで、ざわりとした。

宰相テオドラは、じっと考える。

「軍内部の怪しい連中を、先に隔離してしまうのですね」

「はい。〈五人組〉を、他の将軍たちと一緒に海軍施設に保護します。連絡も断ち切る。気づいたころにはすべてが終わっているでしょう。頭をうしなった反乱部隊は動きが鈍くなる」

宰相は、じっと考えた。

「それをやると、後から軍人たちに嫌われますよ」

「反乱でいま死ぬよりはいいですよ。ねえ、和義彦どの」

海軍少佐・和義彦は沈んだ顔だった。良識の人は、殺すか死ぬかの乱世では息苦しいのだ。

「和義彦どの、海軍は意気軒高《いきけんこう》ですか！」

「それは、はい。しかし、まさかこんなことに……」

渡津公《わだつみこう》は、軍事反乱に誘われてしまった。渡津公と嫡子《ちゃくし》の和義彦は、どちらかに味方して、徹底的に戦うしか、もう生き残る道がないのだ。好むと好まざるとにかかわらず。

奇智彦は、嫌いな人の不幸を見て喜ぶような人間になりたくないので、喜ばなかった。

「さて、コルネリア中尉。そなたはどう思う」

奇智彦が話を振ると、コルネリアはかぶりを振った。

「反乱など同じ軍人として見過ごせません。国《くに》を憂《うれ》う心が湧《わ》いてわいて仕方ないですよ！」

「そっか」

こんなアホになれたらな、と奇智彦《くしひこ》は思った。

鐘宮《かなみや》が、同じことを考えている顔つきで、地図から顔を上げた。

「コルネリア、兵団はもう行動できる状態か？」

「超特急で錬成中です！　いまは塹壕《ざんごう》を掘る訓練をしています」

鐘宮は首をひねって、奇智彦の方を向く。

「今回は間に合わないかもしれません。こう言っては何ですが、素人《しろうと》の寄せ集めです」

「それはそれで使い手があるのだ」

奇智彦はそういった後、低い声でたずねた。

「それと鐘宮、『名簿《リスト》』は出来たか？」

「はい殿下。未完成ですが、叩《たた》き台は出来ました」

◇　◇　◇

兄王《あにおう》の計画の根幹は一冊の『名簿《リスト》』だ。兄王の統治の邪魔者たちを一夜で排除する。

その名簿を、鐘宮の手で、奇智彦の統治に都合よく書き換えさせている。

奇智彦は名簿を見る。なかば総入れ替えに近かった。

不穏将校、関与した民間人、奇智彦には絶対協力しない豪族、それ以外。

例の〈五人組〉が名簿の筆頭だ。偽《にせ》情報につられて駅に来た、二人の大佐も。

これらは今まで奇智彦にとって単なる名前だった。いまやこれに命がかかっていた。

奇智彦は、やや芝居がかった調子で、室内を見まわす。

「兄王はさすが腕利きだ。王室の枝に、果実を遺《のこ》していった。われらは遺児・幸月姫《さちひめ》さまのために、兄王の遺された計画を利用するのだ。いい話じゃないか。なあ、咲《えみ》。愛蚕姫《めごひめ》さま」

愛蚕姫は、戸惑ったようなかたい無表情で、じっと奇智彦の顔を見た。

咲は高めの声で、素早く笑った。

それから、愛蚕姫の手をそっと握った。

「殿下とはこんな方なのです、愛蚕姫さま。悲しいからと言って、寝台で泣きむせぶような方ではありません。立ち上がって、身を守るのに必要なことなら何でもやる方なのです。今のは場を和《なご》ませるための軽口なのですよ。笑ってあげてください」

良い話のつもりだった奇智彦は、ちょっと心外だったが、気を利かせて愉快そうにした。

鐘宮とコルネリアが、作戦台に、王都周辺の地図を広げた。

部隊を表す駒が並べられる。味方の部隊は青、敵の部隊は赤らしい。

それ以外は、奇智彦には全部同じに見えた。

宰相が王都警察の駒を取り上げ、国営放送局のうえに置く。

「行動開始時、全国に緊急放送を行います。面倒が省けますから。よろしいですね、殿下」

「うん」

和義彦《にぎひこ》が地図をくまなくながめて、鐘宮《かなみや》にたずねる。

「反乱一派の息のかかった部隊で、一番有力なのは……？」

「王都軍団、第三歩兵大隊です。王都の東、自動車で三時間の地点にいます」

その間にもコルネリアが地図に、なんらかの意味があるらしい記号を書いていく。

和義彦には明らかに、記号の意味が分かっていた。

「王都の東側が一番危険だ。行動直前に、この要塞に警報を出そう。よろしいですか、殿下」

「うん」

それから和義彦は、地図に顔を近づけた。

「この堅城《かたしろ》要塞の指揮官は、どんな人かな？」

「確かコルネリア、知り合いじゃなかったか？」

「ぼくの学校の先輩です。蹴鞠《フットボール》で知り合いました。この人なら——」

専門家たちの高度な会話が始まり、軍歴のない奇智彦《くしひこ》はすぐについていけなくなった。

奇智彦は何となく壁の花になって、地図台の活発な議論を遠巻きに眺めた。

咲《えみ》と愛蚕姫《めごひめ》が、同じ場所にいた。薄暗い部屋で白い服が浮いている。

愛蚕姫がつぶやく。

「カタシロの丘で、森が動く」

「あそこに森なんてありません」

愛蚕姫は謎めいてほほ笑んだ。

誰も彼もが理解できないことを言うので、奇智彦はいい加減腹が立ってきた。

助けを求め、石麿《いしまろ》を目で探す。宰相秘書官と蹴鞠《フットボール》について熱く話していた。

裏切り者め、と奇智彦は思った。

◇　◇　◇

愛蚕姫は、王宮の塔は飾りではなく人が昇れるのだ、と初めて知った。

準備の時はあっという間に過ぎ去り、すでに計画実行の期日になった。

奇智彦殿下に連れられて、業務用の昇降機《エレベーター》に乗り、塔の最上階にのぼる。

赤屋根の塔からは、夕日に染まる王都を一望できた。

すでに夕方で、西日が眩《まぶ》しい。殿下は双眼鏡を、右手だけで器用にあつかった。

愛蚕姫は、備え付けの望遠鏡を使わせてもらう。

宰相殿の命令で、街の警官が増員されている。中央広場、王都の東西の橋、大通りに、警察の乗合自動車《バス》が停まっていた。警官たちは、出動の真の理由を教えられていない。

近衛隊《このえたい》本部は、もう出動の準備をしている時刻だが、外観からは分からない。

港湾に目を向けると、海軍の兵士たちが、陸にあがって整列していた。

御崎《みさき》が王都の海へと延びている。岬《みさき》の先端には古風で堅固な離宮《りきゅう》がある。岬の根元には、現代的な空港と王都兵営がある。見事《みごと》な対比だ。夕陽をせおって、うそのように美しい。

誰もこの光景からは思わないはずだ。今夜、この街で謀反《むほん》が起こると。

愛蚕姫《めごひめ》は、殿下の様子を、ちらりと見る。

王宮の塔には、近衛隊の機関銃と狙撃兵《そげきへい》が、すでに密《ひそ》かに配置されていた。

小柄な殿下が大仰《おおぎょう》な宮廷服姿で、物々しい近衛兵《このえへい》に囲まれていると、どこか滑稽《コミカル》に見える。

ところが殿下は、軍事反乱計画の被害者であり、そしていまや首謀者だ。

そして『愛蚕姫を事故に見せかけ突き落とせ』と命じていても何もおかしくないひとだ。

一緒にいて、気の休まらない人。愛蚕姫の許嫁《いいなずけ》は、そんな人なのだ。

殿下は、近衛兵にあいさつしてから去った。

どうやら、愛蚕姫に風景を見せたかっただけらしい。

もう、陽が沈みかけていた。

すべてがうまく行けば、明日の朝日が昇るころ、謀略は完了しているはずだ。

第七幕　内乱においては勝利すら不幸だ。

Usque adeo miserum est civili vincere bello.

奇智彦《くしひこ》は、地下司令部におりて行き、作戦室の大王《だいおう》専用座席に腰かけた。

電話を掛ける。宛先は御崎《みさき》にある、海軍所有の宿泊施設だった。

一杯機嫌の稲良置《いらき》大将軍が、電話に出る。

将軍は約束通り、軍高官の会議場を、王都の真ん中の国軍司令部から、海に囲まれた郊外に変えてくれた。そこでいま、軍のお偉いさんたちは宴会中らしい。奇智彦は尋《たず》ねる。

「届けさせた酒はいかがですか」

「大変けっこうですな。腹一杯飲みました」

問題なし、という合言葉だった。

二言《ふたこと》、三言《みこと》、言葉をかわしてから、電話を切った。

地下の作戦室内を見まわす。宰相テオドラと、暗い顔の和義彦《にぎひこ》、咲《えみ》と愛蚕姫《めごひめ》。

そして地下司令部に配属の、軍人と役人と王宮職員たち。

奇智彦の自己謀反《セルフ・クーデター》の、事実上の司令部だ。奇智彦は口を開く。

「今夜未明、われらは王都を掌握します」

それから一拍おいて、全員に言葉がしみ込むのを待った。

「今夜、ラジオで緊急放送をする。近衛隊《このえたい》が関与軍人と豪族を逮捕する。海軍歩兵が、王都の軍施設を奪取する。御崎の軍幹部たちには、電話も面会も取り次がない。明日の夜明けに、ラジオで勝利宣言をする。その時にはもうすべての決着がついている」

奇智彦が、咲に目線で合図する。

小さな手持ち黒板に、咲が五人分の頭文字を書いていく。

「明日の今頃までには、はっきりしているはずだ。この五人を討《う》ち取り、我らは勝つ！」

奇智彦は、宰相テオドラに目線で合図した。

宰相が、地下司令部の職員たちに向けて、口を開く。

「この王宮地下司令部は、王国の行政機関や軍施設と直接、連絡できます。今夜の行動中、すべての命令はここから発する予定です。我々の働きにかかっています。頑張りましょう！」

何人かが、はい、と言った。

とんでもないことになってしまった。全員の顔に、そう書いてあった。

◇　◇　◇

近衛隊は二十四時間勤務で、毎日夕方に引継ぎの会議がある。本部の一室に幹部が集まり、各部署の申し送り事項を確認する。日勤の者は自宅か独身寮に帰り、夜勤の者は部署につく。

鐘宮陽火奈《かなみやのかがな》は、自分と、同心する者たちを、その日の夜勤に配置していた。

日勤の職員が帰り、夕食がすんだあとの中途半端な時間。

鐘宮は、武装した部下たちを連れて、将校用食堂に乗り込んだ。

「鐘宮少佐!?」

「なんだ、その格好は」

茶を飲んでいた将校たちが驚く。鐘宮の腹心の軍曹が、食堂の扉をすべて封鎖する。

鐘宮は目当ての人物を見つけて、敬礼する。

「通報があって、まいりました」

「お待ちしていました」

将校の一人、『役人顔』がそういった。

反乱一派の内通者で、今は奇智彦《くしひこ》殿下に内通している、例の近衛隊《このえたい》幹部だ。

近衛隊内部の反乱関係者を、知っているかぎり集める手はずになっていた。

「ここにいる方々で、間違いありませんか」

「さっき一人、便所《トイレ》に立って」

「分かりました！　軍曹ッ、行け！　走れ！」

「おい、待て。いったい何が」

軍曹たちが便所に駆《か》け出し、不満な将校たちが立ち上がろうとする。

鐘宮は、拳銃を抜いた。食堂の空気がとたんに、すっと冷える。

「重大な告発がありました。まことに申し訳ないが全員、この場で身柄を拘束します」

鐘宮は、反乱一派の息のかかった近衛兵《このえへい》たちを隔離した後、車両や弾薬等を手配させた。自分《おのれ》の信頼する近衛兵たちと、慌ただしく最後の打ち合わせをする。

「新しい名簿《リスト》の要点は呑み込んだな。部下たちにも徹底させろ。こいつは何があっても生かして逮捕しろ。こいつは逃がすくらいなら殺せ。こいつはどっちでもいい」

その間に、近衛隊の非常呼集がなされた。

近衛兵たちが武器を手に、中庭にずらり整列する。

近衛隊の貨物自動車《トラック》、装甲車、囚人輸送車が並び、前照灯を光らせている。

鐘宮は、彼らの前、演台に立った。

ぐっと、胸をそらす。

「諸君！　我々は政府の命令で、『秩序維持のための必要な行動』をとる。総員乗車！」

◇　◇　◇

石麿《いしまろ》は、殿下の手勢《てぜい》『翼守兵団』の訓練を手伝ったり、隊長であるコルネリア中尉と蹴鞠《フットボール》の話をしたりしている内に、いつの間にかコルネリア隊長の助手役になっていた。

石磨《いしまろ》は褐色の戦闘服を着て、隊長が謎の伝手《つて》で入手した迷彩《めいさい》外衣をまとっていた。

早朝でまだ薄暗い。兵団の暮らす社員寮には、専売公社の貨物車《トラック》や乗合車《バス》が待機している。

車体に『専売公社』と大きく書いてあり、出動というより団体旅行みたいだ。

「石磨さん、本当に行くんですか」

「行くよ！」

隊員たちがしきりに聞いてくるので、石磨は毎回そう答えた。

中庭に、五〇人ちょっとの隊員が、ごちゃっと集まっていた。

実戦経験のある隊員がほぼいないため、一応は戦場帰りの石磨を、みんなが頼るのだ。

最初はすこし気分が良かったが、ずっと頼られると、こっちも不安になるやら自信がなくなってくるやらで、早く出動して欲しいという思いが強まって来た。

隊員たちは不安に加え、慣れない夜更かしで眠そうだ。何人かは地面に横になっていた。

石磨はそのたびに引っ張り起して、車が走って危ないところで寝るな、と教える。

「いやあ、石磨さんは物を知ってるなあ」

「やっぱり違うなあ」

隊員たちが尊敬してくれるので、石磨は少しうれしかった。

しかし石磨は、生まれて初めて、賢い人たちの責任と孤独を知ることにもなった。

その時、人垣の向こうで空気がざわめく。石磨はピンときた。

「隊長！」

人の波が自然と割れる。

野戦服姿だ。空挺《くうてい》部隊の徽章《バッジ》をつけている。すべてがきっちりとしている。

前照灯《ヘッドライト》に照らされ、周囲の景色から浮き上がっている。

帝国風の容姿と金髪が相まって、隊長は何時《いつ》でもどこか違う場所の人に見える。

外国の飛行機から落下傘《パラシュート》で降り、今ここに立った。いつでもそんな風にみえるのだ。

「諸君！」

コルネリア隊長が、口を開いた。

何を言うかと、みんな耳をそばだてる。

「行くぞぉっ！」

隊長はそう言って、乗合車《バス》を指さし、まっさきに飛び乗った。

「うぉおお!!」

隊員たちは、気勢を上げた。

皆が同じ車に群がるので、石磨たちが必死に割って入り、お前はこっちに乗れと指図した。

◇　◇　◇

石磨《いしまろ》たち兵団に割り当てられた任務は、単純明快だった。

王都空港を確保し、特別な許可のない航空機は一切、離着陸させないこと。

石磨たちは車両に分乗して、郊外にある空港を目指し、夜の王都を走った。

見慣れているはずの街が、まったく違う場所に見える。

しかし、あまり眺めている余裕はなかった。石磨が運転役だからだ。

兵団には運転経験者もまた少なかった。慣れない大型貨物車《トラック》をなんとか御《ぎょ》す。

とつぜん、前の車が減速して、石磨は急停車する。車内で隊員たちが驚く。

「石磨さん、何ですか」

何事かと、前方の十字路に目を凝《こ》らすと、近衛隊《このえたい》の警報《サイレン》が聞こえてきた。

夜の道路を、近衛隊の車列がすごい速度で横切っていった。すぐに去る。

「大丈夫、味方だ」

隊員にそういって、また運転にもどった。

王都の西の川にかかる橋は、もう味方の警官隊が確保していた。車両で道を塞《ふさ》いである。

西の橋を越えると、市街地はすぐに終わった。

周囲はのどかな野原と田畑だ。舗装道路のわきに、電信柱がどこまでも並ぶ。

北は海。離宮《りきゅう》のある岬《みさき》が見える。前方には陸軍の兵営と、目指す空港がある。

南は潮風のきついやせた平地《へいち》で、わずかな農家と羊飼いが暮らす。砂利道《じゃりみち》が南へ分岐し、やがて川の支流に突き当たる。そこにかかる木の橋が、支流を車で渡れる唯一の道だ。

空港の管制塔が、遠目に見えてきた。

夜明け前から畑で働く者たちが、車列の音を聞きつけ、何だろうとこちらを眺めている。

その時、車載ラジオの音楽が、何の前触れもなく途切れた。ふつふつ、という雑音。

石磨は、はっとして耳を澄《す》ます。始まったか？

電波が悪い、音が途切れる。片手で周波数をいじる。

急に鮮明になる。放送朗読員《アナウンサー》の落ち着いた声。

『……国家の安全に関する深刻な懸念《けねん》に基づき、女王陛下ならびに摂政《せっしょう》殿下は、本日朝四時をもって、行政府を長とする独裁官委員会《ディクタートル》の設置を命ぜられました……』

「始まった……」

石磨が緊迫してつぶやくと、助手席の隊員がびっくりした。

「まだ、始まってなかったんですか？」

『……独裁官委員会は次のような声明を発表しました。予測される最悪の事態に備えるため、国軍および近衛隊内の信頼の置ける部隊に出動を命じた……』

遠くの丘の上で、羊飼いが草を食《は》ませていた。

あの者は、いつ知るのだろう。内乱がすでに始まっていると。

突然、前を走る車両から合図が来た。窓からこぶしを出し、上に二回、突き上げる。

「よし、行くぞ、皆！」

石麿《いしまろ》は気合を入れ、後ろの車両に合図を送ってから、ハンドルを大きく切った。

車列が分かれる。コルネリアが率いる本隊は直進し、空港と、空軍施設を目指す。

石麿たち二台は、枝道へ折れて管制塔へ走った。職員用の駐車場に乗り入れる。

念のために消防斧《しょうぼうおの》と工具も用意してきたが、ろくに施錠されていなかった。

貨物車《トラック》から、武装した隊員たちが次々降りる。

空軍の若い警備兵がひとり、唖然《あぜん》とした様子でそれを観ていた。

王都空港は、空軍基地でもあり、航空管制や警備は軍がやる。石麿たちが行くと、警備兵はヘドモドして、すぐに鍵束と銃をこちらに渡した。話は早いが、頼りない。

石麿は、運転できる隊員に貨物車《トラック》を任せて、管制塔に押し入った。

昇降機《エレベーター》は止めて、階段を何度も折り返して昇る。肌寒く、誰もいない。やがて扉が見える。

扉を押す。動かない。鍵がかかっている。鍵束を急いで探る。

「誰だよ、そこにいるの」

扉が内側から解錠されて、怪訝《けげん》そうな管制官が顔を出した。

「え、あんたら誰!?」

「行けえ、前へ！　突っ込め！」

石磨がとっさに命じて、兵団は管制塔の中枢になだれ込んだ。

管制塔の責任者らしい空軍将校が、お茶を噴きだす。石磨は勢いのままにぶつかる。

「全ての航空機は、離着陸できません。そう伝えてください！」

「そんな！　誰の権限で」

「摂政《せっしょう》殿下のご命令です！」

「ええっ！　あんた達《ら》、な、なんなの!?」

「先任！　滑走路に、侵入車両が！」

管制官の一人が指さし、責任者が滑走路に目をやる。石磨も見る。

石磨たちの二台の貨物車が、滑走路に向けて走っていた。手はず通り。

責任者は耳元の集音器《マイクロフォン》をおさえ、飛行機の操縦士《パイロット》たちに、早口の帝国語で何か指示した。

それから、石磨をにらみつける。

「お前らの仕業《しわざ》か!?」

「そうです！」

「馬鹿野郎！　滑走路に車入れるなんて正気か!?」

「すいません、こんなに怒られるなんて！」

責任者は、もっと言いたいことがありそうだったが、戸口を見てぎょっとした。

ごつい機関銃を、隊員が運び上げてきたのだ。石磨が声をかける。

「重くないか」

「重いです！」

「ようし、この窓に据《す》えよう。空港内のどこでも撃てる」

「ところで何を撃つんですか？」

「滑走路をふさぐ車両を、どけようとするやつがいたら、機関銃《これ》で撃つんだよ」

「へえ、そうなんだ」

「そうであって良いわけあるか……」

責任者が呆然《ぼうぜん》として、機関銃と隊員たちを交互に見た。

その時、館内放送用の拡声器に、電源が入った。

管制塔を含む、空港全体への館内放送だった。

女性の声。きれいな王国語と、続けて同じ内容の帝国語。コルネリア隊長の声だった。

「緊急連絡、緊急連絡！　空港内のすべての皆さんにお伝えします！　大変重要であります！必ずお聴きください！　ただいま保安上の理由で、運航に遅れが生じております。空港内のすべての皆さんは本館一階の会堂《ホール》に集合してください。治安部隊の指示に従い――」

一発の銃声もなしに、空港はこうして、奇智彦《くしひこ》殿下の支配下にはいった。

管制室の電話が鳴った。石麿《いしまろ》が出ると、相手はコルネリア隊長だった。

「石麿くん、空軍基地に、思いのほか大物がいたよ」

◇　◇　◇

「兵団より連絡！　空港および〈五人組〉の一人をおさえました！　『空軍』です！」

王宮の地下司令部で、通信員が報告すると、小さな歓声が上がった。

近衛隊《このえたい》をすぐに向かわせて身柄を引き取るように、和義彦《にぎひこ》が指示した。

「よろしいですね、殿下！」

「うん」

「かまわへんから、警察からの連絡はぜんぶ宰相《わたし》に回して。よろしいですね、殿下！」

「うん」

地下司令部の職員たちは、王宮勤《づと》めと出向中の役人、軍人が多い。当然、王宮に長く出入りしている宰相テオドラや、同じ軍人の和義彦の方が話しかけやすい。加えて、認めると腹が立つが、実際的な手続きに関して、いまの奇智彦よりこの二人の方がはるかに詳しい。

ふたりがいまや地下司令部の主役になり、奇智彦は提案通りうなずく人になっていた。

咲《えみ》が黒板に歩み寄り、〈五人組〉の名前のひとつに、線を引いて削除した。

とりあえず、これは大きな進展だ。奇智彦は自分にそう言い聞かせた。

「謀反《むほん》って難しいな。まるで人生だ。なあ、咲」

「そうですね」

大王《だいおう》専用座席には、咲《えみ》の他には、誰も近づいてくれなかった。

奇智彦《くしひこ》はむかし、世界のすべてから疎外されているような気がしたものだ。このせまい地下司令部で孤立するのは、物理的に不可能と思われたが、奇智彦はそれを成し遂げていた。

「咲、最期まで俺のそばにいてくれるか」

「もちろんです、殿下！」

咲は自分の手を、そっと奇智彦の手に重ねた。奇智彦はうなずいた。

人間の根源的な孤独をのぞけば、すべてが不思議なくらいうまく行った。

王都市民の大半は、何も気づかずに寝ていた。

交通機関と民間通信網は、すべて奇智彦の味方が遮断していた。

鐘宮《かなみや》と近衛兵《このえへい》たちは、王都に閉じ込められた被疑者たちを次々に逮捕していた。

海軍歩兵は、すでに国軍司令部と、国防省を確保していた。

〈五人組〉二人を含む軍高官らは、会議の場で呑気《のんき》に酒盛りして、今頃はたぶん寝ていた。

夜明け前に、奇智彦側の一隊が派遣される手はずだ。稲良置《いらき》将軍は〈五人組〉を糾弾して、軍の手で逮捕する。そして自《みず》ら、王都兵営に出向き、陸軍をがっちり掌握する。

「海軍歩兵から連絡！　国防省で〈五人組〉の一人を発見。『政治家』です」

通信員が報告する。和義彦《にぎひこ》がそれを聞き、小声で話しかけた。

「本人確認は取れたのかな。何故《なぜ》、こんな早朝《じかん》に国防省《そんなところ》にいるんだ」

「自分から名乗った、と。共和国軍の攻撃と思い、家族をつれて逃げ込んだそうです」

「うーん、近衛隊《このえたい》をまわす。顔を確認できる者を。それでよろしいですね、殿下」

「うん」

奇智彦はうなずく。確認が取れた後、咲は黒板の名前をもう一人分、抹消した。

すべて狙い通りに事は運ぶ。

戦場のような司令部で、何もかもがうまくはまっていく。

「警察から問い合わせです。警報《サイレン》がうるさいと、市民から苦情が」

「ラジオ局に送った部隊が、局の警備員といざこざを起こしたようです」

「軍艦〈三輪《みわ》〉から報告。『ワレ、王都湾ヲ封鎖中』」

「大丈夫や言うてるでしょう。政府は事態を掌握しています。じきに公式発表があるから」

「王宮《こっち》の命令が最優先だ。そう。誰ひとり出入り禁止。誰も通すな！」

奇智彦は、大王専用の椅子に腰かけて、喧騒をぼんやりと眺める。

王都の、王国の全権が、やすやすと自分の右手に転がりこむのをただ聞いていた。

◇　◇　◇

王宮地下司令部には、放送・収録用の部屋があり、国営放送局の職員が待機していた。

奇智彦《くしひこ》はもちろん入るのは初めてだ。

音を吸収するためだろうか、壁にまで布が敷き詰めてあって、保護房みたいだ。

放送局員が録音の手順を説明する。相手も奇智彦も緊張のあまり、かえって事務的だった。

王国全土に流す『勝利宣言』を、いまから録音するのだ。

局員は集音器《マイクロフォン》の正面、壁にならんだ電灯《ランプ》を指さす。

「黄色い灯《あか》りがついたあと、五秒後に赤灯がともります。そのあとで、お読みください」

「本放送は、何時《いつ》ごろになるだろうか」

「明日の――いえ、もう今日ですね。朝一番の報道番組《ニュース》で放送いたします、殿下」

奇智彦はうなずいた。局員たちは収録室を出ていく。

集音器《マイクロフォン》の前でひとり、原稿を左手で保持し、右手でパラパラめくる。

無音の数秒。灯りをにらむ。黄色灯がついた。

長い長い数秒がすぎる。

赤灯がつく。

奇智彦は、集音器の前で、すっ、と息を吸った。

収録が終わり、奇智彦は部屋の外に出る。局員たちと握手をかわす。

作戦室まで歩く。通路はそう長くもない。
いつでも電気灯が明るいせいで、時間の感覚が失《う》せつつあった。
作戦室に行くと、室内の全員がこちらを向き、息をのんで奇智彦を見つめた。
奇智彦も、じっと見つめ返す。誰も何も言わない。
咲《えみ》が、手持ち黒板を、赤子をとりあげる母のように掲げた。
〈五人組〉の名前が、すべて白線で抹消されていた。
「おめでとうございます、殿下。われらが君」

◇　◇　◇

愛蚕姫《めごひめ》が地上にあがると、すでに空は明るくなっていた。
通路の仕切り壁に、銃眼があった。蓋《ふた》と偽装用の絵画が外され、機関銃がすえてある。
王宮は複雑でいつも何かを隠している。人間不信の塊《かたまり》のような建物だ。
殿下は、王宮の通路の長椅子に寝そべっていた。朝日を浴びてすこし眩《まぶ》しそうだ。
そばの小卓に、小型ラジオが置いてあった。護衛の従士《とねり》がひかえていた。
そして何故《なぜ》か、例の熊《くま》・荒良女《あらめ》と、子分らしき打猿《うちざる》までいた。
愛蚕姫は、盗癖のある打猿を警戒して、反対方向から殿下に近づいた。

音でわかった。殿下が聴いているのは、昨夜から流されている緊急放送だ。

「おはようございます、殿下」

「おはようございます」

殿下はそれから、すこし考えた。

「蟬《せみ》の気分ですよ。ずっと地下だと息が詰まるから、たまに地上にあがって来る」

これは笑っていい冗談だ、と愛蚕姫《めごひめ》にもだんだん見分けがつくようになってきた。

殿下は油断のならない方だ。自分を冗談で貶《おとし》める。だが、笑った者は忘れない。

荒良女《あらめ》が、殿下に話しかける。

「汝《なれ》、ほんとにこの国の最高権力者なのか?」

「そうとも。今のところはな」

荒良女と打猿《うちざる》は、愉快に笑った。愛蚕姫は用心して笑わなかった。

それとなく、荒良女をうかがう。この熊《くま》と打猿は、何故《なぜ》か殿下になれなれしい。

やはり殿下と身体《からだ》の関係があるのだろうか。

殿下が、荒良女にいった。

「愛蚕姫さまにも教えてあげてくれ」

荒良女と打猿は、機密の塊《かたまり》である地下司令部には、さすがに入れてもらえなかった。

そこで二人は、昨夜は王宮に泊まり、早朝に王都を散策してきたと言う。すごい度胸だ。

王都は、すでに起き出していた。

「あちこちに王国語と帝国語の張り紙があって、集会禁止、出入国禁止、夜間外出禁止等と書いてある。街角の屋台で茶を飲んだ。打猿によると、店主は常連相手にぼやいていた。ラジオが急に布告と古典音楽しか流さなくなった、電話も通じない、駅も橋も通れない、と」

「店の客たちは不満そうだったか」

「もちろん」

「暴動寸前？」

「いや、そこまではまだ」

殿下はうなずいた。

「案外、平静なものだ。あちこちに兵隊が立っているが、とくにもめ事は起きてない」

それ自体がもめ事ではないのか、と愛蚕姫は思った。

殿下は右手で身体を支えて、器用に上体を起こす。

「荒良女、よく見ておいてくれよ、この後も」

「まかせろ。熊は放《ほう》っておけんのだ、こういう可哀想《かわいそう》な国の人たちを」

奇智彦《くしひこ》殿下は、思わず笑った。

本当に、困った方だ。業の深い方だ。

地下司令部でも細かい指示は他人《ひと》にまかせ、ご本人は許可だけ出して周囲を見ていた。

そして自分では、司令部で誰も話しかけてくれない、と冗談を言う。

そういう人から、本当に信頼されるのは、とても難しいことなのだ。

愛蚕姫《めごひめ》は、殿下の御顔をじっと見おろす。

顔つきは悪くないが、劣等感が顔に出ている。性欲は盛んなのに女子《おなご》を怖がる。

ご自分を利用しようとする連中しか、信用できないひとの顔だ。

愛蚕姫はこの方を愛し、愛されなくてはならない。

謀反《ここ》まで来たらもう、殿下と添い遂げるか、殺されるか、ふたつにひとつだ。

その時、殿下の顔が、さっと明るくなった。愛蚕姫もさとる。

早起きな女王・幸月姫《さちひめ》陛下が現れたのだ。

「あら、くしさま、おはようございます！」

「おはようございます、さちさま。いつもお元気ですね、こんな朝早くから」

「いま街で、大変なことが起こっていると聞きました。本当ですか!?」

「誰からそのようなことを」

「乳母《うば》からです。『何で？』と訊《き》くと、『殿下にお聞き下さい！』と怒っていました」

「おや、怒られてしまったな」

殿下は笑ってごまかした。

愛蚕姫は思った。こういう人は、いる。

たいてい、子供の頃は好かれて、思春期になると鬱陶《うっとう》しがられるのだ。

幸月姫は、やる気満々の顔で主張した。

「くしさま！　さちも何かしたいです！」

「承知しました。では、何か手配します」

「やります！　朕《ちん》、国を統《す》べる責任感が湧《わ》いてわいて仕方ないです！」

「そうですね」

幸月姫は、追ってきた乳母に抱かれるようにして、私邸に急ぎ去った。

それを見送る、奇智彦《くしひこ》殿下の背中に、愛蚕姫は言った。

「子供がお好きなんですね」

「いえ、借りた物が多すぎて、不義理を出来ないのです」

殿下は、こちらに顔を見せずに、しばらく立っていた。

◇　◇　◇

愛蚕姫は好奇心から一行《いっこう》についていった。

王宮の北棟に、殿下、幸月姫、乳母、それに王宮に帰ってきた鐘宮《かなみや》少佐が顔をそろえる。

やる気満々の幸月姫を、乳母がしっかと抱き留める。王宮付きの技師が電話機をいじる。

愛蚕姫《めごひめ》はそれらを横目にみて、そっと殿下にたずねる。

「一体何をなさるおつもりですか」

「この奇智彦《くしひこ》の手勢《てぜい》は、いま王都の西の郊外、空港に派遣中です。幸月姫《さちひめ》さまに、そこへ視察電話をかけていただきます。石麿《いしまろ》にも前もって言ってある。実害は少ないでしょう」

「空港に……」

「王都の国際空港なので外国人もいます。奇智彦《わたし》の行動の印象を良くしたい。帝国語が話せて外国風の見た目のコルネリアと石麿は適任です。まさか空軍に寝返るおそれもないですし」

愛蚕姫はうなずいたが内心で、ひそかに心配した。伝え聞く、お手勢《てぜい》の質《しつ》の低さを思うに、初の実戦に興奮して、外国人への略奪事件や暴行事件くらい起こしかねない。

電話の準備ができた。親子電話と、外部拡声器《スピーカー》が接続されていた。

通信技師が幸月姫さまに説明する。

「受話器をおとりください。自動で相手につながります。音がしたら、お話しください。会話はこの拡声器で流れますから、他の方《かた》も聞くことができます」

「そう！　ありがとう！」

幸月姫は緊張していた。ふと、思う。電話を掛けた経験は、今までに何回あるのだろう。

満座の注視のなか、幸月姫さまが受話器をとり上げる。

殿下が、素早く親子電話の受話器を取る。通話口を右手でふさぎ、耳に当てた。

電話が通じる。

「もしもし、朕《ちん》だけど」

「さちさま、ちょっと」

殿下が止めようとする間に、コルネリア中尉がしゃべった。

『きみ、どこの子？　電話ってお金がかかるんだよ。お父《とう》さんに怒られるよ？』

子供を諭すお姉さんの声だった。

姫さまは、大人に叱られた、という顔で固まった。周囲もとっさに固まった。

奇智彦殿下は右手を伸ばして、電話を切った。

その後、技師に合図して、もう一度つなげてもらった。

今度は、殿下が最初にしゃべる。

「これから、王国でいちばん偉い方が、戦況についてお尋《たず》ねになる。正直に答えてくれ」

「もしもし、さちです……」

『ひぇっ！　失礼しました、陛下！　お父さんによろしくッ！』

脳みそが混線したらしく、コルネリア中尉は、最悪のあいさつをした。

幸月姫さまが、じっと受話器に耳を澄《す》まして、たずねる。

「飛行機のところにいらっしゃるのね。様子はいかがかしら」

『空港は問題ありません。しかし、王都の西側がおかしいのです。部下を偵察に出しました』

「何がおかしいの？」

『地元の羊飼いと話したら、近くに軍隊がいる、と言うのです』

「どうしておわかりになるの？」

『川で羊に水を飲ませていたら、上流から匙《スプーン》が流れてきた、と。この目で確認いたしました。軍用携帯食料《レーション》の使い捨ての匙《さじ》です。しかし、西の川の上流に、味方の部隊はいないはず』

思いのほか本格的な話になってきて、愛蚕姫《めごひめ》は周囲を見回した。

みんな困惑している。

殿下がそっと合図した。乳母《うば》が幸月姫《さちひめ》さまを引き取り、鐘宮《かなみや》少佐が代わりに電話で話す。

「コルネリア、姫さまにお話ししたことを、もう一度くわしく――」

そのとき、扉が開かれた。

咲《えみ》だった。いつになく緊張し、瞳孔がひらいている。奇智彦《くしひこ》殿下に、素早くあゆみ寄る。

何事かと身構える殿下に、低い声でささやく。

「放送局で、機材が壊されました。『勝利放送』ができません」

空気が、氷点下まで一気に冷えた。咲は報告を続ける。

反乱一派は、放送局にも手の者を送り込んでいた。まさに奇智彦殿下と同じこと、王都制圧後に全国に向けて『勝利放送』をするために。その内通者が、放送用の機材を壊したのだ。

殿下は低い声でささやく。

「復旧は出来るのか」

「はい。修理のために、他の局から、機材を取り寄せたい、と」

「許可する、何でも持っていけ。で、『勝利放送』をできるのは何時《いつ》だ」

「どんなに急いでも、明日の夜明けごろになるようです」

殿下が何か答える前に、またも扉が開かれた。

宰相テオドラの秘書官だった。いつも宰相にいびられている気の毒な女性《ひと》だ。

地下司令部から北棟《ここ》まで全力疾走して来たらしく、息が切れていた。

「殿下……ゴホッ……ました……」

「え、なに?」

「敵の指導部……〈五人組〉の最後のひとりが……、王都を脱出していました」

◇　◇　◇

愛蚕姫は、何が大変なのか、一瞬分からなかった。

遅れて実感がわく。悪寒とともに。

咲が、秘書官に詰め寄る。

「誰を、取り逃したのですか!」

「『陸軍』の若い方です！」

愛蚕姫《めごひめ》の脳裏で、静止した映像《フィルム》がよみがえる。

『電話の男』だ。殿下を殺すために、田舎の駅に来た男たちの一人。

咲《えみ》が、秘書官に聞く。

「五人とも捕らえたはずではなかったのですか？　他の四人は確かに捕らえましたか？」

「四人は確実です！〈五人組〉の逮捕時、情報の錯綜《さくそう》で……、最後の一人のよく似た義弟を間違って逮捕していたんです。稲良置《いらき》大将軍が面通しで気付いて、地下司令部《こちら》に警告を」

「なっ、何でそんな初歩的な間違いを！」

「色々あって！　鞍練《くらなおし》空軍少将がややこしかったり、陸軍だけ二人いてややこしかったり」

鐘宮《かなみや》少佐が割《わ》って入った。

「『最後の一人』は今どこに!?」

「王都の東にいた、自分の部隊と合流しているらしい、と」

「歩三《ほさん》ですか？」

「はぁっ!?」

「王都歩兵、第三大隊ですか!?」

「そ、そうです！」

鐘宮少佐は、電話の向こうのコルネリアに手短に話した。

「堅城《かたしろ》の丘が主戦場になる、王都の東、──」

『西だ！』

コルネリアの声に、今にも地下司令部へ走ろうとした鐘宮少佐が足を止める。

『偵察班から連絡があった。王都の西に、所属不明の陸軍部隊がいる』

◇　◇　◇

石麿《いしまろ》は、丘の起伏のかげに伏せ、双眼鏡を覗《のぞ》いていた。

王都の西側、空港や兵営のある小さな平地《へいち》。その南端は、西の川の支流と、丘陵で終わる。

石麿率いる隊員五名は、支流に匙《スプーン》が流れてきたので偵察に行って来い、と言われた。

西の川の本流は、南の山地から湧き出し、北の湾へ流れていく。

支流はその途中で、さらに西寄りに分岐し、平地を横切って流れている。

匙《さじ》の出元はずっと上流、川の分岐点よりも南だと思われた。石麿たちは車で支流まで行き、渡し船で越え、徒歩で見晴らしのいい丘まで来た。ここからは川上《かわかみ》の様子がよく見えた。

川の上流、石麿が伏せる丘より南、左右に山がせまる見通しのわるい地形。

そこに、いた。

陸軍の黄緑色《きみどりいろ》の制服。歩兵中隊だ、一〇〇人以上いる。小舟で順番に川を渡っていた。

頭数だけで兵団《こっち》の二倍以上。機関銃にくわえて、小型の大砲まで持ち込んでいる。
彼らはどうやってここに来たのだろう。
王都の南には、ろくな道も橋もない。だから軍の部隊もほとんどいない。
その時、視界の左隅で何かが動く。そちらをうかがう。
ロバだ。山道で急に暴《あば》れたのを、兵士が必死に御《ぎょ》している。
近くには大砲を部品ごとに分解して背負子《しょいこ》で人力搬送している者もいる。
彼らはロバと徒歩だけで、けもの道のような悪路を山越えして来たのだ。
石麿《いしまろ》は丘の反対側、敵から見えない側に這《は》って行った。
不安そうな隊員たちに、絶対に頭を出さないように指示してから、無線機をとる。
「あいつら、山を越えてきました」

第八幕　来た《Veni,》、見た《Vidi,》、勝った《Vici.》。

奇智彦《くしひこ》は、王宮の地下司令部に急ぎ戻った。不自由な脚がもどかしい。

地下司令部はすでに混乱状態だった。電話が鳴り響くが取る者が足りない。職員たちは喧騒のなかで声を張り上げて誰かを呼ぶ。地図台に色々な記号が書き込まれていく。

和義彦《にぎひこ》がこちらに気づいた。電報の束を持っている。

「奇智彦どの、最悪の知らせです」

「こちらにはもっと悪い知らせが」

奇智彦と鐘宮《かなみや》が、王都の西側にいる敵部隊のことを手早く説明した。

和義彦がおどろきに目を見開く。

それから鐘宮に電文を渡し、奇智彦の目をまっすぐに見て言う。

「渡津公《わだつみこう》からの急報です。大陸派遣軍の一部が、軍用飛行場を占拠《せんきょ》しました」

奇智彦はその危急度を、いまいち測りかねた。

「敵の一派ですか？」

「分かりません。いまは大陸で飛行場に立てこもっています。渡津公は大陸派遣軍に命じて、飛行場を包囲し、投降を呼びかけています。しかし、応答がないようです」

鐘宮《かなみや》が、電報の束から顔を上げた。

「和義彦《にぎひこ》さま、その飛行場の輸送機は!?　破壊したのですか!?」

「できなかった、ようだ」

鐘宮が一瞬、愕然《がくぜん》とした。

奇智彦《くしひこ》は、どうやら状況がそうとう悪いらしいと察した。

鐘宮は奇智彦に向き直り、地図台に導いた。

「大陸で軍用飛行場を占拠《せんきょ》したのは『空挺《くうてい》』です。輸送機から落下傘降下《パラシュート》できる精鋭部隊《エリート》です。大陸から王都まで、わずか三時間で飛来できる。山越えした反乱部隊と合流されたら危険です」

奇智彦は指示を求められていた。地下司令部の全員から。

もちろん奇智彦は何も分からない。そんな自分をじっとみつめていた。

◇　◇　◇

奇智彦が、和義彦と鐘宮と宰相テオドラたちの説明から、知り得たことはこうだ。

『勝利放送』ができるのは、明日の夜明け。それまで決着はつかない。

奇智彦は今から二十四時間、王都を掌握し、君臨し続けなければならない。

だが、〈五人組〉の最後の一人が、自分の部隊を率いて、王都の手薄な西側に現れた。

西側の重要施設は、広く散らばっている。王都に至る橋、空港、陸軍兵営、軍高官を隔離中の海軍施設。そのどれが反乱部隊の手に渡っても、奇智彦の勝利は揺《ゆ》らぎうる。すべてをおさえるのに十分な戦力は、無い。

宰相テオドラは目頭をもんだ。

「王国各地の豪族や軍人は、様子見をしています。奇智彦殿下にも反乱一派にも協力せんで、情報をさぐり、勝つ方に味方する構え。むかしからそういうもの。この不安定な膠着《こうちゃく》状態を打ちくずすために、全国へ向けた『勝利放送』が絶対に必要です」

「そんなに効くのか？」

「ご想像を。映画館で、とつぜん銀幕《スクリーン》が真っ暗になる。客は事情が分からず、誰も動かない。そんなとき館内放送が『そのままお待ち下さい』といえば？　全体がなんとなく従いますね」

「なるほど……」

奇智彦はうなずいた。

それから、鐘宮に尋《たず》ねる。

「鐘宮少佐……、王都の西側に、防衛線をしくのに何時間かかる」

「約……、五時間。王都も国軍も混乱中で……」

誰もが、黙った。

奇智彦をおもんぱかっているのが分かった。

空港を守らねばならない。奇智彦《くしひこ》にも、それは分かる。

空港を占拠《せんきょ》されたら『反乱一派有利、奇智彦は不利』という印象を国内外に与えてしまう。

大陸の空挺《くうてい》部隊は、王都に飛来すべく、空港占拠の報を待っているのかもしれない。

反乱部隊を、何とかせねば。

〈五人組〉最後の一人が率いる、最後の有力な反乱部隊を、誰かが足止めせねば。

いま奇智彦の手元にある部隊で、そのために動かせるのはひとつだけ。

奇智彦は、鐘宮《かなみや》に頼んで、空港まで電話してもらった。

コルネリアが出た。嫌《いや》になるほど元気な声だ。

「はい、こちら〈翼守兵団《アウクシリア》〉！」

「おれだ。反乱部隊は、王都歩兵第三大隊だ。指揮官は、反乱一派の指導者格だ。有力な歩兵大隊で、総員五〇〇名。装備もいい。そちらで見つけたのは、その行軍の先頭だろう」

「はい！」

「今から二十四時間、時間を稼がないといけない。増援は送れない」

「はい！」

「死守してくれ。すまん」

「はい、殿下！　突撃精神で頑張り抜きます！」

奇智彦は、受話器を、鐘宮にわたす。

地下司令部が、奇妙に静かだった。

奇智彦にもわかっていた。

寄せ集め部隊五〇人が、陸軍の精鋭五〇〇人と戦って、無事ですむわけがない。

奇智彦は、死地に送り出す。石磨《いしまろ》を、コルネリアを。信じてくれた隊員たちを。

目をつぶる。床を見おろす。

すまない。

◇　◇　◇

「殿下ッ！」

突然の一喝《いっかつ》に、おどろいて顔を上げる。

咲《えみ》だ。つよい瞳で、奇智彦を見ていた。

「いま、できることをしましょう！」

「出来ること……」

奇智彦は迷う。

「って、なんだ」

「殿下はもうご存じのはずです」

そういわれて奇智彦《くしひこ》は、まわりを見た。

愛蚕姫《めごひめ》がそばにいる。鐘宮《かなみや》もだ。

「殿下に敗《ま》けてもらっては、わたくしも破産です。こうなっては一蓮托生《いちれんたくしょう》ですよ」

「コルネリアは軍神です。殺そうとしたって死にませんよ」

宰相テオドラや、司令部の職員たちが忙しく立ち働いている、和義彦《にぎひこ》もだ。

石麿《いしまろ》やコルネリア、近衛兵《このえへい》に海軍兵士たちが、奇智彦のために戦っている。

奇智彦にできること。空気を、胸いっぱいに吸い込む。

「話がしたい。回線を用意してくれ」

◇　◇　◇

石麿は貨物車を運転して、空港から、南の支流へと、爆走していた。

砂利《じゃり》敷きの道路はすごく揺《ゆ》れるし、横滑りが怖い。この辺りでちゃんとした舗装道路は、西の空港へ延びる本道だけだった。ハンドルにしがみつき、暴《あば》れ馬を御《ぎょ》すようにして走る。

揺れるたびに、荷台の隊員たちが悲鳴を上げる。

南の上流、西の川と支流とが交わるあたり。道沿いに、味方の歩哨《ほしょう》が立っていた。

「合言葉は！」

石磨は、思い出そうとした。疲れで出てこない。荷台の隊員に聞く。

「なんだっけ？」

「え、なんですか？」

「合言葉だってよ」

「俺、知らねえ」

石磨は仕方なく、歩哨に尋《たず》ねた。

「合言葉、なんだっけ」

歩哨は黙った。忘れたらしい。貨物車は、なし崩しに通された。

そのとき突然、車の窓の外から呼ばれた。

「石磨くん！　石磨くん！」

「コルネリアさん！」

「隊員、ここでいい！　ここで降ろして！　車もここに置いて！」

石磨が貨物車を路肩に停めると、隊員たちが荷台から降りた。

小銃を担いで、とぼとぼと歩いていく。

その先の陣地には、大砲がでんと据《す》え付けられていた。

空港警備隊が持っていた『自走対空砲』だ。いくぶん旧式だが、重厚だった。

空軍の兵士が、不満そうに待機していた。操作要員ごと、無理に借り出したのだ。

背後から、車がどんどん来る。空港の送迎乗合車《バス》、空軍の燃料弾薬を積んだ貨物車《トラック》。石磨《いしまろ》の運転してきた車を追い越していく。いずれも兵士や物資を満載していた。

「コルネリアさん、こんなに借りて、あとで空軍から怒られませんか」

「負けたら、大砲の無断借用よりも重い罪。勝てば、殿下が何とかしてくれる。だろ？」

「そっかぁ！」

石磨は、コルネリア隊長の考えの深さに感心する。

隊長は元から元気溌溂《はつらつ》たるひとだが、戦いが始まると、輝《かがや》きをどんどん増した。戦場《ここ》にただいるだけで、誰もがヨレヨレになっていく。疲れに汚れ、不安、空腹。隊長だけが、苦難を吸収して栄養素に変えている。そう見える。

軍神。弾に当たらない運命の女。戦場においては太陽だ。

ふたりはコルネリアの専用車、空港で分捕《ぶんど》った要人送迎車《リムジン》に乗り込み、先に進んだ。

「すげえ！　車に無線電話がついているんですね！」

「石磨くん。食事とったかい？」

「いえ、忙しくて」

「こんなものでよかったら」

ざるに一杯の春蜜柑《はるみかん》を、出してくれた。石磨はありがたくかぶりつく。

甘酸《あまず》っぱい果汁が、疲れた体にしみる。

「近くの農家から買ったんだ。いい人たちだよ」

「うまいです」

「それで、空港の方は準備ができたかい？」

「あ、はい！　隊長の選んだ、なるべく信頼できる人を、守備隊に残してきました」

「それ、よそで言わないでね。他の隊員が『俺は信頼されてないのか』って思うから」

要人送迎車《リムジン》が止まる。二人は車を降りる。

そこは小さな丘だった。貧相な松の木が三本、生えていた。

徒歩で丘に登る。平地《へいち》のなかにあって見晴らしがいい。

南側のすぐ足元に、木の橋があった。砂利道《じゃりみち》につながる、車で渡れる唯一の橋。

西の川の分岐地点、本流と支流も見える。振り返ると王都も空港も、遠くに見える。

そこには、入念な『陣地』が築かれている。

コルネリアは作戦開始前から、何日もかけて塹壕《ざんごう》を掘らせていた。

石麿は、今なおつづく突貫作業を見る。空軍の兵士や、重機まで駆《か》りだされていた。

「コルネリア隊長！　なぜ、敵が南方《こちら》から来ると分かったのですか？」

「空港の西は海で、北は岬《みさき》と兵営、東は王都だから」

「それで？」

コルネリアは、きょとんとする。

「兵団《うち》が対応すべき敵が来るなら、あいているのは南だけだよ。空港の南で防御に適した場所、ここだけだよ。だから、ここに陣地を作ったんだ」

「でも、何で……、南から敵が来るとわかったんですか?」

「わからないよ。でも敵が来ないならそれで良いじゃないか。どうせ訓練で塹壕《ざんごう》は掘るんだし。敵が来たら、陣地がないと守り切れないだろ。それで掘ったんだよ」

コルネリア隊長は指揮用の壕に入った。石麿《いしまろ》も続き、そのとき気づく。

『三本松陣地』。木の板に塗料《ペンキ》で、そう書いてあった。この丘の、陣地の名前らしい。すごい丸文字だった。コルネリア隊長はとても悪筆なのだ。

兵団の幹部隊員たちがすでに集めてあった。

年配の軍人、怪我で聴力の弱い元軍人、威勢よく返事をしただけの者、脱走兵と思《おぼ》しき者。それに帝国系の容姿の隊長と、インド系らしき元兵士。石麿《いしまろ》
摂政《せっしょう》殿下の兵団は、寄せ集めもいい所だ。

しかし、石麿は気づく。いつの間にかみんな、いい顔をしていた。自分もたぶん。

殿下の種まいた誇りを、コルネリアの放つ光が育んだのだ。

無線機に張り付いていた隊員が、隊長を呼んで受話器を差し出した。

コルネリア隊長は、報告を受けてうなずき、石麿たちに言った。

「敵の先遣隊が接近中だ。全隊員、配置につけ」

◇　◇　◇

石磨は、自分に割り当てられた塹壕から、いまや戦場となった平地《へいち》を監視した。

塹壕は丘の中腹にあり、戦闘地域全体がよく見える。石磨はここの部下七人と、機関銃二丁を任せられていた。責任がどんどん重くなって、とても頼りない気持ちがした。

丘のすそには、川の支流がながれ、木の橋が架かっている。

橋の南北に、砂利道《じゃりみち》が延びる。ずっと北には、守るべき空港がある。

兵団は、橋の北側に陣地を作っていた。『三本松陣地』の丘が本部だ。丘と道沿いに、対空砲と機関銃を伏せてある。隊員たちは蛸壺《たこつぼ》にひそんでいる。邪魔な草木は、刈ってあった。

木の橋の南に、古い村の跡がある。環濠集落《かんごうしゅうらく》だ。竪穴《たてあな》住居と高床倉庫は廃墟《はいきょ》になっていた。井戸は枯れていたが、防風林らしき桑の木と、空堀《からぼり》と逆茂木《さかもぎ》は残っていた。

橋と村のずっと南側、だいぶ向こうに、砂利道をふさぐように乗合車《バス》が停めてある。

そのとき、南から自動二輪車《オートバイ》が走ってきた。側車《サイドカー》には機関銃がすえてある。

黄緑色の制服。敵の斥候兵《せっこうへい》だ。先遣隊のさらに前を走って、何があるか調べる役の兵士。

ふたりの斥候兵は、乗合車《バス》の手前で降りて、あたりを怪訝《けげん》そうに眺めた。

車体に白い塗料《ペンキ》で、でかでかと警告が書いてあった。

『今からでも遅くないから兵営に帰れ』

『親兄弟は泣いているぞ』

『あなたは、ダマされている』

同じ内容の警告看板が、近くにいくつもあった。どれも、ものすごい丸文字だ。

斥候兵《せっこうへい》は、無線機で指示を仰ぐ。ふたりとも看板から距離をとっている。怖いのだ。命令がくだったらしい。二人はじゃんけんして、負けた方が看板を一枚とった。

そのあと、ふたりは乗合車《バス》を迂回《うかい》して、村の跡まで行き、堀と廃屋をざっと調べた。石麿《いしまろ》たちの陣地とは、もう目と鼻の先だ。いつ見つかるか、気が気ではない。幸い気づかれなかった。丘は、太陽を背にしており、二人からは見えづらかったらしい。

ふたりの斥候兵は、自動二輪車に乗って、南へ戻って行った。

今回、武装した敵の姿を見たのは、これが初めてだった。

その時、いきなり声を掛けられた。

「よう、やってる?」

「あ、隊長!」

コルネリアは、壕《ごう》の中の隊員たちにあれこれ話しかけた。張りつめた空気がいくらか和らぐのを感じる。それからコルネリアは、石麿をそっと連れ出した。

「敵の先遣隊がじきに来る。ぼくの合図があるまで、絶対に発砲してはだめだ。部下たちに、話しかけたりしてあげて。怖くて撃ってしまうことがあるから」

「分かりました」

石磨はそのとき、ふと閃《ひらめ》いた。

「あの環濠集落《かんごうしゆうらく》に隊員を伏せれば、敵が橋を渡ろうとしたとき狙い撃ちにできますよ」

「兵団《うち》にそんな器用な戦い方は無理。ぼくの目の届く範囲を出たら、逃げ散ってしまうよ」

コルネリアが去った。

石磨はさっそく隊員に、『最近どう？』と聞いた。

◇　◇　◇

正午ごろに、敵の先遣隊が来た。

歩兵一個中隊、およそ一五〇人。こちらの三倍だ。

背嚢《リユツク》を背負い、徒歩で行進していた。黄緑色《きみどりいろ》の隊列が、長い蛇のように道沿いに延びる。

機関銃を担いでいる。数名は馬に乗っている。川船に乗せて、大砲までひいて来ていた。

そして背後には、もっと強力な本隊がいる。

隊列は乗合車《バス》を路肩に押しやり、警告看板を踏みつぶし、砂利道《じやりみち》を進軍してくる。

馬に乗った兵士が、先行して村の跡を調べた。木の橋を調べ、充分に頑丈か確かめる。

やがて兵士たちが歩いてきた。

山を越え、川を越えてきて、もう軍服は泥まみれなのが、はっきりと見える。

兵士たちが村の跡を越えて、防風林を越えた。

木の橋に達する。もう目の前だ。

対岸に、機関銃と大砲がすえられる。橋を渡る兵士たちを援護するためだ。

石麿《いしまろ》は緊張する。隊員たちに、撃つなよ、撃つなよ、と小声で命じる。

兵士たちは橋を渡る。誰も気づかない。

橋の下に仕掛けられた爆薬にも、砂利道《じゃりみち》の側溝に這《は》わせてある電線にも。

隊列の半分ほどが川を渡り終えたときに、橋が爆発した。

◇　◇　◇

「撃て！　撃て、撃て！」

石麿が命じる前に、機関銃は二丁とも射撃していた。轟音《ごうおん》。

コルネリア隊長は、橋の爆破を合図に全力射撃しろと命じていた。

敵兵がとつぜん、糸の切れた操り人形のように地面に倒れた。

混乱する敵部隊を、丘の機関銃と、陣地の射撃とで、十字砲火にかける。

敵の兵士たちは、すばやく散開して、道のわきに伏せた。
だがそこも別の陣地からは丸見えだ。機関銃が火を噴いて、薙《な》ぎ払う。
何人かが側溝に潜り込む。間に合わなかった者が、火線につかまり倒れる。
川船にも敵の兵士がいた。石麿たちは撃ちおろす。何人かが川面に飛び込んだ。
機関銃の弾が切れた。弾込めにもたついていたので、石麿は手伝う。
そのとき、『三本松陣地』の側《がわ》でも、爆発がおこる。
敵の大砲が川の対岸に陣取り、兵団《こちら》の陣地めがけて砲撃していた。
タタタン、タタタン、と敵の機関銃の音がする。
ぶうん、と蜂のような音がする。弾が飛んでくる怖《おそ》ろしい音だ。弾が土に跳ねる音。
石麿は機関銃を対岸に向けた。発射する。手のひらを蹴っ飛ばされるような反動。
だが、敵の大砲はこちらの射程外にいる。どうしよう。
敵の大砲のそばで、大きな爆発がおこる。やった、砲弾に当たったか!?
ちがう、兵団側の対空砲が、狙い撃ったのだ。
対空砲は巨砲だった。土煙がはれない内に、さらにもう一発、撃ち込まれる。
敵の機関銃もすぐにだまった。
石麿は、すさまじいものを観ていた。

敵の先遣中隊は、川向こうまで撤退した。村の跡を接収し、空堀《からぼり》で防御する構えだ。

防風林の目隠し沿いに散兵線《さんぺいせん》を敷いて、川の兵団側《こちら》をけん制する。

コルネリア隊長が、石麿《いしまろ》の機関銃陣地の様子を見に来た。

「怖いかい？」

「怖くないです」

「向こうさんは、こっちを怖がっているよ。今ごろ、向こうの指揮官がこう言ってる。『くそ、少なくとも増強された精鋭一個中隊が守っているぞ。二〇〇人はいるな』」

石麿と隊員たちは笑った。

コルネリアも笑う。それから持ってきた無線電話を、塹壕《ざんごう》の土の床に置く。

「相手は専門家《プロ》だ。専門家は、無意味に定石を外さない。だからある程度、動きが読める」

敵が占拠《せんきょ》していた村で、いちばん高い建物は、高床倉庫だ。

いま、その屋根に、見張り役の敵兵がのぼっていた。

敵兵は気づいていない。高床倉庫に詰め込まれた、爆薬と砲弾に。

コルネリア隊長は、要人送迎車《リムジン》から外してきた無線電話と、蓄電池《バッテリー》を接続する。

「やっぱり、ここからが一番、よく見える」

「その電話で、起爆するんですか」

「そうだよ。無線式って便利だね」

隊長は番号を回して、耳をふさげと言った。
反応がなかった。
再度、番号を回す。やはり、反応がない。
石磨は、心臓をつかまれたようになる。どこか壊れたのか？　どうしよう。
コルネリア隊長は、すこし考える。
それから石磨たちに、様子を見てくる、と言った。
「信じてるから、受けとめてくれよ」
止める間もなく、コルネリア隊長は塹壕を飛び出した！
村が、爆発した。

◇　◇　◇

石磨は一時間のように感じたが、ほんの数秒のはずだ。
コルネリアは、丘のうえに身をさらし、落ち着いて双眼鏡をかまえた。
敵弾がいつ飛んでくるか分からない。石磨は必死に塹壕に呼び戻そうとした。
高床倉庫の見張り兵が、こちらを見つけて、怪訝《けげん》そうに双眼鏡に手を伸ばす。
隊長が撃たれてしまう、死ぬ。石磨はそう思った。

爆発が起きたのは、そのときだった。

高床倉庫の屋根が、煙を引いて、はるか天まで吹き飛ばされていく。

見張り兵は、その屋根に乗ったまま、天高くとんで視界から消えた。

倉庫の破片が、周囲に飛び散る。いや、村のすべてが四散している。

村にいた敵の兵士たちは、あれではひとたまりもあるまい。

木材が、川の対岸の、丘の陣地にまで飛んできて、重い音を立ててぶつかる。

コルネリア隊長は、爆発の瞬間に、塹壕《ざんごう》に飛び込んできた。


石麿《いしまろ》や隊員が、胴上げのように、隊長を受け止める。

それから、対岸の様子をうかがう。防風林は爆風で吹き飛ばされていた。

敵の散兵線《さんぺいせん》が丸見えだ。混乱しているところに、兵団側からの射撃が始まる。

コルネリア隊長は、ふう、と息を吐いて、落ち着いた顔でうなずく。

石麿は思わず言った。

「うまく行きましたね」

「うん。うまくいった」

それからコルネリア隊長は、丘の陣地と川の対岸を見まわす。

「もっと資源があれば、死傷者を出さずに済むんだけど。今はこれが精いっぱい」

コルネリア隊長は、塹壕のほかの場所を見に行った。

隊員たちがささやきを交《か》わす。

「すげえ」

「ああ、すげえ」

「あんな風になりたい」

「軍神だ」

コルネリア隊長は、兵団の歓呼の声を浴びつつ、宣言した。

「この陣地は無敵だ！　かじりついてでも守るぞ！」

◇　◇　◇

相手の兵士が何名か、降伏して捕虜《ほりょ》になったらしい。

コルネリア隊長は、そう聞くや、石麿ほか数名の隊員をつれて駆《か》けた。

殺気立った隊員たちが、捕虜を取り囲み、さっそく小さな暴動みたいになっている。

「こらぁ！　僕《ぼか》ぁ、捕虜虐待は断然、許さないぞッ！　石麿いけ、突撃！」

「待てぇ！　乱暴するな！」

石麿たちが人垣につっこんで捕虜を救い出す。

陸軍の見習士官だった。まだ若い。少年だ。石麿《いしまろ》より年下かもしれない。

迷彩服《めいさいふく》姿のコルネリアが進み出て、指揮官だと名乗り、陸軍の身分証を見せる。

「空中機動軍団、第九大隊のコルネリアス大尉。いまは王都の学校勤務だ」

見習士官は驚いて、思わず上官に敬礼した。コルネリアも敬礼を返す。

それから捕虜《ほりよ》の少年は、さっぱり事情の呑み込めない顔で、口を開く。

「あ、あなたたち、正規軍じゃないのか……、のですか？　近衛隊《このえたい》でもない？」

「そうとも、謎の独立愚連隊だ。石麿くん、彼のそばを離れずに守れ。敬意を忘れるな」

「分かりました！」

捕虜の少年は、あたりを呆然《ぼうぜん》と見回した。

吹き飛んだ村の跡や、交戦のあとを、遠目にながめてつぶやく。

「一体、何で――。何が起こっているんですか？」

コルネリアは、何やらピンときた顔で、捕虜の少年を見た。

「きみは、どう聞かされているんだ？」

「首都の警備任務だと。国軍と行政府の施設を確保するように。上級司令部から、大隊にそう命令があったって。それで僕――自分たちの中隊が、先遣隊として……」

「上級司令部は、何といっていたんだね」

捕虜の少年の、言葉のせきが決壊した。

「変なんです。大隊命令は妙なのばかりだし！　ラジオも緊急放送ばかりだし。中隊長も不安そうだったし。大隊本部の人が言ってました、上級司令部もどこも応答してこないって」

「どこも、というと、ほかの中隊のことか？」

「いえ、うちの大隊の外部は、まともに応答してくれないんです。どこも。何故《なぜ》か！」

◇　◇　◇

奇智彦《くしひこ》は、地下司令部の専用席で、受話器を手に待《ま》った。

通信技師が、陸軍の長距離電話網への接続に、少し手間取っていた。

そのすきに、咲《えみ》がささやく。次の電話相手の名前と情報を。

「糟屋《かすや》。西部の軍団長。赴任してまだ一週間。王宮の晩餐会《ばんさんかい》で一度、同席」

すぐに回線がつながった。いぶかしげな、おじさんの声がする。音質はよくない。

『もしもし？　もしもし!?　そちらは誰だ？』

「味方だ」

奇智彦の声を聴いて、電話の相手は、はっと息をのむ。

『これは！　摂政《せっしょう》殿下……！』

「糟屋軍団長、就任早々、災難でしたね。そちらの状況を教えてもらいたい」

『はあ』

「いま王都で、ずいぶん大きな問題になっているだろう。そちらの考えはどうだい」

『もう……、どうしようもないですね。動くに動けず、といった状況ですね』

奇智彦《くしひこ》はこうやって、王宮の地下司令部で、半日以上も電話攻勢をかけていた。摂政《せっしょう》が健在だと、各地の軍や行政機関に喧伝《けんでん》して回ることで、けっこうな効果があった。

親子電話で会話を聞いている専任の将校が、地図にどんどん情報を書き加えていく。

奇智彦は電話の相手に、低い声で、穏やかに話す。

「昨夜、王室と政府に対する陰謀が発覚したのだ。首謀者は逮捕ずみ。陛下の命令も下《くだ》って、『武力鎮圧』で政府方針は固まった。王都近郊で残党が抵抗しているが、すぐに鎮圧できる」

『はあ……』

電話口の向こうは、あまりのことに、絶句していた。

「天の許さぬ叛逆《はんぎやく》など栄《さか》えた例《ためし》がない。命令系統を離れ、大王《だいおう》に叛《そむ》いた将校ならば、まったく謀反人《むほんにん》だ。貴方《あなた》も部下をよく掌握して、反乱軍の言葉には耳を貸さないようにしてください」

『はあ……』

「何か情報をつかんだり、必要な物があったら、この番号にかけてください。今は流言飛語が飛び交《か》っているが、事態はすぐに沈静化する。また連絡します。頑張ってください」

電話が切れた。すでに通信員は、次の回線を待機させていた。

奇智彦は水でうがいして、洗面器に吐きだす。のどが焼《や》けつく。目がくらむ。

咲《えみ》がささやく。次の電話相手の名前を。

「羽嶋《はしま》、空軍大佐。電探台《レーダー・サイト》の長。帝国の国防相の来訪時に、会っています。当時は中佐」

「羽嶋大佐？　久しぶりだね。こんな時でなんだけれど、昇進おめでとう！」

『殿下！　ご無事でしたか!?』

「無事ですよ、私は！　そちらで何か、異常は――」

そのとき鐘宮《かなみや》が、奇智彦の元に書類を持ってくる。

「殿下、コルネリアからの要請です。これが、どうしても必要だと」

奇智彦は、一枚目だけ見て、署名して返した。

鐘宮は和義彦《にぎひこ》を探して、あれこれ訴える。和義彦は困惑して、書類を見る。

「では、いま沖にいる、王都を封鎖中の艦《フネ》を……」

地下司令部は、いつの間にか、こういう体制で安定していた。

奇智彦は、さすがに疲れを自覚していた。視野が、ちらつく。

昇降機《エレベーター》につながる扉がひらいた。大きな配膳用台車が、がらがらと乗り入れる。

咲のイトコが、台車を押していた。ハトコが、紙皿に乗った軽食を配る。

「昼食です！　お昼ご飯でーす！」

「さあ、とって、とって！」

奇智彦《くしひこ》のところにだけ面長の侍従が来て、銀色の覆いつきの盆を置いた。

これはよくない。奇智彦は警戒する。食べ物の恨みは恐ろしい。

しかし咲《えみ》は、大丈夫、という風にうなずく。

侍従がふたを開けると、盆の上には空の皿が二つと、軽食の乗った皿があった。

「殿下、申し訳ありません。王族方には三皿以上、お出しする規則なのですが……」

「その通りだ。おれは三皿いただく権利がある」

奇智彦は、笑った。ひさびさに笑うと、すっと胸が軽くなる。

その空気が、地下司令部内に伝播《でんぱ》して、すこしだけ明るくなるのを感じた。

第九幕　一期一会

Carpe diem.

咲は殿下のおそばを離れ、イトコやハトコと共に、皿を回収して行った。

みると奇智彦殿下は、軽食にまだ手を付けてなかった。

「殿下、食べていませんよ?」

「食欲がなくて……」

「しかし、食べねば身体《からだ》がもちませんよ」

「のどを通らない。脂《あぶら》が受け付けない……」

「あんなに格好良い台詞《せりふ》を言っておいて……」

そのとき愛蚕姫《めごひめ》がそっと寄って来て、援護射撃をしてくれた。

「殿下、いまはえづきながらでも食べなければ」

「二人とも、ずいぶん仲良くなったものだな。最初はあんな感じだったのに」

殿下の何気《なにげ》ない言葉に、咲はぐっと押し出す。

「当たり前です!　殿下をお支えする女ふたり、一心同体ですよ」

「殿下が失脚したら、私も咲ちゃんも道づれなのですよ。自覚してください」

殿下は、ため息をついた。

「もう一人の身体《からだ》じゃないんだな……」

「あたりまえでしょ」

咲《えみ》が言うと、殿下は軽食をもそもそと食べた。

咲と愛蚕姫《めごひめ》は台車を返しに、王宮母屋《おもや》の地下室へ行った。地下司令部から昇降機《エレベーター》でいったん地上に出て、その後、別の昇降機で地下室に降りる。王宮は構造が複雑だ。

地下の食器室《パントリー》は、厨房と食料庫に挟まれていた。

厨房はいまの時間、ほとんど人がいない。食料庫の開《あ》けっ放《ぱな》しの扉をのぞく。中は無人だ。

食料庫の扉はこれ一つで、出入りは必ず食器室を通らないといけない造りだ。

換気扇がうるさい。壁のスイッチを探して、止める。

食器室の奥まったところ、棚と棚の間の静かな場所で、二人はあれこれと話した。

殿下という船に乗り合わせた二人は、いわば運命共同体。だから互いを知らねばならない。

咲は厨房から、愛蚕姫の好きな砂糖菓子を見つけてきた。二人で分け合って食べる。

「咲ちゃん、この笛、何だと思う?」

愛蚕姫が小さな白い笛を、たもとから取り出す。

咲は、じっと観察した。はじめて見る。

「なんでしょう。犬笛ですか?」

「分からないの。殿下が、お相撲のときに吹け、助かるよ、とおっしゃって」

「吹いてみたのですか」

「いえ。なんだか、得体が知れなくて……」

ふと物音がして、咲は愛蚕姫の言葉を止めた。姫はささやく。

「なに？」

そのあと、はっきりとわかる足音がした。二人は黙った。

食器室に、二人の人間が入ってくる。

王宮で逢引《あいび》きか？

違う。そんな雰囲気ではない。声からして二人とも男性のようだった。

咲と愛蚕姫は、食器の隙間から様子をうかがう。

侵入者たちは低い声で話し合う。切れ切れに、聞こえる。

「暗号放送……一時間後に……」

「通路は、あまり広くない……」

「近衛兵《このえへい》は……」

咲は愛蚕姫と顔を合わせる。表情がこわばっている。たぶん二人とも。

明らかに、何かの謀議だ。

王宮の内部に、敵の内通者がいる。それを聞いてしまった。

ふたりは息を殺す。
愛蚕姫《めごひめ》が、咲《えみ》の手を、そっと握ってくる。咲も握り返す。
侵入者たちは、そのとき、急に話すのをやめた。
「おい、あんた、換気扇を止めたか?」
咲の背中に、すっと冷たいものが走る。
ふたりの侵入者は、黙る。
それからカチャカチャと、いそいで刃物を物色する音。
咲は考える。じっと考える。
相手はおとなの男が二人。とてもかなわない。殺される。
せまい食器室の奥。廊下への扉も、厨房への扉も、男たちがふさいでいる。
食料庫への扉は袋小路だ。この扉に飛び込んでも、どこからも逃げられない。
誰かが、咲の口をふさいだ。身体《からだ》が固まる。
愛蚕姫だ。棚から失敬した茶匙《ティー・スプーン》を、咲に見せる。
咲は意を察し、うなずく。愛蚕姫の耳もとで、そっとつぶやく。
「私は右の扉に走る。あなたはまっすぐ走って」
愛蚕姫は返事がわりに、咲の手を強く握った。痛いほどに。
棚越しに、愛蚕姫は茶匙を投げる。咲と愛蚕姫の隠れ場所より、さらに奥に。

食器室の一番奥で、ちりん、と金属音がした。
侵入者ふたりが、息をのむのが伝わって来た。
侵入者二人組が、食器室の奥へ、警戒しながら忍び寄る。
咲《えみ》は、愛蚕姫《めごひめ》が全身真っ白で、暗闇でとても目立つことに今さら気づいた。
せめて覆いかぶさって、少しでも隠そうとする。
一人分の足音が、近づいてくる。咲は息をころす。
まずい。片方は、入り口のそばにのこったらしい。
足音が、背後に去る。周囲を調べている。
「走って！」
咲と愛蚕姫は、だっと、入り口に向けて駆《か》け出す。
入り口側で、一人が待っている。
咲は先を走って、ぱっと横に飛ぶ。右手の扉に駆け込む。
待ち構えていた一人は、とっさに、咲を追いかけようとする。
その隙間を、白い影が駆け抜けた。廊下に出る。
咲は目の端にそれを確認して、扉を閉める。掛け金を閉めた。
食料庫の扉に。行き止まりの部屋の、ただ一つの扉に。
侵入者の一人が、扉をたたく。

「出てきなさい、そこは行き止まりだ！」

「もう一人が逃げた！　白い女が、廊下に！」

「なに⁉」

一人が走り去るのが、音でわかった。

これで良い。咲はそう思った。

咲は、食料庫に閉じ込められた。

しかし、咲が囮《おとり》になって、愛蚕姫は逃げられた。

扉は頑丈で、鍵もかかる。時間は稼げる。

何かの足しに、食料庫にあった謎の金属棒を持ち出し、扉のつっかい棒にする。

愛蚕姫が昇降機《エレベーター》まで逃げ切れれば、助けはすぐに来る。

逃げきれなくても、咲と愛蚕姫がいなくなれば、怪しんで誰かが来る。

咲は、それまで生きのびる。何としてでも。

そのとき、くぐもった銃声がして、掛け金が吹き飛ばされた。

◇　◇　◇

咲は、追っ手が王宮内で、拳銃を撃つところまでは想定していなかった。

掛け金が壊され、扉が体当たりで揺《ゆ》れる。つっかい棒が揺れる。

咲《えみ》はせめて武器をさがす。

金属の皿が積まれている。棚から腸詰《ソーセージ》がぶら下がり、乳酪《チーズ》の塊《かたまり》が置いてある。

食料庫に武器などあるはずもない。食器室から包丁か何か持って来るんだった。

隠れ場所をさがして、とっさに、積み上げられた米俵の裏に隠れ込む。

扉が破られた。

追っ手は、慎重に部屋に入った。用心して、部屋の奥までは来ない。

「出てきなさい！」

咲は息を殺したが、大して広くない。すぐに見つかる。

手をつかまれて、引っ張られる。引かれるままに立ち上がる。

追っ手の男は、息をのんだ。

「あんた摂政《せっしょう》殿下の……。くそ、まだ子供じゃねえか」

「あなたは」

咲は、男の顔を見た。記憶にない。声も、記憶にない。

作業着姿だった。王宮付きの技師の一人だろうか。

「気の毒だが、恨みっこなしだぜ」

追っ手の男は、咲の侍女服の襟をつかむ。拳銃を手に取る。

咲は、相手の目をじっと見た。

目が合っている間は、なかなか撃てないものだ、と聞いたことがあった。

追っ手の男も、しばらくためらっていた。

それから、咲の服の襟をつかんで、咲を壁にむけて立たせた。

咲は、唐突にやって来た人生の終わりを、無心に観察していた。

銃声がした。

◇　◇　◇

銃弾は、咲の頭をそれ、侍女服の白い頭飾を吹き飛ばした。

「エミ！　伏せてろォッ！」

荒良女《あらめ》は、低い姿勢から、追っ手の男に組み付いた。

すさまじい格闘戦が始まる。拳銃が暴発する。咲は床に伏せる。

「荒良女、どうして」

「こっち！　咲ちゃん、こっち！」

愛蚕姫《めごひめ》が、食料庫の扉の向こう、食器室から手招きしていた。

咲は這《は》うようにして、そちらに行った。今さら腰が抜けている。

愛蚕姫《めごひめ》と抱き合う。姫はその手に、白い小さな笛を持っていた。

「笛を吹いたら、あの熊《くま》がきて……」

「うん」

「お皿を投げて、拳銃をそらしたの」

「うん、うん」

そういってから、咲《えみ》は唐突に思い出す。

「もう一人は？　愛蚕姫さんを追ったやつは？」

「昇降機《エレベーター》で撒《ま》けたの。また降りてきたら、もういなかったの」

じゃあ、まだ無事という事だ。その辺にいる。咲は叫ぶ。

「荒良女《あらめ》！　もう一人いる！　敵の仲間がいる！」

ほとんど同時に、背後の食器室の扉に、拳銃を持った手を見つける。

食器室の入り口から、男の手が伸びている。拳銃を、食料庫の入り口に向けている。

荒良女を撃つ気だ。

きゃっ、と叫んで、愛蚕姫は咲を引っ張り、床に伏せた。

銃声が、何度か響いた。

一日に二度も頭越しに銃を撃たれて、咲は生きた心地がしない。

食器室《ここ》は銃弾を防げる壁がない。撃たれたらひとたまりもない。

「エミ、メゴヒメ、無事か!?」

「無事よ！　そっちは!?」

愛蚕姫さまが言う。

「我《われ》も無事だ！　追っ手は死んだ。味方の弾に当たった」

敵が発砲する。荒良女の隠れている壁に、弾が撃ち込まれる。

「エミ、食料庫に走れ！　援護する！」

咲と愛蚕姫は、お互いがお互いを引っ張るようにして、食料庫の扉を再びくぐった。

荒良女は、追っ手の拳銃を奪っていた。咲たちの頭越しに、扉の外を撃つ。

駆《か》け込んだ咲たちをむんずとつかんで、部屋の奥、扉から離れた壁に押し付ける。

荒良女は、食料庫の壁に張り付いて、外の様子をうかがう。

そのふてぶてしさと力強さが、いまだけはこの上なく頼もしい。

「頭を低くしていろ。汝《なれ》たちが死んだら、クシヒコが何をするか分からん」

「その拳銃は、追っ手の？」

「ああ、そこにいる」

作業着の男は、部屋の真ん中で死んでいた。腹を撃たれたらしい。悶絶《もんぜつ》する格好だった。

咲は、思わず死体から遠ざかろうと、壁に身を寄せ、身体《からだ》をこすりつける格好《かっこう》になる。

咲と愛蚕姫と荒良女は、これで食料庫の奥に雪隠詰《せっちんづ》めだ。

出口は、食器室の入り口、銃を持った敵の方にしかない。

しかし荒良女《あらめ》は、とても落ち着いた声でささやく。

「向こうの弾はあと二発だ。撃ちきるか、弾込めを始めたら、熊《くま》が突っ込んで勝負をつける。なるべく膠着《こうちゃく》状態を長引かせるぞ。じきに近衛兵《このえへい》と打猿《うちざる》と山伏《やまぶし》の集団が駆《か》けつけてくる」

咲《えみ》は、その中でも、近衛兵がいちばん早く来てくれるように祈った。

しばらくして、錫杖《しゃくじょう》をもった人が集団で駆けるような金属音がした。

扉の外の追っ手は、見えない。

もう逃げたのか、まだいるのか、確かめようがない。

扉の外で、かん高い、ガラの悪い声がする。打猿だ。

「おい、何だァ、あいつ！　逃げたぞ、追っかけろ！」

「気をつけろ！　拳銃を持っているぞ！」

荒良女が警告する。打猿は追いかけなかった。

◇　◇　◇

奇智彦《くしひこ》は、地下司令部の一室で、事の顚末《てんまつ》を聞いた。

疲れた様子の咲と愛蚕姫《めごひめ》。荒良女、鐘宮《かなみや》少佐、それに宰相テオドラに和義彦《にぎひこ》。

荒良女が、つぶやく。

「まさか王宮にまで内通者がいるとはな」

「俺の落ち度だ。十分考えられることだった」

発起人が兄王《あにおう》なのだから、王室の忠臣でも、反乱計画に参加していておかしくない。

奇智彦は、鐘宮にたずねる。

「死んだ『作業着の男』は、何者だ」

「王宮の技師でした。ラジオ放送の担当者です。会話の内容からして、王都の豪族私兵に、暗号放送で取り決めてあった符丁を伝え、王宮に引き込もうとしたのではないか、と」

「逃げた方の男は？」

「王宮職員のうち、誰か、としか……」

王宮のどこかに隠し通路がある。そこから豪族の私兵が乗り込んで来る。

奇智彦は、宰相テオドラをうかがう。

「宰相どのは王宮の構造にお詳しい。秘密の隠し通路に、心当たりは？」

「王宮は罠だらけです。私もすべては知らへんのです。鐘宮少佐、警備状況は？」

「信用できる部下は限られています。広い王宮をすべては見張れません」

皆、深刻に黙る。うなる。

荒良女が、全員の顔を順々に見た。鐘宮に話しかける。

「王宮職員の誰が、逃げた内通者でもおかしくないのだな。近衛兵《このえへい》は信頼できるか?」

「『役人顔』が知っていた内通者は、すでに隔離ずみだ。今のところ問題は起こっていない」

愛蚕姫《めごひめ》がそれを聞いて、つぶやく。

「あるいは潜伏して、待っているのかも。隠し通路から乗り込んでくる豪族私兵を……」

全員が、黙り込む。十分にありえる。

和義彦《にぎひこ》が、宰相テオドラに、ひいては全員に話しかける。

「王都の西に、まだ敵部隊がいます。いま王宮で騒動が起こるのは、非常にまずい」

誰も返事をしなかった。

鐘宮《かなみや》が、奇智彦《くしひこ》の方を向いた。

「殿下、ここは、いったん王宮から退避されては。近衛隊《このえたい》の本部へ……」

「それは」

「駄目だ」

和義彦と奇智彦の声が、かぶさる。奇智彦は言った。

「王宮は、大王《だいおう》の権威の象徴だ。摂政《おれ》が王宮《ここ》から逃げ出すと『秩序』が壊れてしまう」

とはいえ、ほかにいい案もない。

そのとき、愛蚕姫がちょこんと手をあげた。

全員が見る。奇智彦が代表してたずねる。

「なにか、いいお考えが？」

「これをごらんください」

愛蚕姫はたもとから手布《ハンカチ》を取り出した。何か包んである。

小さな木くずだった。木の削りかけの一片だ。

「撃たれた『作業着の男』、放送技師の服に、これがついていました」

◇　◇　◇

そろそろ日が傾いているが、まだまだ明るい。

丘の陣地に、敵の親玉がやってくる。部下にたずねる。

『敵の動きは』

『補給の大型車両がしきりに来ます。こちらの射程内には入りませんでした』

十七時を決して、敵は総攻めを決心している。

いま丘の陣地を攻略しないと、明るいうちに王都に入れないからだ。

敵の親玉は、コルネリアたち兵団が、弱兵だとすでに見破っている。

最初の強烈な一撃で、混乱した部隊を立て直し、状況をつかむのに時間をくった。

だが、よく考えてみれば兵団は、陣地にこもって撃ちまくることしかしていない。

『そんなに頭数は居ない。押して落とせば終わりだ』

敵は大砲や機関銃を、できるかぎり集める。地ならしの砲撃が始まる。


──というようなことを、貨物車《トラック》の助手席に座るコルネリアが、運転席の石磨《いしまろ》に語った。

石磨たち兵団は車両に分乗し、空港を目指して一目散に逃げていた。

丘を捨て陣地を捨て、運びきれない装備は破壊してきた。

背後の、丘の陣地に対し、ズン、ズンと敵の砲撃が続いている。

石磨は貨物車《トラック》を運転しながら、助手席のコルネリアに尋《たず》ねた。

「いいんですか？　逃げちゃって？」

「いいよ。敵は明日の朝には消え去るから」

「はあ？」

「捕虜《ほりよ》の話を聞いて確信が持てた。反乱部隊は親玉以外、指揮官級《クラス》すら何《なん》にも事情を知らない。『王都を警備しろ』という上官の命令を正しいものと信じて、誠心誠意活動しているだけだ。中には、行きがかりや義理上から付き合っている奴もいるかも。部下をよく掌握している」

「それで、なんで明日の朝に？」

「翌朝、奇智彦《くしひこ》殿下が『勝利放送』をする。それでケリがつく。敵部隊は、自分たちが反乱に加担したと知った後で、戦い続ける力はない。親玉がやる気でも、勝手に降伏してしまうよ。

ぼくたちはそれまで時間を稼ぐ。そのためなら丘も陣地もくれてやる」

砂利道《じゃりみち》で車体が横滑りし、二人はすこし黙った。

石麿は、コルネリアに尋ねる。

「それで、あの丘の陣地、放棄していいんですか」

「うん。もう王都の西の入り口は、近衛隊《このえたい》と海軍歩兵が固めたから」

「え、そうなんですか!?」

いつの間に!?

「あんな急ごしらえの陣地を守っても、被害が増えるだけだよ。王都を固め、丘はさっぱりと放棄して、ぼくたちは空港へ向かう。後はもう、かじりついてでも空港を守るぞ」

「もし空港を守り切れなかったら、滑走路を爆破するんですね。公社から借りた発破《はっぱ》で」

「うん。でもそれ、よそで言わないでね、隊員が身を入れて戦わなくなるから」

石麿とコルネリアは専売公社の名簿を調べて、鉱山技師の住所と、爆薬の保管場所をあらかじめ調べてあった。今朝がた押し入って、黙って借りてきたのだ。

コルネリアは比較的信頼できる者を選んで、空港の番を任せていた。合図があったら、すぐに滑走路の数カ所を爆破し、飛行機の離着陸を不可能にするように指示してある。

「でも、いいんですか、そんなことして」

「いいんだよ」

「でも滑走路が壊れたら、空港が困りますよ。空軍基地も」

「空港は他にもあるけど、王都はひとつしかないよ。王都の安全の方が大事」

コルネリアは、迷いなく言い切った。

「ぼくらは空港を守る、山越えしてきた反乱部隊の手から。空港《あそこ》をとられると、敵の空挺《くうてい》部隊が飛来するかもしれない。だから、もしものときは空港自体を使えないようにする」

「しかし、敵の空挺部隊が落下傘《パラシュート》で降りてきたら、滑走路はいりませんよ」

「王都の街中には降下できないんだ、建物にぶつかって死んでしまう」

「この平地《へいち》の、野原に降りてきたら?」

「平地《ここ》は遮《さえぎ》るものが何もない。ぼくなら車で急いで空港に戻り、機関銃と対空砲で撃つよ。かわいそうな降下兵は鴨撃《かもう》ちにされる。相手も専門家《プロ》だからそれは判《わか》っている。戦いの焦点は、滑走路の奪い合いだ。奪われるくらいなら壊してやるよ、ぼくは」

「最初から爆破して、壊したら駄目なんですか?」

「敵が空港占拠《くうこうせんきょ》をあきらめて、予測不可能な場所に向かうと困るだろ」

「な、なるほど……」

石麿《いしまろ》は感心した。なにを聞いても、すばやく答えが返ってくる。

コルネリアは座席のうえで、ぐっと伸びをした。

「時間を稼ぐだけで勝てる戦いだ。時間を稼げるなら、陣地もくれてやる」

「時間に余裕がないなら、敵の親玉は、王都や空港を必死に攻めてくるんじゃ」

「そうとも。だから、手荒なことになってしまうけど……」

後部座席で、隊員がさけんだ。

「見ろ！　丘が燃えてる！」

石磨は後写鏡《バックミラー》を確認する。

丘全体が、赤く燃え上がっていた。暗くなりかけた空に、稜線《りょうせん》がはっきりと見える。

石磨は、助手席のコルネリア隊長に、思わず言った。

「ほんとに燃えましたい、い、い、い！」

「石磨くんたちが燃料《ガソリン》を撒《ま》いてくれたおかげだよ。ありがとね」

コルネリアは、さっきから無線機をいじっていた。

繋《つな》がったらしい。周囲の騒音に負けない大声で、話す。

「こちら兵団！　全員撤退した。そう、丘には一人もいない！　盛大にやってくれ！」

コルネリアはそれから、顔を上げて丘を見守った。

石磨も見守る。貨物車の隊員すべてが見守っている。

丘が、爆発した。

土煙が噴き上がる。丘に生えた松が、掘り返されて宙に放《ほう》り出される。

違う、噴火ではない。砲撃だ。

海の方から、ズン、と腹に響く音。

コルネリアが、無線機に声を吹き込んだ。

「当たってる！　このまま撃って、撃って！　海軍さんに、ありがとうって言っといて」

石磨《いしまろ》は、その光景を目に焼き付ける。

暗くなりかけた空を背後に、丘が明るく燃えている。

さっきまでいた丘が、噴火している。土砂を岩を噴き上げている。

昼と夜の境目が、地獄に通じた。そんな風に見えた。

コルネリア隊長は、そんな感傷には縁がなかった。

「海軍さんの艦砲射撃《かんぽうしゃげき》だ。摂政《せっしょう》殿下にお頼みして、味方の軍艦にあの丘を砲撃してもらった。やっぱり大して当たってないな。よかった」

コルネリア隊長は助手席に座って、運転席の石磨に言う。

夕陽の逆光になって、石磨の目には、その表情《かお》はよく見えなかった。

「艦砲射撃《これ》で、敵を足止めできる。時間を稼げる。隠し玉はこれで尽きた。ぼくたちは全力で空港にこもる。決定的に重要な十二時間、敵部隊を野原にくぎ付けにしていたら、勝利だ」

◇　◇　◇

王宮に侵入をはかったのは、ある豪族の私兵隊だった。

昨夜の一斉逮捕をのがれた関与豪族が、王都在住の縁者をかき集めたらしい混成集団だ。

彼らは暗くせまい、産道のような隧道《トンネル》をのぼる。行きはよいよい帰りは恐い。

先頭の者が、出口の重い扉を、力を込めて押し開ける。

そこは王宮神殿だ。

王宮でも、ごく一部の者しか知らない、遺体を運ぶための専用昇降機《エレベーター》。

王族が死んだときにしか開かない地下通路。

兄王《あにおう》陛下が死んだばかりの、今だけは生きている交通手段。

鐘宮《かなみや》たちはその出口、王宮神殿の一室で、待ちかまえていた。鐘宮は叫ぶ。

「近衛隊《このえたい》だ！　武器を捨てろ！」

先頭の者が、びくりと止まる。拳銃を持った、まだ若い男だ。鐘宮側《こちら》を呆然《ぼうぜん》と見る。

鐘宮と部下たちは、昇降機の扉の前に、機関銃をすえて待ち伏せていた。

鐘宮は、先頭の男に拳銃を向けて警告する。

「武器を捨てろ！　抵抗は無駄だ！　もう包囲しているぞ！」

そのとき、王宮の外側、地下通路の入り口のあたりで、近衛隊の呼び笛《ホイッスル》が鳴り響いた。

先頭の者は、破れかぶれになって、銃口をこちらに向けようとする。

鐘宮は、拳銃の引き金を絞る。同時に部下が、機関銃を連射した。

◇　◇　◇

奇智彦《くしひこ》は、王宮内にひびく銃声を、所在なく聞いた。

王宮の北棟が、奇智彦と愛蚕姫《めごひめ》の避難場所に選ばれた。

南の王宮神殿、銃撃戦の現場から一番遠いという、ただそれだけの理由だった。

奇智彦は大王《だいおう》の寝室の、天蓋付《てんがいつ》きの寝台に腰かけて、銃の音に耳を澄《す》ませる。

手元には護身用の拳銃が一丁。部屋には卓子《テーブル》と、椅子がひとそろい置いてある。

兄王《あにおう》が先月、ここで死んだばかりだった。

火急のときにじっとしているのは、身体《からだ》を動かすよりもつらい。

奇智彦は何かしたかった。できれば加勢して戦いたかった。しかし勿論《もちろん》、足手まといだ。

しかも、偶然の一弾で奇智彦が死んだら、すべてがおじゃんになる。

隣にすわる愛蚕姫を、元気づけたかったが、そちらにも何といっていいか分からない。

寝不足だ。頭が働かない。奇智彦は、かける言葉を探る。

「愛蚕姫さま、よくお分かりになりましたね」

「はあ」

愛蚕姫は、物思いにふけっていたところを、現実に引き戻された様子だった。

「すみません、お言葉を聞き洩《も》らしました」

「王宮神殿から侵入者が来ると、なぜ分かったのです」

「あの『作業服の男』の身体に、木くずがついていたでしょう。あれは、儀式に使う削り掛けの一部です。木の棒を何度も刃で削《そ》いだ……、ご覧になったことがあるはず」

「見たかもしれません。しかし、はっきりとは覚えていません」

「私は覚えています。これでも神殿主の一族ですから」

愛蚕姫は、論理的な口調で説明した。

「作業服の男は、電気系統の技術者だったそうですね。日常で削り掛けはつかない。王宮内のどこかを下見《したみ》したのです。王宮なら、まずは神殿。あのくらい大規模な神殿なら、搬入設備があってもおかしくない。鐘宮《かなみや》少佐たちが調べたら、案の定だった。それだけのことです」

「古いしきたりにお詳しい方だ。よく居てくださいました。これは運命では」

「信じてないくせに」

愛蚕姫の、思いのほか辛《しん》らつな言葉に、奇智彦はびっくりした。

その時、扉が叩《たた》かれた。

咲《えみ》の異父弟《おとうと》だ。まだ少年だった。奇智彦の護衛というか、使い走り役だ。

王宮神殿の大捕り物に、動ける従士《とねり》を洗いざらい投入したら、この子だけが残ったのだ。

異父弟は、銃声に浮足立っていた。頰を赤らめ、そわそわしていた。

「お許しください！　仲間の加勢に行かせてください」

「武器は持っているのか」

「む、向こうで借ります」

奇智彦《くしひこ》は、すこし考えた。それから、自分の拳銃を貸す。

「持っていきなさい」

「あっ、ありがとうございます！」

扉を開けて、走り去る。

戸口にいた面長の侍従も、もちろん拳銃を持っていた。

扉がしまると、愛蚕姫《めごひめ》はつぶやいた。

「露骨な人心掌握術ですね」

「あなたもお好きでしょう」

「他人《ひと》がするのを見ると、恥ずかしくて顔が真っ赤になりそう」

しばらく、沈黙。

愛蚕姫は、口をひらいた。

「この寝室ですか？　先の大王《だいおう》が亡くなったのは」

「ええ。そのせいで、こんな大騒動が持ち上がったのです」

「いったい何人、亡くなったのか」

「王は一人では死なないものです」

「殿下、あなたは酷《ひど》いひとですね」

「嫌いになりましたか？」

愛蚕姫は、宙を見て、頭を軽く振って、たずねた。

「先の王妃、わたしの血の繋《つな》がらない姉は……、王宮で、どんな様子でしたか」

「優しい人でしたよ。それに、お美しかった」

「先の大王さまが亡くなった後、泣いてばかりいましたか」

「まあ、そうです」

「変わらないものですね、人間って」

愛蚕姫は、白い両手に、顔をうずめるようにして、顔をもんだ。

遠慮もなにもかも、極限状態の連続で、失《う》せている。

「殿下、あなたは酷いひと。でも、酷いひとじゃないと、守れないモノがある。酷さの木漏れ日のなかで、優しさは育つ。誰かが蚕を鍋で煮殺さないと、美しい糸は織れないのです」

「含蓄のある言葉だ」

「本に載せたとき、表現が強いと言われて『手を濡らさずに魚はとれない』に変えました」

奇智彦は、ふ、と笑った。

愛蚕姫は、奇智彦に向き合う。額が触れ合うほどに。

至近距離で瞳を合わせ、心の奥をぐっと眺める。

「さあ殿下、お知りになりたいことがあるのでは？　手を濡らさねば真実《さかな》は取れませんよ」

愛蚕姫《めごひめ》は、奇智彦《くしひこ》の瞳をのぞきこむ。

奇智彦もじっと、愛蚕姫の瞳をのぞき返した。なかに何がいるのか知りたくて。

「あの青い賽子《さいころ》は……、お母上《ははうえ》の一族に伝わるものだとか」

「本物の宝です。あの海も魚も関係ない謂《いわ》れも、本物です。すべて母が遺《のこ》してくれた物。この白い髪も姿も口伝も。母の母から娘の娘へ、何代も受け継がれた宝。だから絶やしたくない」

奇智彦は、少し考えた。

「お母上も、髪が白かったのですか？」

「真っ白でした。でも髪以外は若いから、老婆役の女優みたいでした。有名な巫女《みこ》で、人相占いの名人。あちこち旅行しては占いや託宣《おつげ》をしました。不思議なお土産が、お屋敷にたくさん。王国各地の名物、外国の絵葉書。あんな旅回りの傑物は、近頃ではいません」

母への愛情と敬意が、聞く者にも伝わってくる。愛蚕姫は、家族の不幸を真っ当に悲しめる人でもあるのだろう。奇智彦は、その口調や仕草や瞳をつぶさに観察した。

「お母上のお託宣《つげ》というと、愛蚕姫さまのような……、家業のことですか？」

愛蚕姫は口をつぐんだ。それから慎重に、言葉を選ぶ。

「私の占いは経験と技術です。大抵の人がそう。でも……」

愛蚕姫は言葉を探す。寝台の上で姿勢を正し、目をつぶって座り、じっと思案する。

「でも、本物はいる。少ないけど居るのです。母は本物でした。残念ながら私は違ったけれど」

「本物、というと？」

「未来を言い当てるのです」

「当たったのですか」

「すべてご存じでした。ご自身が若くして病死することも。死後、一族が尽《ことごと》く太刀守《たちもり》に討《う》たれることも。一族の財産や屋敷や神殿が、太刀守に奪われることも。私が生きのびることも。だから母は私に、青い賽子《サイコロ》や口伝や秘伝を受け継がせたのです。ご存じでした、何もかも――」

愛蚕姫は、自分の言葉を噛《か》み締めて、遠くを眺める。すでに奇智彦に聞かせるというより、独白に近かった。異常な状況と緊張とが、愛蚕姫を饒舌《じょうぜつ》にしている。

その瞳は未来ではなく、死に絶えた過去を、亡霊を観ている。死者と生きる、白い髪の妖巫《ようふ》。

「母方の一族は、太刀守に敗れて滅亡も同然。大事な神殿も乗っ取られてしまった。この身は政略結婚の駒です。使える物はなんでも使わないと生き残れない。あの占いは確かに、すべて欺瞞《ペテン》で技術《テクニック》。すべて生きるために命がけで磨いた技――、だからもう二度と馬鹿にしないで」

奇智彦は話を聞いて、ようやく気付く。あのサイコロ占いは、奇智彦の杖と同じだ。

自分の身体《からだ》を不自由に見せるため、必要もない杖《つえ》にすがって見せるのと、同じ。

奇智彦の心に、畏敬《いけい》の念と、おのれの傲慢《ごうまん》さに対する恥が湧いてきた。

愛蚕姫《めごひめ》と距離を取り、きちんと座る。

「謝らせてください。お礼を言わせてください。あなたは素晴らしいことを教えてくれた」

愛蚕姫は一瞬、警戒する。また軽口かと。

それから、恐る恐る、向き合う。

「ぜひ、私についいて、また占ってください。今度は笑いません」

「殿下、貴方《あなた》には」

愛蚕姫は、言いかけて、迷った。

「貴方にはもう、占いは必要ありません」

「貴方が、さいころを投げたのを覚えていますか?」

「と、いうと?」

「え。いつですか?」

「荒良女《あらめ》が卓子を蹴飛ばして、出目を変えた後です」

奇智彦《くしひこ》は考える。覚えていなかった。

「特別な目が出たのですか?」

「はい。王者の目が」

愛蚕姫はまっすぐ、奇智彦と目を合わせた。

それから手を、そっと、奇智彦のふとももにのせた。

奇智彦は、その意図を読もうとした。吉凶を見分ける占い師のように。

愛蚕姫の手が、奇智彦の太ももを、撫《な》で、さすった。

奇智彦は、愛蚕姫の顔を見る。

怖《おそ》ろしいほどの真顔だ。頬も耳も、首も朱《あけ》に染まっている。

覚悟を決めた顔だ。

奇智彦も、覚悟を決めた。

この女性《ひと》がこんなにも美しいと、どうして今まで気づかなかったんだろう。

その瞬間、確かに奇智彦は忘却していた。

自分は亡き兄《あに》の寝台に腰かけていること。扉のすぐ外に護衛の侍従が居ること。王宮での銃撃戦。王都近郊でいまも続く内戦まがいの戦闘。王国の行方。

自分を好きでいてくれる女性《ひと》と、どっちが大事だ。

いきなり唇は失礼な気がしたので、白く細い首すじに、奇智彦はゆっくりと。

扉が、ドンドンと叩《たた》かれた。奇智彦は心臓が止まるかと思った。

「入れ」

ようやくそういうと、護衛の、面長の侍従が扉を開けた。

「殿下に、伝言があると――」

銃声。

面長の侍従は倒れた。
拳銃を持って扉口に立っている男。
侍従の服を着ている。いや顔に見覚えがある、侍従の一人だ。もうかなり年配だった。
面長の侍従の拳銃が、床に落ちる。銃口から、青白い硝煙が一筋もれている。
年かさの侍従は、腹に一発食らったらしい。血が流れ、荒い息をしていた。
片手で腹をおさえ、もう一方の手に拳銃を持って、寝室に入ってきた。

◇　◇　◇

愛蚕姫《めごひめ》は、頭のなかが、真っ白になった。
年かさの侍従は、扉を閉めようとした。しかし、面長の侍従の身体《からだ》がつっかえる。
その歩き方と影像《シルエット》で、記憶が不意につながる。
地下の食料庫で、追いかけてきた男。逃げたその片割れ。
「この人――」
口に出しそうになる。手がぎゅっと、強くつかまれた。奇智彦《くしひこ》殿下だった。
殿下は、年かさの侍従を観察していた。
疲れている。出血している。この傷ではもう長くないだろう。

興奮し、判断力が落ちている。拳銃の先は、床に向いている。
摂政《せっしょう》、奇智彦殿下は、口を開く。
「こんにちは。そこの椅子で話していいかな」
殿下はそういった。
年かさの侍従は、感情の削《そ》げ落ちた目で、殿下を見た。
殿下がふところから大砲を取り出しても、きっとこんなには困惑しなかった。
殿下は、ゆっくりと立ち上がった。
やや左足を引きずりながら、卓子に歩いて行った。
年かさの侍従は、何も言わない。判断がつかず、迷っている。
「案外、話してみれば分かり合えるものだ。君の言い分を、聞かせてくれ」
殿下が勝手に椅子に座ると、侍従もゆっくりと動く。
侍従は、寝台に腰かけた愛蚕姫に、目をやる。
愛蚕姫は要求を察して、小さく両手を上げ、おのれも椅子に移動する。
三人が、椅子にこしかけた。
年かさの侍従は、卓子から少し離れ、椅子に浅く座る。右手には拳銃を握っている。
左手で腹をおさえている。床に点々と、血の跡がついていた。
奇智彦殿下は、話しかける。

「見ての通り、二人だけだ。武器はない。何か、飲むかな。いける口か?」

侍従は、応えない。

殿下は、切り口を替えた。

戸口のところにうずくまっている、面長の侍従をさす。

「その者の手当てをさせてくれ。いまなら助かるかもしれない」

侍従は、応えない。

「私の身代わりに撃たれた者だ。なるべく死なせたくないのだ」

「……許嫁《いいなずけ》の、そちらの方《かた》だけ」

初めて、侍従が口をきいた。ぜいぜいと息をする。

愛蚕姫《めごひめ》は、殿下に目でうながされ、ゆっくりと立ち上がる。

倒れている侍従の方へ、そっと行く。

膝《ひざ》が震える。床を踏んでいるのか確信がない。

面長の侍従を見下《みお》ろす。手当といっても、どうすればいいのか。

殿下が、口で指南する。

「弾は貫通していますか。貫通していませんか?」

「貫通しています」

「たもとのなかの手布《ハンカチ》でも、布くずでもいい、撃たれた穴に詰めてください。強い酒で、傷口を洗ったあと、強く縛ってください」

「そんなことしたら、後で感染症とか、病気になりませんか」

「なります。しかし、いま失血死するよりはいい」

愛蚕姫は、たもとに手を入れてかき回した。

それから寝室内部に背中をむけて、面長の侍従のうえにかがみこんだ。

愛蚕姫が、面長の侍従を介抱するあいだ、誰も何もしゃべらなかった。

やがて奇智彦《くしひこ》殿下は、低い、落ち着いた声で尋《たず》ねた。

「ずっと黙っているね。何か言いたいことがあって来たのでは」

侍従は、何か言おうとした。

しかし、言葉にならない。

奇智彦殿下が、落ち着いた声でうながす。

「話を聞かせてくれ。話せばわかる。話せば、わかる」

愛蚕姫は、背中越しにうかがい、気配をさぐる。

年かさの侍従は椅子に座り、肩を上下させていた。

背中越しでも分かる。

年かさの侍従は、泣いていた。

「あなたが悪いんだ。殿下が、兄王《あにおう》陛下を殺すから――――こんな、こんなことに」

侍従は、銃を持った右手で、顔をぬぐった。
銃口がそれる。
その時を、奇智彦《くしひこ》殿下は待っていた。
「なるべく、殺すな」
毛むくじゃらの影が、扉の物陰からおどりあがった。
愛蚕姫《めごひめ》は、危うくよける。手のなかから、笛が転がる。
たもとにいれていた、熊《くま》を呼びだす『白い小さな笛』が。
荒良女《あらめ》は、地面をなめるような低さで走り、瞬く間に距離を詰める。
まるで、獲物にとびかかる熊のように。
年かさの侍従に組み付くまでは一瞬だった。銃を持つ手をねじり上げる。
苦しまぎれに放たれた一発は、壁に当たった。
荒良女はそのまま、侍従をしめ落とした。
殿下は椅子からずり下がり、頭を守って床に逃れていた。
荒良女が、引っ張り起すために手を伸ばす。
「クシヒコ、流石《さすが》に荒いぞ、熊づかいが」
「ありがとう、熊よ」
殿下は立ち上がった。

「ついでに、愛蚕姫《めごひめ》さまにも手を貸して差し上げてくれ」

◇　◇　◇

石麿《いしまろ》は、空港の管制塔で、機関銃にとりついていた。
もうすっかり夜は明けた。周囲は明るい。
コルネリア隊長が、白旗を掲げて軍使に立った。
平地《へいち》に伏せ、夜陰に紛れて寄せて来ていた反乱部隊が、今ははっきりと見える。
誰もが傷つき、よごれて、疲れ切っていた。
軍使を受けて、向こうの指揮官らしき人が出てくる。
石麿は目を凝《こ》らす。あれが大隊長だろうか。〈五人組〉の最後の一人だという。
無線機に耳を寄せる。
コルネリアの持つ送信機から、会話が聞こえる。
敵指揮官は泥まみれだった。遠目の姿と、声からすると、若い男のようだ。
『降伏か、中尉。こちらには受け入れる用意がある』
『降伏勧告に来たのはこちらのほうです、大尉』
コルネリアが言った。

その声は潑溂《はつらつ》としている。二徹したとは思えなかった。

『そちらの大隊長と、お話がしたい』

『大隊長は、戦死された』

感情の失《う》せた声で大尉は言った。〈五人組〉の最後の一人が死んだことを。

『艦砲射撃《かんぽうしゃげき》で負傷された後も、果敢に指揮を執《と》っていたが、一時間前に亡くなられた』

『残念です。優れた指揮官だったはずです。ぜひお会いしたかった』

コルネリアは、たぶん本気で言っていた。

大尉は力なく、こちらを見た。

要塞化された空港を。機関銃の銃口や、対空砲の壕《ごう》を。

『一体、君らは国軍の、どの部隊なんだ？　君たちの指揮官は誰だ』

『私たちの指揮官を、どうぞお耳に入れましょう』

合図だ。

石麿がうなずくと、管制官のおじさんが、不満そうに機器を操作した。

空港のあらゆる拡声器《スピーカー》から、ラジオ放送が流れる。

奇智彦《くしひこ》殿下の『勝利演説』が。

『勅命が発せられたのである。既に女王陛下の御命令が発せられたのである。父が子を、子が父を殺すがごとき内乱の傷は避けねばならぬ。王室の大樹は、幸月姫《さちひめ》様という果実を結んだ。

われらは新たな女王のもと、平和と富と繁栄の未来を創《つく》らねばならないのである……』
敵の兵士も、味方の隊員も、怪訝《けげん》そうに放送《それ》を聞いた。空港の人たちも。
みんなが殿下の声に耳を傾ける。理由があって居る人も、偶然に居合わせた人たちも。
ラジオの音が切り替わり、放送朗読員《アナウンサー》の声になった。
『摂政《せっしょう》、奇智彦《くしひこ》殿下のお言葉でした。引き続き、特別放送をお送りします』
石麿《いしまろ》たちが見守る中、大尉はじぶんの拳銃を、コルネリアに渡した。
敵部隊は降伏した。武装解除が進む。
「ああ、よかった。戦いが終わった」

コルネリア隊長が空港に戻ってくる。
兵団たちは、凱旋《がいせん》する将軍のように歓迎した。喝采《かっさい》の中、コルネリアは手を振る。
その人波をかき分けて、通信員が駆《か》け寄る。手を振って、隊長に何か伝えようとする。
石麿は、つけっぱなしだった無線機に耳を寄せる。
『王都の東を守る、味方の兵士たちが……』
コルネリアは、電話機に駆け寄る。受話器を耳に当てる。目をみはる。少し考える。
受話器を机においた。それから、急いで兵団をまとめようとした。
外されたままの受話器の向こうで、誰かが悲鳴のように繰り返していた。

『カタシロの丘に森ッ！　カタシロの丘に森ッ！』

終幕　生を想え《Memento vivere.》。

奇智彦《くしひこ》は、王宮北棟の窓から、あぜんとして眺めた。

堅城の丘には森があった。

まぶしい朝日を背に、軍勢が整列している。

兵士たちは、緑色の迷彩《めいさい》外衣を着ていた。車両のうえに、木の枝を乗せて偽装していた。

東国からの大軍勢が、王都郊外のカタシロの丘にいた。

いつの間にか、東の川と、鉄道橋は、すでに奪取されていた。

全ての関係者があぜんとしている。この軍を迎え撃つ兵力は、いまどこも動員できない。

東国の主・祢嶋《ねじま》 太刀守《のたちもり》は、いまや名実ともに『王国最大の権力者《キング・メイカー》』。


鐘宮《かなみや》がささやく。

「申し訳ありません、王都の西側に気をとられているうちに」

「それはいい。今はいい」

奇智彦は、必死に考えていた。

太刀守は何が欲しいのか。

真意を考える。相手の言ってほしい言葉を考える。それにすべてがかかっている。

鐘宮が部下に呼ばれて去った。奇智彦は考え続ける。視界の端に、侍女服がちらつく。

咲《えみ》が何か言いたそうに、そこに立っていた。

「殿下……」

見るとそばに、咲の異父弟《おとうと》がいた。

奇智彦から借りた拳銃を、ささげ持っている。

絶望的な表情《かお》をしていた。主《あるじ》のおそばを離れて危険にさらしてしまったのだ。

あまりの深刻な様子に、奇智彦は思わず、笑ってしまう。

奇智彦は、咲の異父弟《おとうと》にたずねた。

「怪我はないか」

「は……、はい。殿下」

「勇敢に戦ったか」

「あ……」

「戦いました！」

咲が、助け舟を出した。

奇智彦は、咲の異父弟《おとうと》の肩を、ぽんと叩《たた》く。

「よくやった。その拳銃は、そなたにさずける」

呆然《ぼうぜん》とする異父弟《おとうと》の頭を、咲《えみ》がつかんでぐっと下げた。二人はそれから足早に立ち去る。

奇智彦《くしひこ》は、つい、笑ってしまう。

純真に奇智彦を信じている。奇智彦本人よりも、よっぽど深く。

あの少年にはきっと、奇智彦は偉大な王に見えているはずだ。実物より身長も、高く見えているのかもしれない。尊敬する人物は大きく見えるものだから。

見慣れた熊《くま》の毛皮が、音もなく近づいてくる。荒良女《あらめ》だった。

「玉座争いとは、まことに七難八苦だな」

「本当だよ。命がいくつあっても足りん」

そう答えて、奇智彦は自覚する。いい具合に緊張がほぐれていた。

奇智彦は、疑問を口に出した。荒良女にというより、自分に尋《たず》ねるつもりで。

「太刀守《たちもり》は何が欲しいのだ？　『東国の主《あるじ》で十分だ』と空港で会った時に言っていた。ならば何故《なぜ》、東国に引っ込んでいないのだ？　やはり玉座が目的か？　しかしそれなら、あの軍勢で幸月姫《さちひめ》さまを擁立《ようりつ》すればいい。すぐにでも玉座は手に入るのに、何故そうしないのだ」

「確認するが、タチモリは本当に玉座が欲しいのか？」

「玉座が欲しくないのなら何故、軍勢で二度も王都を囲むのだ」

そういった拍子《ひょうし》に、奇智彦はふっと思い至った。

「玉座が欲しくないのに――、王都を囲むとしたら、それはどんな理由で？」

太刀守はあくまで東国第一の人物と仮定する。ならば何故、王都に兵を率いてやってくる？

東国に引っ込んでいればいいのに、何故そうしない。いや、できないのか？　その理由は？

自分に引き付けて考えてみる。もしも奇智彦が、大王《だいおう》にはなりたくない地方勢力だとして、
それでも王都にやってくる理由は？　答えはすぐに出た。

王都が安定しないと、お膝《ひざ》もとの東国まで不安定化するから。

「あっ」

奇智彦は考える。考える。今、はっきりとわかっている。

その思い付きを、言葉に手繰《たぐ》りよせる。そして、気づく。

「分かったかもしれない」

太刀守の求めた物が。

◇　◇　◇

堅城《かたしろ》の丘に、東部軍が整列していた。各々《おのおの》の席次と格式にあわせて。

その先頭には、太刀守がいた。

雲間から日が差し込む。涼やかで気持ちのいい朝だった。

数少ない味方の部隊と、王都の民とが、東国の軍勢を遠巻きに見守る。

奇智彦《くしひこ》は、少数の供と護衛たちを連れて、丘をのぼり、東部軍の前に進み出た。

「摂政《せっしょう》、王叔、城河公《きのかわこう》奇智彦である。女王陛下の名代として、申す」

奇智彦が告げると、東部軍は平伏した。

太刀守《たちもり》が、太い声で告げる。

「東部軍の精兵《せいへい》五〇〇〇、王都に馳《は》せ参じてございます」

「太刀守、東国の忠臣たち、大義であった。すぐに女王陛下への謁見もかなうだろう」

「ありがたき幸せ」

奇智彦は、自分で言っていて、どこか信じられない思いがした。

太刀守が欲しかったもの――金ではない。もうある。

東国の自治権でもない。それも実質、もうある。

正統性だ。

太刀守一族が、大王の名代として東部をまとめるための権威。

愛蚕姫《めごひめ》の母の実家のような、太刀守よりずっと古い一族を従えるための道具。

王室との繋《つな》がりが欲しくて、娘を王妃にした。莫大な金と労力と十何年の時間をかけて。

なのに、兄王《あにおう》は若くして、とつぜん死んだ。

それで王都が不安定化したら、東国の安定と太刀守の権威も揺《ゆ》らいでしまう。それは困る。

幼い孫娘・幸月姫《さちひめ》が女王になった。それはいい。しかし幼王では王都を守りきれない。

太刀守は、幸月姫を尊重し、王都を切り盛りできる、頼れる『同盟者』が欲しい。

軍事反乱一派を倒せるほどの者を。様々な脅威から王権を守り、安定させられる者を。

自身が孫娘の名代《みょうだい》として、王都を掌握する手もあるが、それは最後の最後の手段だ。

玉座争いは勝つか死ぬか――、そんなのに何度も関わっていたら命が危ない。

太刀守はずっと探し、見極めていたのだ。姫を託すに足る相手を。

王都を安定させられる資質。初代王の血統。東国との平和な結婚。

奇智彦が最初から持っていて、〈五人組〉には絶対に提供できないもの。

太刀守はこれでいい。

自分の孫が立派な王になるのなら、――あるいは女王になるのなら。

咲《えみ》が進み出て、奇智彦にそっと耳打ちする。

日和見《ひよりみ》していた王国各地の軍部隊が、先を争って奇智彦側についた、と。

それを告げると、兵士たちは歓声と、鬨《とき》の声をあげる。

奇智彦は、勝ったのだ。


愛蚕姫が、進み出て言った。

「天幕をしつらえています。殿下と太刀守殿は、ぜひそちらに」

奇智彦は、愛蚕姫を見た。それから、気づいた。

愛蚕姫《めごひめ》の手は震えている。白い両手を、身体《からだ》の前でじっと組んでいた。

顔色のせいか照明のせいか、いつもより白く見えた。この世を去る寸前の老女の顔だ。

この顔に、どこかで見覚えがあった。

奇智彦《くしひこ》は愛蚕姫の顔を見た。相手も見つめかえしてきた。

奇智彦はとっさに、愛蚕姫を抱き留めた。

おおうっ、と兵士たちが、どよめいた。

愛蚕姫は軽くて華奢《きやしや》だ。腰は細い、右腕一本で抱きかかえられるほどに。

皆がおどろいている。奇智彦の供たちも、太刀守《たちもり》も、腕の中の愛蚕姫も。

奇智彦は、東部軍と、王都の民を前に、朗々と宣言をした。

「私、王室の血を継ぐ者、摂政《せつしよう》・奇智彦尊《くしひこのみこと》は、太刀守の娘・愛蚕姫と婚約する。この結婚は、王国の和平の礎《いしずえ》、王都と東部の和解のあかしとなるだろう！」

再度、もっと大きい歓声が響いた。

◇　◇　◇

反乱の日から、五日目だ。

裁判はまだこれからだが、王都情勢はまず落ち着いた、と言ってよかった。

大陸戦線も混乱をおさえられた。反乱を早期に鎮圧できたので、共和国軍もこちらの混乱に乗じて攻めてくる暇がなかったらしい。軍用飛行場に立てこもった空挺《くうてい》は、武装解除した。

この日、堅城《かたしろ》の丘では、女王ご臨席の相撲大会が執《と》り行われていた。

丘では、王国軍、王都の民、東部軍が入り乱れている。

「みてろ、この熊《くま》が二連覇を達成するぞ」

「しゃらくせえ、こっちも怪物みたいなの連れてきたんだ」

和気あいあいとしたやり取りが、風に乗って聞こえてくる。

この催しは、大騒動が終わったという、事実上の儀式《セレモニー》でもあった。

太刀守《たちもり》は、孫娘である女王幸月姫《さちひめ》陛下と共に、貴賓席《きひんせき》で観覧していた。

今回の出陣の褒美として賜《たまわ》った勲章や、荘園の権利書を、周囲に見せびらかしている。

ひょっとして太刀守は、東国勢に女王との蜜月《みつげつ》を見せたくて、この大軍で来たのだろうか。

奇智彦《くしひこ》の天幕は、丘の上にあった。偉い人が、いれ替わり立ち替わりやってくる。

稲良置《いらき》大将軍は、帆布の折りたたみ椅子に、くつろいで腰かけた。

「殿下。今度は、ずいぶん危なかったですが、まあ、なんとか片が付きましたな」

「ええ、本当に。何度も死ぬかと思いました」

「玉座の生活とは、そういうものです。これからもあるでしょう。お覚悟を」

将軍の不吉な予言に、奇智彦はそっとうなずく。

それからたずねる。

「太刀守殿と、話してきたそうですね」

「ええ、旧交を温《あたた》めましたよ」

「何と仰《おつしや》っていました」

「石磨《いしまろ》はいい従士《とねり》だ。ああいう者は、大切にせねば、と」

「ええ」

「もう呼ばったのか？　とも聞かれました」

「何と答えたんですか？」

「ちゃんと答えておきましたよ」

「ちゃんと否定しましたか？」

将軍と奇智彦は、いろいろな話をした。

それから将軍は、東国勢に熱心に蹴鞠《フットボール》を説いているコルネリアを眺めた。

「あの娘、コルネリアと言ったか……」

「はい。将軍のお力ぞえで、昇進できました」

「あの空港の戦いでの、借用書や勘定《かんじょう》書きは？」

「奇智彦《わたし》のもとに届きました。莫大な額が」

「あの者を、ぜひ、お大事になさい。少々迷惑ですが、一人いると心強い。ああいう者をよく従えてこそ、殿下の御器量《きりょう》です。祖父王様が、その昔おっしゃったことだが――」

奇智彦《くしひこ》は老将軍の思い出話に、いちいちうなずく。

それから、たずねる。

「軍内部の動揺は激しいですか？」

「はい。しかし大陸戦線は、維持できるでしょう」

「今回の騒動で、失脚した軍人たちの、後任は？」

「お任せください！　わしがしっかと選びます！」

奇智彦はうなずき、それから物入《ポケット》に手を入れて、紙きれを取り出す。

将軍はそれを受け取り、読む。

「殿下、これは？」

「名簿《リスト》です。今回の騒動で功績あった軍人の。奇智彦《わたし》はこの者たちに恩義を感じている」

「なるほど。殿下、出てきましたな。王国を統《す》べる者の風格が」

将軍は笑ってひげをひねり、暗黙のうちに了承した。

「おお、これ書いたの、鐘宮《かなみや》少佐ですか？」

「和義彦《にぎひこ》殿かもしれないじゃないですか」

「いや、わしはあの娘っ子とみたな。あの顔つきは、機を見るに敏だから」

「そうなんですよ、本当に」

奇智彦は同意した。

天幕から去り際に、将軍が、今思い出したように付け加える。

「そういえば太刀守《たちもり》が、大変不満そうでしたよ」

「どこがですか」

奇智彦は顔を上げた。

将軍は、思い出そうとする。

「たしか、殿下がひげをつけていないのはなぜか、と聞かれました」

奇智彦は、話を呑みこもうとした。それから思い出す。

「あの付け髭《ひげ》ですか!?　太刀守殿が、ひげを求めた？　本当に？」

「豊かなひげは、王者の象徴ですから」

将軍は去った。

しばらく奇智彦は、天幕のなかで迷っていたが、入り口に行き、咲《えみ》に申し付けた。

「宮廷美容師《スタイリスト》に言って、ひげを持ってこさせろ」

◇　◇　◇

奇智彦は天幕で、宰相テオドラや和義彦と話した。

「いやあ、今回の騒動で、渡津公《わだつみこう》の功績は計り知れないですよ！　主君である幸月姫《さちひめ》女王への陰謀を知るや、いち早く、王都に通報してくれたのですから！」

奇智彦《くしひこ》がほめたたえると、和義彦《にぎひこ》どのは、少し困った顔でほほ笑んだ。

「お褒《ほ》めいただき、ありがたいことです。父に伝えます――」

「ええ！　真に臣下の鑑《かがみ》です！　素晴らしい忠誠心だ！　ねえ宰相どの、聞いています？」

宰相テオドラは、宙をにらんで黙っていた。

「宰相どの？」

「……はい、殿下」

宰相はニコリともしなかったが、一応、うなずきはした。

奇智彦は、盛大にうなずく。

「宰相どのも同意してくれて何より！　我々、下の者が、女王をよくお支えせねば。そうだ、渡津公はまだ、女王陛下に拝謁を許された事はないですね。どうでしょう、この機会に」

「それは、殿下……、和義彦《わたくし》が決めるわけには」

和義彦は、苦しげに逃げを打った。

そんな形で会えば、幸月姫と渡津公の上下関係が、はっきり決まってしまうからだ。

奇智彦は、大きな声で笑う。

「なに、今というわけでは無いんですから！　ねえ、宰相どの！」

　和義彦が退出するとき、奇智彦は、宰相テオドラだけを呼び止めた。

　テオドラは鉄面皮《てつめんぴ》で、再び帆布の椅子に座る。

「何でしょうか、殿下」

「渡津公の、今回の事件への関与度合いは？」

　宰相テオドラは、一瞬、言葉を選んだ。

「報告書をお読みにならはったでしょう」

「大陸で捜査したのは、大陸派遣軍の軍警察です。渡津公の手の者だ。深く関与していても、正直にそう書くはずがない。証拠も証人も、今ごろ揉《も》み消されているでしょう」

「殿下……」

　宰相テオドラは、目をつぶったまま、じっと顔を上げた。

　奇智彦は、言う。

「渡津公の腹は読めている。反乱一派に担がれて、大王《だいおう》になれる、と一瞬は思った。ところが計画はすでに軍人どもが仕切っていた。反乱が成功しても、王国を乗っ取られては意味がない。今のうちに奇智彦に通報して、恩を売っとこう。こうですよ、あの古狸《ふるだぬき》め」

「さすが、古狸の心理に、通じてはりますね」

「ひとつ間違えば、この奇智彦はいまごろ、冷たい土牢《どろう》で銃殺《じゅうさつ》を待つ身の上ですよ」

「これまた、政変の解像度が高いですね」

「同じ失敗は避けたい。何としても。意味はお分かりですね？」

渡津公《わだつみこう》は、いま地位がふわふわしているのだ。

王族の長老だ。王位継承有資格者だ。王の死のとき軍務で大陸にいた。現女王は幼年だ。

反乱一派が、渡津公に玉座簒奪《さんだつ》を持ちかけたのは、ひとつにはそのせいだろう。

そのあいまいさを、潰しておく。

「渡津公は、甥っ子の娘の臣下だと、満座にさらす。そんな席をもうけます」

「なぜ、わたくしに言わはるのです」

「協力してくれますよね」

「ええっ……」

宰相テオドラは、いやそうにうなった。

奇智彦《くしひこ》はしかし、彼女を説得できる自信があった。

宰相テオドラはすでに、誰につくか、どうやって自分の能力を売り込むかを探っている。

そして選択肢は多くないのだ。反乱鎮圧に、奇智彦側でがっつり参加してしまったから。

◇　◇　◇

堂々と入ってきた荒良女《あらめ》に、奇智彦は言った。

「今回の功績にかんがみ、荒良女を、摂政《せっしょう》の顧問に任命しよう」

「ほう、見る目があるな。担当は財務か？　それとも警察か、国防？」

「相撲担当だ！　無限につけあがりやがって、熊《くま》！」

奇智彦は、息を吐く。この熊をウロウロさせておくのは危険だ。

てきとうな官職をやって、首輪をはめておく方が良い。

荒良女は、そんなことも見通したように、ふっふ、と笑う。

「ところでクシヒコ、今回、タチモリがもらった『恩賞』だが……」

『白浜道』という荘園だ。塩産業で有名な、たいへん金になる領地だ」

奇智彦と荒良女の間で、無言の駆《か》け引きがあった。

「そんないい荘園を、よくぞ手放せたな。あの金欠ぶりで」

「王室財産から出した。今回は王室の出費として、摂政《おれ》が正当な理由で差配できるからな」

「屋敷でエミが『これで一息つける』と言っていたぞ。専売公社の関係者、塩産業の連中が、大量に贈り物を持って来たそうだ。タチモリの縁者の奇智彦に、口利きを願って……」

「向こうが送ってくるから、もらっているだけだ。この奇智彦にやましい所は一切ないぞ」

「むうん」

荒良女はうなり、腕を組んだ。

それから気づく。天幕のある部分が、二重になっている。

荒良女《あらめ》がそこを押すと、武者隠しの空間が現れた。

「クシヒコ、これは?」

「よく気づいたな、この仕掛けに。誰かを武者隠しにいれて、天幕に客を呼ぶ。奇智彦《おれ》がおもむろに出ていく。客同士の打《と》ち解けた会話をここで聞けるという、愉快な趣向で」

「汝《なれ》……、気持ち悪っ……」

「俺なりの打ち解ける方法なんだ」

「やめろ、めちゃくちゃになるぞ。人間関係も、人生も」

「ほう、熊《くま》の予言か」

「ただの必然だ」

荒良女は熊頭《くまがしら》をかぶって、外界を遮断した。

◇　◇　◇

鐘宮《かなみや》が入室してきて、熊頭にぎょっとした。

荒良女は無言のまま、出て行った。

鐘宮は、奇智彦《くしひこ》を見る。

「コルネリア大尉は、仰《おお》せの通り、おもてで待たせてありますが」

「出世を喜んでいたか？」

「はい」

「それはなによりだ」

奇智彦はうなずき、口を開く。

「本人の前では、言いにくいこともあるだろう」

鐘宮は、黙った。迷う。

奇智彦が、代わりに言い当てる。

「コルネリアを通して、国軍内部の、非主流派をたばねようとしたな」

「はい、殿下」

鐘宮は、うなずいた。

つまりこうだ。

鐘宮は、軍内部の非主流派に目をつけた。奇智彦の支持勢力に育てられないかと。

しかし、非主流派はバラバラで、指導者がいなかった。

そこで鐘宮は考えた。ならば、自前で指導者を用意できないか。

鐘宮と親しく、人を惹《ひ》きつける力に満ち、喧嘩《けんか》に強くて、考えはやや浅い人。

「コルネリアに、目を付けたのだな。ところが、うまく行かなかった」

「はい、殿下。コルネリアは、いささか野戦向きというか……」

鐘宮《かなみや》は言葉をえらんだ。

友情と真実を、両方とろうと。

「その瞬間は、いつも本気なのです。兵士たちは、そこに惹《ひ》かれます。本気だから、心を打つ。この鐘宮も、コルネリアのそこに魅了されました。あんなふうになりたいと」

鐘宮は、すこし黙った。

迷い、言葉を選び、逡巡《しゅんじゅん》する。

「コルネリアなら、非主流派を束ねて、殿下支持派を作れるのでは。そう思って、殿下の賢明さや気前の良さ、徳の高さ、情け深さを説きました。唆《そそのか》すようなことも言いました。しかし彼女は少々……、自分で話しているうちに真に受ける性質《たち》というか。気づいた時には……」

「怪文書か」

「はい、殿下。だいぶ真に受けていて……」

「俺が王国を救うと信じて、怪文書を刷っているのか？」

「いえ、そこまでは。しかし、王国と軍の近代化に、たいへん関心があると思っています」

「今でもか。実物に会ったいまでも」

「はい……」

鐘宮はじっと、天幕の床を見た。目の焦点があっていない。金縁眼鏡がずれている。

それから頭を抱え、身体《からだ》を折って膝《ひざ》のうえにくずおれた。

「私は何という事を。親友を、怪文書の世界に……！」

心の底から苦しんでいる鐘宮、その告白を、奇智彦《くしひこ》は聞いた。

もっともらしい返答をするには、あまりに込み入っている。人生が、そこにあった。

奇智彦は意識して、明るい声を出す。

「鐘宮、そう苦しむことは無い」

「殿下」

「いま国軍には怪文書が飛び交《か》っている。コルネリアの性格を見るに、鐘宮が何をせずとも、妙な思想に飛びついていたはずだ。ならば、奇智彦支持の方がマシだ。無害じゃないか」

「殿下、それは……、はい」

鐘宮は否定しようとして、否定できず、うなずいた。

奇智彦は、その様子をじっと見る。

いける、と踏む。

「そこで、どうだろう。コルネリアを、国軍からしばらく避難させないか」

「と、おっしゃると？」

「コルネリアの事だ。怪文書からしばらく遠ざけたら、奇智彦《お》への《れ》尊崇《そんすう》もすぐに薄れるはず。国軍が落ち着くまでの間、熱を冷ますのだ。経歴になるべく傷がつかない方法で」

「願ってもないお言葉ですが……、それは例えば、長期休暇ということですか」

「いや、暇《ひま》を与えたら余計悪化する」

奇智彦《くしひこ》は、鐘宮《かなみや》に考えを説明した。

◇　◇　◇

コルネリアが招かれて、天幕にはいって来た。鐘宮の隣に立って、礼をする。

「殿下！」

「コルネリア大尉！　昇進おめでとう！　さすがの大活躍だったな！」

「はい殿下。いやあ、同じ軍服を着たもの同士で、戦ってしまって心苦しいですよ！」

奇智彦は、コルネリアに、あれこれ話しかけた。

その受け答えから、いちいち確信する。

奇智彦は、率直に尋《たず》ねる。

「コルネリア大尉。そなたは、王国の事が、本当に好きなんだな」

「はい。故郷ですから」

迷いもてらいもなく、そう答えた。

「コルネリア大尉は、王国のために役に立ちたいのだな。何かしたいのだ。しかし、何をすればいいかは、いまいちわからないんじゃないか？」

コルネリアは、目を見開いた。

「えっ！　そこまでお解《わか》りなのですか!?」

奇智彦はうなずく。なんと、素直な人だ。

コルネリアは、東部軍の最初の王都進軍時、摂政《せっしょう》奇智彦のために駆《か》け付けた。

鐘宮の友人で、国軍の将校で、王国改良運動にかかわっていた。

熱血すぎる言動。渡来人《とらいじん》の外見。改革派将校。俗っぽさ。

複雑な背景を持ちつつも、その言動は一貫している。

素朴《そぼく》な愛国心を持った、ある種の責任感をもつ、政治的感覚《センス》は微妙な軍人だ。

素直なひとが、複雑なことに関わった結果、どんどん事情がややこしくなって行ったのだ。

奇智彦は、息を吐いて、コルネリアに言う。

「隊長。もうしばらく、兵団を預かってくれるだろうか」

「ええっ!?　陸軍に戻れないんですか？」

「まあ聞け！　聞けって！　話を聞け！」

奇智彦が、説得を試みる。

鐘宮がすばやく加勢してくれた。

「ちょっと！　コルネリア！」

「カガちゃん！　こんなひどい話はないよ！」

「ちょっと来て、ちょっと！」

二人は天幕をいったん飛び出し、丘の静かなあたりで、何やら話していた。

やがて、コルネリアと鐘宮《かなみや》が帰って来た。

「承知しました殿下、光栄です！」

コルネリアは、やる気満々にそう言った。奇智彦《くしひこ》はうなずき、握手した。

鐘宮め、今度は何と言ってコルネリアを丸め込んだのだ。後で確認しておかねば。

政治がわからないが、行動力と使命感はあり、戦争にはべらぼうに強い軍神《カリスマ》。

こんな迷惑なやつは放っておけない。手元で見張らないと何するか知れたものではない。

鐘宮に恩を売る形で協力させ、兵団に隔離する。当面はこれで何とかなるだろう。

さすがのコルネリアも、あの小さな兵団では、大騒動を引き起こせないだろうからな。

◇　◇　◇

奇智彦は貴賓席《きひんせき》に移る前、最後の客として、愛蚕姫《めごひめ》を指名した。

愛蚕姫は天幕で、帆布の椅子に座っている。

奇智彦は向かいに座っている。

天幕は薄暗かった。入り口から光が漏れる。

天幕のそと、遠くから、歓声と音楽が聞こえてくる。

奇智彦は言った。

「易占《うらない》の決定権は、読み解く者にあります。道具ではありません」

サイコロはただの乱数発生器だ。

立方体に磨かれた高価な石。ただ、それだけだ。

愛蚕姫は賽子《サイコロ》を上手《うま》く使っている。奇智彦はそれを尊敬する。自分の杖《つえ》と同じだと。

しかし、これは話が別だ。

「太刀守《たちもり》殿の思惑は単純《シンプル》だった。東国をまとめるため、王室の後ろ盾が欲しい。王室を任せるに足る同盟者が欲しい。この奇智彦がその器か知りたい。太刀守殿は、要求がすぐに伝わると思っていたはず。しかし、王都側《こちら》は意図を読めず混乱した。ひとつには、愛蚕姫《あなた》がいたからだ」

「お聞きしましょう」

愛蚕姫は、そっけなく言った。

「愛蚕姫《あなた》は『太刀守殿は考えが読めない。乱世の梟雄《きょうゆう》だ』と奇智彦《わたし》に言った。そんなはずありませんね。聡明なあなたが、ここまでわかりやすい意図を読めないはずがない」

愛蚕姫《あなた》は『太刀守殿は謀反《むほん》に関与している。女王幸月姫《さちひめ》を担いで玉座を奪《うば》える』と言った。

嘘《うそ》ではない。たぶん、反乱開始の合言葉を教えられたのも本当じゃないかな。

あの料理店が、母親の思い出の店というのは嘘《うそ》ですね。咖哩《カレー》うどんが名物の店に、真っ白な服で行きますか。電話帳で調べるときに、適当に指さしたのではないですか。店の名前は『絹公路《シルクロード》』。愛蚕姫《あなた》は絹産業と付き合いがあるから、とっさに目について指さした。

二人で料理店に行った帰り道、尾行してきたのは、本当に東国の連中だったのでしょう。愛蚕姫《あなた》は知っていた。自分の供《とも》にも監視役がおり、無断で外出したら太刀守《たちもり》殿の手下が飛んでくる。後は帰りの車で『つけられてる』とささやくだけ。奇智彦《わたし》を追い詰めるために」

愛蚕姫《めごひめ》は、何《なん》にも言わなかった。

ただ、ぼんやりと、天幕を見ていた。

奇智彦《くしひこ》は言う。

「貴女《あなた》は賢い。いつも真実に、少しだけ嘘を混ぜる。本来分かりやすい太刀守殿の行動を、捻《ね》じ曲げて不気味に読み解《と》く。そうやって摂政《せっしょう》奇智彦のちからで、太刀守殿を抹殺しようとした」

奇智彦は拳銃を取り出した。

面長の侍従が持っていた拳銃だ。先ほど、奇智彦自身が見つけた。

丘の上、軍勢の前で、愛蚕姫を抱き留めた時に。

「王室と東部軍がにらみ合う中《なか》、太刀守殿を暗殺する。場所は摂政奇智彦《わたし》との会談中の天幕、凶器は王室の拳銃。おそらく内戦になる。その混乱に乗じて愛蚕姫《あなた》と、東部の協力者たちが、東国の主導権を握る。かなり危険が大きい賭《か》けですが、成功すれば得る物も大きい」

奇智彦は、弾を抜いた拳銃を、小卓の上に置いた。

「兄王《あにおう》の謀反《むほん》計画を乗っ取った、〈五人組〉の謀反を利用した、奇智彦の謀反劇を、逆手に取った愛蚕姫の謀反。貴女《あなた》は他人《ひと》のちからを利用して、自分の目的を達しようとした」

愛蚕姫の動機はこれまたわかりやすい。

太刀守は、愛蚕姫の母の一族を滅ぼした。由緒《ゆいしょ》ある神殿を乗っ取った。愛蚕姫と財産分与でもめている。勝手に奇智彦の許嫁《いいなずけ》と決めて、愛蚕姫を王都に送り込み、東国から追放した。

「やはりあったのですね。太刀守殿に、恨みが」

「当たり前です」

愛蚕姫は、つまらなそうに呟《つぶや》いた。

奇智彦はうなずく。

「貴女は恐ろしいかただ。やはり母上《ははうえ》に似ている」

「普通しますか。女性の前で、自分の母親の話を」

「戦車と装甲車のちがいも？」

「どう違うんです」

奇智彦は納得して、うなずいた。

「お聞きしたいことがあります」

「貴方《あなた》に分からない事なんてあるんですか？」

「太刀守《たちもり》殿は、〈五人組〉の軍事反乱のこともすべて知ったうえで、この奇智彦《くしひこ》の力量を試すために利用したと、そう思われますか？　つまり、反乱を抑えられたら合格、と」

「そうかもしれませんね」

「この奇智彦は、合格かな」

「そんな事、わたしではなく太刀守に聞いてください」

不機嫌そうな愛蚕姫《めごひめ》に、奇智彦はさらにもう一問、といかけた。

「『カタシロの丘』と何度か呟《つぶや》かれた。あれは、なんですか？」

「なんでしょうね」

「教えてくれないなら、太刀守殿に聞きに行きます」

愛蚕姫は、深く息をついた。

投了した指し手《プレイヤー》のけだるさで。

「母は私に、三つの物を遺《のこ》しました。東国で最も古い血統、あの青い賽子《さいころ》、そして口伝。数多くの儀式や伝承を、母はわたしに伝えたのです。太刀守が取り上げられない財産として」

「それで？」

「なかに、とびきり奇妙な教え――、いえ、お告げがありました」

「聞かせてください」

愛蚕姫は、まだしばらくためらっていた。

それから、目をつぶり言った。

「『カタシロの丘で、森が動く』。

『愛蚕姫は父を殺す』」

奇智彦は、うなずいた。

「ずっと秘密にしてきたのですね」

「はい。太刀守が知ったら、わたしを殺すでしょうから」

奇智彦は、愛蚕姫と目線の高さを合わせる。

その瞳を、よく見た。

「死者の言葉にとらわれてはいけません。死を想い続けると、死に魅入《みい》られてしまうのです。

だから我らは、未来を視《み》なければならない。まず『今日を生きる《カルペ・ディエム》』のです」

「このお告げが、偶然だと思いますか？」

「分かりません。人生は意味不明な事ばかりです。しかも、秘密を抱えて生きるのは大変だ。

そのつらさは分かる。だから、せめて――、『交換条件』をかわしませんか」

愛蚕姫は、じっと、奇智彦を観た。上から下まで。

「どんな条件ですか」

「この奇智彦《わたし》は、ものいりです。愛蚕姫さまの財政支援を引き続き受けたい」

「愛蚕姫は何をいただけますか」

「太刀守《たちもり》殿との相続裁判で、有利になれるように精一杯、協力します。文明人らしく、闘争は銃撃よりも法廷でやるべきだ。東国にも、お母さまの縁者の生き残りはおりましょう。王都に呼びたいのなら便宜を図りますよ。他にも欲しいものがあれば、どうぞ仰《おつしや》ってください」

「太刀守に伝えないのですか」

愛蚕姫《めごひめ》はこの交換条件の核心を突いた。愛蚕姫に対して、奇智彦《くしひこ》から渡せる一番の利益は、今回の『愛蚕姫の謀反《むほん》』を秘密にすること。奇智彦は微笑《ほほえ》んでみせる。

「言いません。婚約者のためです。それに太刀守は、いまいち信用できない」

愛蚕姫はまだ迷っていた。奇智彦は意識的に、明るい声を作って話しかける。

「太刀守に裁判で勝って、母上《ははうえ》のお屋敷を取り戻せたら、私を真っ先に招待してください——、美しい夕方の景色を、この目でぜひ見たい」

「殿下は、お優しい方」

そういった愛蚕姫の姿は、看護婦のようでも妖巫《ようふ》のようでもなかった。

いつも張りつめた、重荷を背負わされた、ただの年相応の少女だった。

その表情《かお》が、ふっと緩んだ。奇智彦は、その意味を読み取った。

涙という贅沢品《ぜいたくひん》の持ち合わせがない人は、こうして泣く。

しばらくしてから、愛蚕姫は頭を上げた。その顔には、何かを決心した色がある。

「殿下。私はこれからも殿下の許嫁《いいなずけ》ですか」

「もちろんです、何をいまさら」

「殿下とは長いお付き合いになりそうですから、今のうちに率直にお願いをしたいのです」

「どうぞ、おっしゃってください。お願いとは何ですか」

奇智彦は正面からうなずく。できうる限り力強く、頼もしく。愛蚕姫はそっと言う。

「女性の身体《からだ》を、あまりじろじろ見ないで下さい。婚約者《わたし》と一緒にいるときはとくに……」

愛蚕姫は、かくて共存を選んだ。ふたりは条件に合意した。

白い後ろ姿が天幕を去った。

奇智彦は手ぶりで、武者隠しに潜んだ鐘宮を下がらせた。

ひとり、つぶやく。

「よかった――、愛蚕姫《あのひと》は殺さずに済んだ」

それから歩み出す。陽の下に。祝祭に。奇智彦の味方がいる場所に。

歓呼の声が、奇智彦を押し包んだ。

◇　◇　◇

奇智彦殿下が去った後、愛蚕姫は天幕に戻った。

その人は天幕で待っていた。
愛蚕姫《めごひめ》は、その人に話した。
興奮していた。自分でも、順序が無茶苦茶で、訳が分からないという自覚はあった。
愛蚕姫の占いはすべて技術で、欺瞞《ぎまん》で、子供騙《こどもだま》し。
でも、『愛蚕姫にくだされた予言』は違う。
死んだ母がのこした手紙。そこに書かれた『三つの予言』。
『カタシロの丘で森動く』。
『白い道にて父を討《う》つ』。
この二つは殿下に話した。
そして、三つ目。
『愛蚕姫の胎《はら》から王が生まれくる』。
ずっと思っていた。母の末期《まつご》のうわ言か、謎かけだと。
でも。
カタシロの丘は本当にあった。でも木はなかった。しかし、森が動いた。
姉が大王《だいおう》に嫁いだ。そのあと私自身が、王族に嫁ぐことになった。
森の予言は実現し、王の予言もすでに叶《かな》いはじめている。ならば私は太刀守《たちもり》を――。
おそろしい。

これは破滅への片道切符。賭博《とばく》の名人が、標的に最初だけ勝たせるのと同じ。気まぐれな運命がひとをたぶらかすとき、成功の前半分だけ渡してみせるの。私は何度も見てきた。でも受け取らずにはいられない。

ああ。

奇智彦《くしひこ》さまに教えるつもりだったけど、あなたが止めてくれてよかった。

王宮のお風呂場で偶然、隠してあった母の手紙を読んだのが、あなたでよかった。

奇智彦さまは慎重なお方。幸月姫《さちひめ》さまへの愛も本当。

予言のことを知ったら、私と褥《しとね》を共にすることは無い。

教えてくれてありがとう。きっと、奇智彦さまは、次の王の父親になるお方。

それを知るのは私たち二人だけ。ともに殿下を守《も》り立てていきましょう。

ねえ、咲《えみ》ちゃん。

かくて謀反《むほん》の冬は去り2巻　完

あとがき　この世はすべて劇場なり《Totus Mundus Agit Histrionem》　その2

◇本編中のネタバレは一切ありません。

◇本作はフィクションであり、実在の人物、事件、団体、国家、民族、思想、宗教、地理とは一切関係ありません。全ては空想から湧いて出たもので、似ている部分は偶然の一致です。

二巻が出ましたよ。皆さまの応援のおかげです。ありがとうございます。古河絶水《こがたえみ》です。

本巻はシェイクスピア先生の「マクベス」をうすくオマージュしています。

例によって内容は全然違います。両方読んで確かめてみて下《くだ》さい。

またご友人やSNSに「マクベスを元にした本があるよ」と言ってみてください。


「ファンレター」を生まれて始めて頂きました。ありがとうございます！　嬉しいです！

これからもお待ちしております。ガガガ文庫の編集部宛に送ってください。

宛先に「古河絶水先生係」と書いてもらえれば、私のところに転送してくれます。編集部が「お、人気だな！」と判断したら、続きが一〇〇巻でも出ると思うので、ぜひお願いします。

一〇〇巻目には王国は宇宙時代になり、奇智彦《くしひこ》の孫が主人公になっているかもしれませんね。

「かくて謀反《むほん》の冬は去り」の話をします。

私は「舞台」をまず考えつくタイプです。その世界にはどんな人がいて、こんな問題があり、こういう物語が生じうる、とだんだん掘り下げていき物語をほりだします。

本作の世界観を思いついた直接のきっかけは、もう覚えていません。

私は昔から「先進技術の流入でそれまでの暮らしが破壊され、適応すべく混乱中の社会」「中央政府の統治が行き届かない社会」が好きでした。室町時代や幕末の日本、辺境冒険劇、新興独立国の近代化、超技術で社会が激変するSFなどの、本や映画を見まくっていました。

その畑から生えてきたのが「かくて謀反の冬は去り」世界です。

キャラクター達もみんな、その過程で生まれました。

最初に固まったのが奇智彦と荒良女《あらめ》です。この二人の関係を軸に、他のキャラを配置していきました。この二人が物語の中心にいます。

奇智彦には複数のモデルがいます。「ヘンリー六世」「リチャード三世」のリチャード、「ユージュアル・サスペクツ」のキント、「ゲーム・オブ・スローンズ」のティリオン。用心深さと判断力でハンデをものともしないキャラクターです。その点では大変、王道だと思います。

私は知恵比べの話が好きなので、奇智彦も知恵で勝負するキャラクターになりました。

荒良女《あらめ》のモデルは「用心棒」「椿三十郎」に登場する、三船敏郎が演じる名無しの侍です。強くて賢くて抜け目なく、状況を引っ掻き回すトリックスター。茶目っ気もカリスマもある。明らかに何か重大な過去を抱えている。でもどこの誰かは分からないし、本人も話さないし、聞きだせる人もいない。成熟して孤高で完結している。やはり王道だと思います。

投稿作である第一巻は「リチャード三世」のオマージュですが、実は荒良女に当たるキャラはいません。この熊《くま》はいつの間にか、この椅子に座っていました。

しいて言うなら別作品の、愉快な泥棒騎士のフォルスタッフがモデルでしょうか。荒良女と奇智彦《くしひこ》の関係は、フォルスタッフとハル王子に影響を受けている気がします。

この物語は「過渡期の話」のつもりで書いています。制度や社会は、絶えず不具合が出て、そのたびに小改修を繰り返しています。本編中のような王国は二〇年前には存在しなかったし、二〇年後にも全く違う社会になっているはずです。ちょうど我々の生活と同じように。物語の「先」と「後」を常に意識している点は、なるほど歴史大河ドラマ的だと思います。歴史のうねりとはそういう物なのかもしれません。

奇智彦の摂政《せっしょう》期は、波乱に満ちた時代となるはずです。奇智彦と荒良女と愉快な仲間たちの活躍を、ぜひ見守っていただけると嬉しいです。

謝辞
柳野《やなぎの》かなた先生。私の友人で、先達で、最初のファンであり、「第ゼロの編集者」です。

ごもさわ先生。素晴らしいイラストを頂きました。すみません、説明が要領を得なくて。

「もっとも価値ある審査員特別賞」を頂いた武内《たけうち》崇《たかし》社長。散々お名前を借りてすみません。

本作をコミカライズしてくださる奥橋《おくばし》睦《むつみ》先生。確かな実力者です。ぜひご期待ください。

担当編集の岩浅《いわあさ》様。一緒にいてとても学ぶところの多い方です。ありがとうございます。

友人の貴方《あなた》。すべて貴方のおかげです。これからもよろしくお願いします。

家族へ。ありがとうございます。受賞しましたよ。ありがとうございます。

読んでくれた貴方。ありがとうございます。


これから読んでくれる貴方。面白いですよ、ぜひ！

「かくて謀反の冬は去り」
各界騒然のスペクタクル宮廷劇、

コミカライズ
決定!!
マンガを手がける
奥橋睦先生(『最果てのパラディン』(ガルドコミックス)など)から、
熱いコメントが到着!
運命的な出会いをした奇智彦と荒良女がユーモアに笑い、感情に泣き、展開に感動し、古今東西が交錯する最大級最高潮のパレードへと私を誘ってくれました。この唯一無二の世界へ皆さんも飛び込んでほしい!
イラスト:奥橋睦

ドスケベ催眠術師の子

著／桂嶋《けいしま》エイダ

イラスト／浜弓場《はまゆば》 双《そう》

定価836円（税込）

「私は片桐真友。二代目ドスケベ催眠術師。いえい」

転校初日に“狂乱全裸祭”を引き起こした彼女の目的は、初代の子であるサジの協力をとりつけることで——？　衝撃のドスケベ催眠×青春コメディ!!

ガガガ文庫5月刊

かくて謀反の冬は去り2

著／古河絶水《こがたえみ》

イラスト／ごもさわ

奇智彦が摂政になって間もなく。東国を治める豪族の長、祢嶋太刀守が三〇〇〇の兵を率いて王都を取り囲む。太刀守は、娘の愛蚕姫を奇智彦の妻にすると言い出して——？　いま、王国に新たな謀反の風が吹く！

ISBN978-4-09-453158-9（ガこ5-2）　定価946円（税込）

恋人以上のことを、彼女じゃない君と。終

著／持崎湯葉《もちざきゆば》

イラスト／どうしま

二度目の告白からしばらく、冬は未だに糸と連絡が取れていなかった。落ち着きのない日々を過ごしていると、糸から突然“謎解き”が送られてきた。冬は謎を解いていくうちに、本当の“皆瀬糸”と向き合うことになる。

ISBN978-4-09-453189-3（ガも4-6）　定価814円（税込）

塩対応の佐藤さんが俺にだけ甘い9

著／猿渡《さわたり》かざみ

イラスト／A《あ》ちき

姫茴さんの投稿をきっかけに「cafe tutuji」が突然の大バズり！　てんやわんやの押尾君だが、彼は忘れていた——学年末テストの存在を。佐藤さんの期待を裏切れない押尾君は、果たしてここから巻き返せるのか……？

ISBN978-4-09-453190-9（ガさ13-12）　定価814円（税込）

ノベライズ

小説　夜のクラゲは泳げない1

著／屋久《やく》ユウキ

カバーイラスト／popman3580《ポップマンサンゴーハチゼロ》　本文挿絵／谷口淳一郎《たにぐちじゅんいちろう》

原作／JELEE《ジェリー》

活動休止中のイラストレーター“海月ヨル”、歌で見返したい元・アイドル“橘ののか”、自称・最強VTuber“竜ヶ崎ノクス”、推しを支えたい謎の作曲家“木村ちゃん”。少女たちは匿名アーティスト“JELEE”を結成する。

ISBN978-4-09-453191-6（ガや2-15）　定価836円（税込）

ガガブックスf

もう興味がないと離婚された令嬢の意外と楽しい新生活

著／和泉杏花《いずみきょうか》

イラスト／さびのぶち

累計20万部突破の大人気作品が原作者によりノベライズ！　王子から突然離婚を突きつけられて全てを失った令嬢ヴェラが、秘めた能力で新たな居場所を築く逆転ラブファンタジー。

ISBN978-4-09-461172-4　定価1,320円（税込）

GAGAGA

ガガガ文庫

かくて謀反の冬は去り2

古河絶水

発行　2024年5月25日　初版第1刷発行

発行人　鳥光 裕

編集人　星野博規

編集　岩浅健太郎

発行所　株式会社小学館
〒101-8001 東京都千代田区一ツ橋2-3-1
[編集]03-3230-9343　[販売]03-5281-3556

カバー印刷　株式会社美松堂

印刷・製本　図書印刷株式会社

Printed in Japan　ISBN978-4-09-453158-9

第19回小学館ライトノベル大賞
応募要項!!!!!!!!!!!!!!!!!!!!!!!!!!!!!!!

ゲスト審査員は田口智久氏!!!!!!!!!!!!!

（アニメーション監督、脚本家。映画『夏へのトンネル、さよならの出口』監督）

大賞：200万円＆デビュー確約

ガガガ賞：100万円＆デビュー確約

優秀賞：50万円＆デビュー確約

審査員特別賞：50万円＆デビュー確約

スーパーヒーローコミックス原作賞：30万円＆コミック化確約
（てれびくん編集部主催）

第一次審査通過者全員に、評価シート＆寸評をお送りします

内容 ビジュアルが付くことを意識した、エンターテインメント小説であること。ファンタジー、ミステリー、恋愛、ＳＦなどジャンルは不問。商業的に未発表作品であること。
（同人誌や営利目的でない個人のWEB上での作品掲載は可。その場合は同人誌名またはサイト名を明記のこと）

選考 ガガガ文庫編集部＋ゲスト審査員 田口智久
（スーパーヒーローコミックス原作賞はてれびくん編集部による選考）

資格 プロ・アマ・年齢不問

原稿枚数 ワープロ原稿の規定書式【１枚に42字×34行、縦書き】で、70～150枚。

締め切り 2024年９月末日 ※日付変更までにアップロード完了。

発表 2025年３月刊『ガ報』、及びガガガ文庫公式WEBサイト GAGAGA WIREにて

応募方法 ガガガ文庫公式WEBサイト GAGAGA WIREの小学館ライトノベル大賞ページから専用の作品投稿フォームにアクセス、必要情報を入力の上、ご応募ください。

※データ形式は、テキスト（txt）、ワード（doc、docx）のみとなります。
※同一回の応募において、改稿版を含め同じ作品は一度しか投稿できません。よく推敲の上、アップロードください。
※締切り直前はサーバーが混み合う可能性があります。余裕をもった投稿をお願いします。

注意 ○応募作品は返却致しません。○選考に関するお問い合わせには応じられません。○二重投稿作品はいっさい受け付けません。○受賞作品の出版権及び映像化、コミック化、ゲーム化などの二次使用権はすべて小学館に帰属します。別途、規定の印税をお支払いいたします。○応募された方の個人情報は、本大賞以外の目的に利用することはありません。